HEYNE ‹

DAS BUCH

Lola selbst rang mit ihrer Erregung, um zu verhindern, dass ihr Brustkorb auf und ab wogte und es somit offensichtlich wurde, dass es ihr gefiel, was Alessandro tat. Immerhin waren sie zwei Fremde, auch wenn es sich merkwürdigerweise nicht so anfühlte. Schon bald nach ihrem ersten Zusammentreffen hatte sich eine hauchdünne Verbindung zwischen ihnen gezeigt, ein gemeinsames Interesse, die Lust an ausschweifendem Sex, die langsam zu Verlangen nach dem jeweils anderen wurde.

Als sie ihn am gestrigen Tag dabei beobachtet hatte, wie er aus seinem Auto ausgestiegen war, hatte sie gedacht, dass ein Schönling wie Alessandro unerreichbar für sie wäre. Doch hier standen sie im Schutz seines Büros und überschritten eine Grenze, die Geschäftsleute üblicherweise wahrten …

DIE AUTORIN

Sandra Henke lebt in der Nähe von Düsseldorf. Mit ihren erotischen Romanen hat sie sich ein großes Publikum erschrieben. Eine spannende Handlung liegt der Autorin ebenso am Herzen wie ein starkes Knistern und außergewöhnlich sinnliche Erotik.

LIEFERBARE TITEL

Meister der Lust
Die Unterweisung
Pleasure Park

Sandra Henke

Du bist
die
Sünde

EROTISCHER ROMAN

WILHELM HEYNE VERLAG
MÜNCHEN

MIX
Papier | Fördert
gute Waldnutzung
FSC® C014496

Penguin Random House Verlagsgruppe FSC® N001967

2. Auflage
Originalausgabe 03/2020
Copyright © 2020 dieser Ausgabe
by Wilhelm Heyne Verlag, München,
in der Penguin Random House Verlagsgruppe GmbH,
Neumarkter Straße 28, 81673 München
Printed in Germany
Redaktion: Anita Hirtreiter
Umschlaggestaltung: Nele Schütz Design
unter Verwendung von shutterstock
(Timothy Luscher, Marina Arabadzhi)
Satz: KCFG – Medienagentur, Neuss
Druck und Bindung: GGP Media GmbH, Pößneck
ISBN: 978-3-453-54596-0

www.heyne.de

1

Mai

»Sünde« hatte jemand mit signalroter Farbe auf das Schaufenster gesprayt. Auf der gläsernen Eingangstür prangte anklagend das Wort »Hure«.

»Dabei prostituiere ich mich doch gar nicht«, murmelte Lola verstimmt und schüttelte ihre blonden Dreadlocks, die von einem regenbogenfarbenen Tuch im Nacken zusammengehalten wurden.

Wasser lief von ihrer Hand auf ihren Arm hinab, drang unter ihr türkisfarbenes Batikkleid, unter dem sie einen meerblauen Spitzenbody trug, und kitzelte sie in der Achselhöhle. Sie wischte die Tropfen mit dem weiten fließenden Stoff ab.

Kopfschüttelnd tauchte sie die Bürste in den Eimer mit der Wasserlauge und fuhr fort, die Farbe abzuschrubben. »Und Sex ist keine Sünde, sondern ein Zeichen von Liebe oder Leidenschaft oder bestenfalls beidem. Ein One-Night-Stand mag ja belanglos sein, bedeutet aber pure Lebenslust. Derjenige, der das an das Schaufenster meines Ladens gesprayt hat, vögelt wohl nur, um Kinder zu zeugen, und macht das Licht aus, bevor er sich auszieht.«

Verärgert schnaubte sie. Sie verbot sich, weiter Selbstgespräche zu führen, sonst hielt man sie am Ende noch für verrückt und hatte endlich ein Argument, um die Stadt Birdsville davon zu überzeugen, das *Toyland* zu schließen.

Von Anfang an hatte es Proteste gegen Lolas Erotiklädchen gegeben, dabei war es stilvoll und gemütlich eingerichtet wie ein plüschiges Wohnzimmer, mit einem roten Samtsofa neben der Umkleidekabine und Kiefernholzregalen, auf denen die Schamlippenspreizer, Penisringe und anderen Sexspielzeuge ansprechend ausgestellt wurden. An den Wänden hingen ordentlich aufgereiht die Schlaginstrumente neben einem Garderobenständer voller verführerischer Dessous und Rollenspieloutfits. In der Ecke luden zwei Cocktailsessel dazu ein, einen Blick in die Bücher der kleinen, aber frivolen Sammlung dahinter zu werfen.

Von außen konnte man nicht in das Geschäft hineinschauen, denn indische Mandala-Tücher versperrten die Sicht, und ebendieses geheimnisvolle Ambiente machte gleichzeitig neugierig auf das, was sich dahinter verbarg. Kunstvoll verzierte venezianische Masken hingen in der Auslage. In einer Vitrine lagen Handgelenkriemen aus dunkelbraunem Wildleder mit zwei Schnallen, die man auch für medizinische Manschetten hätte halten können, wären sie nicht mit einer Metallkette verbunden.

Die Dekoration ist viel dezenter, als ich es gerne hätte, dachte Lola und wischte die Scheibe mit einem Tuch trocken. Schweißtropfen perlten ihren Rücken hinab. Es war zwar erst vormittags, aber die Wetter-App sagte dreiundzwanzig Grad vorher, recht warm für Anfang Mai, außerdem geriet bei dem Ärger über den Vandalismus ihr Blut in Wallung.

Es gab sogar einen Tag in der Woche, an dem nur Frauen, und einen, an dem bloß Männer Zutritt zu Lolas Reich hatten. Dieses Angebot galt Personen, die sich schämten, sich gemeinsam mit dem anderen Geschlecht die Toys näher anzusehen.

Mit verkniffener Miene ging Lola zur Tür und bürstete die verleumderische Schrift ab. Dabei übte sie nicht zu viel Druck aus, um das Glas nicht zu beschädigen, wodurch die Schinderei noch länger dauerte. Versehentlich spritzte Wasser auf ihre gelb lackierten Fußnägel und die mit türkisen Schmucksteinen verzierten Riemchensandalen.

Sie ärgerte sich, weil sie schon wieder das Schaufenster putzen musste. Erst hatte jemand Eier dagegengeworfen, an einem anderen Tag waren es reife Tomaten gewesen. Am härtesten hatten sie die Exkremente getroffen, die man ihr auf die zwei Stufen, die ins *Toyland* führten, geschmiert hatte.

Trotz allem oder gerade wegen der Anfeindungen, Diffamien und Demütigungen hielt ihr die Stammklientel die Treue. Kunden, die ebenso sexuell offen und tolerant waren wie Lola. Das wusste sie sehr zu schätzen und war dafür unglaublich dankbar.

Lola versuchte, sich ihre Wut nicht anmerken zu lassen, denn unter Umständen wurde sie beobachtet, entweder vom Täter selbst oder von demjenigen, der ihn dazu angestachelt hatte.

Verstohlen schaute sie über die Schulter. Sie spähte zur

anderen Straßenseite, nicht direkt zu dem Gebäude gegenüber, sondern zu dem dreistöckigen Mietshaus zwei Eingänge links daneben. Sie sah Ezekiel Goodman zwar nicht, war sich aber sicher, dass er an diesem Samstagmorgen hinter der chlorweißen Häkelgardine stand und mit dem Fernglas jede ihrer Bewegungen verfolgte. Das *Toyland* zu überwachen war eins seiner Hobbys, ebenso wie jeden Autofahrer zu fotografieren, der zu schnell über die Hauptstraße von Birdsville fuhr oder der falsch parkte, und die Verkehrssünder der Polizei zu melden.

Tagsüber arbeitete er in der Kommunalverwaltung, wie Lola herausgefunden hatte. In seiner Freizeit engagierte er sich für den *Verein zur Verhinderung des moralischen Verfalls*, den er selbst ins Leben gerufen hatte. Die Mitglieder trafen sich wöchentlich in der Teestube der Kirche zwei Blocks weiter. Die Gruppe bestand wohl nur aus wenigen Mitgliedern, aber diese sorgten für ganz schön viel Wirbel in der Kleinstadt.

Als der anfänglich noch offene Protest gegen ihr Geschäft mit Plakataktionen auf dem Bürgersteig und Leserbriefen in der Lokalzeitung kurz nach der Eröffnung ihres Ladens angefangen hatte, war Lola einmal zu einem Treffen hingegangen, um das Gespräch zu suchen und die versammelte Mannschaft über ihr Geschäftskonzept aufzuklären. Sie war auf verkniffene Münder, ablehnende Blicke und taube Ohren gestoßen. Man hatte ihr weder zuhören noch mit ihr reden wollen.

Lola war in Birdsville geblieben und hatte sich durchgebissen. Der Widerstand gegen ihren Sextoyshop am Ende der Hauptstraße war nach einer Weile verstummt, doch seit Monaten hatte sie unter Vandalismus zu leiden, und sie ahnte, wer den initiiert hatte.

Bestimmt machte sich Goodman nicht selbst die Hände schmutzig, aber er impfte eine neue Generation mit seiner Verachtung. Neulich hatte ein Junge von vielleicht acht Jahren gegen ihr Auto gespuckt und war danach in das Gebäude, in dem Lolas Erzfeind wohnte, eingetreten.

Die Türglocke des Nachbarladens klingelte. Jimmy trat aus dem Wein- und Spirituosengeschäft, kam zu ihr und lehnte sich genau dort gegen die Hauswand, wo sich das *Toyland* an das *Devine Drink* schmiegte. Er schenkte Lola ein mitfühlendes Lächeln. »Schon wieder?«

Lola rümpfte die Nase und schrubbte den letzten Rest Farbe ab. »Die haben einen langen Atem, aber ich habe einen längeren, das werde ich allen beweisen.«

»Soll ich dir helfen, das Geschmier zu entfernen?« Die Sonne ließ sein rotes Haar leuchten und betonte seine Sommersprossen.

»Lieb von dir«, sagte sie und schüttelte den Kopf, »aber ich bin schon fast fertig.«

»Du solltest endlich Anzeige erstatten.«

»Gegen unbekannt? Du weißt doch, wohin das führen würde.« Energisch wischte sie die Scheibe trocken, sah, dass noch ein paar Kleckse Farbe daran klebten, und arbeitete mit der Bürste nach. »Zu nichts. Außerdem regele ich die Dinge lieber selbst.«

»Das hast du versucht, und es hat nicht geklappt.«

»Irgendwann werden sie aufhören, mein Geschäft anzugreifen.«

»Bist du sicher? Das dauert jetzt schon so lange an.«

Lola verspürte einen Stich in der Magengrube und schwieg.

»Hier.« Jimmy hielt ihr fünf schwarz-weiß melierte Schokoladenkugeln hin, die in mit goldenen Kronen verzierter Plastikfolie eingepackt waren. »Vielleicht bauen die dich wieder auf. Whiskytrüffel, haben wir neu reinbekommen.«

Als Lola den Betrag, der auf dem schreiend pinkfarbenen Preisschild stand, sah, riss sie die Augen auf. »Die kann ich unmöglich annehmen.«

»Geschenkt ist geschenkt.« Unnachgiebig drückte er ihr die Packung in die vom Putzen feuchte Hand.

»Wirst du keinen Ärger von deinem Chef bekommen?« Oder wollte er die Pralinen etwa aus der eigenen Tasche bezahlen? Denn dass er Lola mochte, wusste sie. Nur wie sehr, dessen war sie sich noch nicht sicher.

Verträumt betrachtete er den Spaghettiträger ihres Bodys, der hervorguckte. »Ich werde sie einfach als Probierpackung für die Kunden verbuchen. Wir öffnen schon mal Ware, wie zum Beispiel mit Alkohol gefüllte Schokolade, und legen sie neben die Kasse. Wenn die Leute kosten dürfen, kaufen sie eher.«

Erleichtert, dass sich keine Anmache hinter dem Präsent verbarg, steckte sie die Pralinen ein. Dennoch zog sie vorsorglich den breiten Träger ihres Batikkleids hoch, damit ihre Unterwäsche nicht mehr zu sehen war. »Danke.«

»Dafür sind Freunde doch da.« Kurz drückte er sie an sich.

»Du bist aber nicht der Meinung, dass ich das *Toyland*

besser schließen sollte, oder?« *Bevor dieser vermeintliche Verein brutalere Methoden anwendet, um mich aus Birdsville zu vertreiben.*

»Gott bewahre, nein!« Sachte drückte er ihre Oberarme. »Ich finde nur, dass du zu nett und sehr – lass es mich mal so ausdrücken – leidensfähig bist. Ich an deiner Stelle hätte Goodman längst mal einen Besuch abgestattet und wäre ausgerastet.«

»Das würde mir bloß noch mehr Ärger und vermutlich eine Anzeige einbringen. Aber leidensfähig?« Lola lachte. »Ich kämpfe eben auf meine Art und Weise gegen diese Moralapostel, nämlich indem ich durchhalte und mich nicht einschüchtern lasse. Schließlich war es schon immer mein großer Traum gewesen, ein eigenes Erotiklädchen zu führen, eins das geschmackvoll und einladend ist.«

Lange hatte sie nach einem Ladenlokal dafür gesucht, hatte jedoch nur Absagen kassiert, sobald sie verriet, welche Art von Geschäft sie eröffnen wollte. Erst Agostino Di Marino hatte ihr einen Vertrag angeboten. Bei dem Gedanken an ihn wurden ihre Augen feucht.

»Oh nein! Nehmen dich die Anfeindungen doch mehr mit, als du zugibst?«, fragte Jimmy und streichelte über ihre Wange.

»Ich hab an Agostino gedacht. Er muss ja wirklich eine furchtbare Familie haben! Ich komme nicht darüber hinweg, dass wir beiden die Einzigen auf seiner Beerdigung waren.« Und Jimmy war bloß ihretwegen mitgekommen, um sie zu begleiten und ihr beizustehen.

»Man soll ja nicht schlecht über Verstorbene sprechen, aber dein Vermieter war eben ein ganz schöner Miesepeter und hat mit seiner mürrischen Art viele Leute vor den Kopf gestoßen.«

»Er hat nur seine Meinung geradeheraus gesagt, das war alles.«

»Als diplomatisch konnte man ihn jedenfalls nicht bezeichnen.«

Lola blinzelte die Tränen fort und grinste. »Wahrhaftig nicht. Er konnte schon verletzend und schroff sein, das gebe ich zu. Aber aufrichtige Menschen wie er sind mir tausendmal lieber als hinterhältige wie Ezekiel Goodman.«

Doch jetzt war Agostino tot, und sie vermisste den alten Griesgram, den sie ins Herz geschlossen hatte. Lola hatte ihn in seinem Apartment im Dachgeschoss gefunden. Ein Gehirnschlag hatte ihn unerwartet aus dem Leben gerissen, hatten die Ärzte später festgestellt. »Ich mache mir Sorgen, was aus dem *Toyland* werden wird.«

»Verständlich, du wohnst ja auch noch über dem Laden.« Jimmys Blick schweifte zu den Fenstern in der ersten Etage des zweistöckigen Baus. »Hast du noch nichts von dem neuen Eigentümer gehört?«

Sie schüttelte den Kopf.

Ein beigefarbener Jeep mit Schlammspritzern an den Seiten rauschte heran. Abrupt bremste er ab, worauf die Reifen quietschten und der Fahrer vom Nachfolgeverkehr ein wütendes Hupkonzert kassierte. Ohne sich davon aus der Ruhe bringen zu lassen, parkte er vor dem *Devine Drink*.

Mit einem Augenzwinkern hatte Lola erwartet, dass der Marlboro Man mit Sporen an den Cowboystiefeln aussteigen und sich den Präriestaub von den Wildlederchaps klopfen, seinen Westernstetson geraderücken und sich mit seiner coolen Art eine Zigarette anzünden würde.

Doch der Raser entpuppte sich als groß, breitschultrig und äußerst gut angezogen. Seine dunkle Jeans saß perfekt und brachte seinen knackigen Hintern appetitlich zur Geltung. Das schwarze Oberhemd schmiegte sich sanft an seinen gut gebauten Oberkörper, und seine weißen Sneakers wirkten an ihm elegant lässig.

Während er die Straße hoch und runter schaute, massierte er sein markantes Kinn, das seine männliche Ausstrahlung unterstrich. Mit gespreizten Fingern fuhr er durch sein welliges ebenholzschwarzes Haar, als wäre er ein Model in einem Werbespot für Männershampoo.

»Kundschaft«, sagte Jimmy. »Ich muss los.«

Seine Worte klangen weit weg für Lola. Geistesabwesend nickte sie, denn sie konnte den Blick einfach nicht von dem Fremden abwenden. Was für ein Kerl! Solche rassigen Männer kannte sie nur von den Covers der Erotikromane in ihrem Lädchen.

»Alles wird gut«, flüsterte Jimmy ihr aufmunternd ins Ohr und küsste sie auf die Wange.

Das riss Lola aus ihren Tagträumereien. Sie wusste nicht, wie sie darauf reagieren sollte, aber das brauchte sie auch gar nicht, denn Jimmy eilte längst zum Wein- und Spirituosengeschäft und war im nächsten Moment schon darin verschwunden.

Sollte sie das als eine rein freundschaftliche Geste betrachten? Oder war der Kuss ein dezenter Hinweis darauf, dass Jimmy etwas für sie empfand?

Sie war sich unsicher. Achselzuckend nahm sie Bürste,

Trockentuch und Eimer und ging ins *Toyland*. Als sie die Lauge in die Toilette schüttete, hörte sie das Bimmeln der Türklingel.

Eilig spülte sie das Schmutzwasser ab und wusch sich die Hände. Mit einem herzlichen Willkommenslächeln trat sie zurück in den Verkaufsraum und blieb erstaunt stehen.

Der Typ »italienisches Fotomodell« stand am Eingang. Sichtlich erstaunt drehte er sich um die eigene Achse und betrachtete die Sextoys, Reizwäsche und Bücher mit den eindeutigen Covers.

»Ach du Scheiße!«, stieß er aus und lachte.

Irritiert über sein Verhalten blieb Lola vor ihm stehen und runzelte die Stirn. »Wie bitte?«

»Ich dachte, das *Toyland* wäre ein Spielzeugladen.« Seine Stimmbänder mussten aus Samt bestehen, so weich war seine Aussprache.

Sie zwinkerte. »Ist er ja auch.«

»Für Kinder«, stellte er klar.

»Nun«, um ihn verlegen zu machen, steckte sie den Zeigefinger durch den Nippelschlitz des Büstenhalters, den eine Schaufensterpuppe vor der Umkleidekabine trug, aber es funktionierte nicht, »dieser ist eben für Erwachsene.«

Seine zimtbraunen Augen leuchteten wie bei einem Kind am Weihnachtsmorgen. »Wer hätte so etwas in Birdsville vermutet?«

»Gefällt Ihnen, was Sie sehen?«, fragte sie provozierend, nicht nur, weil sie einen neuen Kunden gewinnen wollte, sondern weil dieser Mann die reine Verführung war.

Sein Blick glitt über die Vaginalspreizer, die Analketten

und Zimmermädchen-Outifts. Dann blieb er an Lola hängen. Anzüglich musterte der Beau sie von oben bis unten, sodass ihr ganz heiß wurde. Rau sagte er: »Oh ja.«

2

Ein paar Sekunden lang sahen sie sich schweigend an. Die Stille dehnte sich zwischen ihnen aus und ließ den Moment länger wirken, als er tatsächlich war.

Was diesen attraktiven Fremden betraf, brauchte es nicht viel, um Lolas Kopfkino anzuregen. Dieses anzügliche Grinsen in seinem ebenmäßigen Gesicht reichte vollkommen aus. Hinzu kamen seine stolze Haltung, das Temperament, das zweifelsfrei hinter seiner Coolness lauerte, und die figurbetonte Kleidung, die ihre Lust darauf weckte, ihn auszupacken wie ein unerwartetes Geschenk.

Schamlos stellte sie ihn sich nackt vor. Gewiss war er schön wie ein römischer Gott. Sie tippte darauf, dass er italoamerikanischer Abstammung war, denn in seinem Blick lag dieselbe Verwegenheit wie in Agostinos.

In ihrem Tagtraum war er gut bestückt, allerdings schmückte die Fantasie gerne aus und optimierte die Realität. Was verbarg sich wirklich unter seiner Jeans? Die Wölbung ließ die berechtigte Hoffnung aufkommen, dass Lola mit ihrem Wunschdenken richtiglag.

»Guckst du jedem Kunden in den Schritt?«, fragte er plötzlich.

Hitze stieg ihr in die Wangen. »Seit wann duzen wir uns?«

»Du siehst aus wie jemand, der grundsätzlich jeden beim Vornamen nennt.« Er zuckte mit den Achseln.

»Weil ich ein Hippie-Girl bin?« Sie sah sich mit alten Vorurteilen konfrontiert.

Herausfordernd blinzelte er sie an. »Das Ganja raucht und unter freiem Himmel vögelt.«

Offensichtlich hatte auch er Fantasien über sie, das schmeichelte ihr. Drogen nahm sie nicht, aber sie war offen für nahezu das gesamte Repertoire an Erotik. »Was wäre falsch daran?«

Er schmunzelte. »Du passt genauso wenig nach Birdsville wie das *Toyland*.«

»Schickt Ezekiel Goodman dich etwa?«, zischte sie aufbrausend. Sie stemmte die Fäuste in die Hüften und machte einen Schritt auf den Adonis zu.

Sein Lächeln verschwand. »Wer?«

»Vergiss es.« Sie schlang die Arme um ihren Oberkörper, als wäre ihr kalt, denn ihr kleiner Gefühlsausbruch war ihr peinlich.

»Du bist eben anders als die anderen Kleinstädterinnen.«

»Und anders zu sein ist immer schlecht, nicht wahr?« Sie klang gereizter, als sie wollte, doch sie war selten mit dem Strom geschwommen und darum oft angeeckt.

»Ganz und gar nicht«, sagte er mit seiner verheißungsvollen samtweichen Stimme. »Es ist erfrischend.«

Lola beruhigte sich wieder. »Es tut mir leid. Ich wollte dich nicht angehen, aber es ist gerade nicht einfach.«

»Hat es mit diesem Goodman zu tun?«

»Er zettelt Proteste gegen mein«, sie malte Anführungszeichen in die Luft, »unmoralisches Geschäft an. Zuerst ging man offen gegen mich vor, inzwischen nur noch hinterhältig. Erst heute Morgen habe ich wieder Schmierereien von Schaufenster und Tür entfernt.«

»Das tut mir leid zu hören«, murmelte er mehr zu sich selbst als zu Lola. Einen Moment lang war er in Gedanken versunken. Seine Miene verdüsterte sich.

»Ach herrje«, gab sie betont fröhlich von sich, »ich wollte dir nicht die Laune verderben und dich mit meinen Problemen belästigen. Du bist ja aus einem ganz anderen Grund hergekommen.«

Er machte große Augen. »Du weißt, wer ich bin?«

»Ein Mann, der Sex genießt wie guten alten Wein.«

»Ach so, das meinst du.«

»Liege ich damit etwa falsch?«, fragte sie und blinzelte ihn herausfordernd an.

»Keineswegs.« Er legte Zeige- und Mittelfinger unter ihr Kinn und strich sinnlich mit dem Daumen durch die Furche unter ihren Lippen.

Diese Berührung war so sinnlich, dass Lolas Brustspitzen sich zusammenzogen. Sie wusste nicht, wann sie das letzte Mal einem so verführerischen Mann begegnet war.

»Ich mag es ausdauernd und schmutzig.« Grinsend nahm er die Hand wieder weg.

Ein sanftes Pochen weckte ihre Möse auf. *Wie unpassend!* Es handelte sich schließlich um ein Kundengespräch, nicht mehr und nicht weniger. Sie hatte Rechnungen zu bezahlen und wollte ihm daher unbedingt das ein oder andere Spielzeug verkaufen. Dazu musste sie erst etwas über seine erotischen Vorlieben erfahren. Das war ihr mehr als recht. »Soll ich dir einige Produkte zeigen?«

»Nur zu!« Sein Blick liebkoste den Träger ihres meerblauen Spitzenbodys, der schon wieder hervorguckte.

Anders als bei Jimmy richtete sie ihr Batikkleid nicht, um ihr Dessous zu verbergen. »Wofür interessierst du dich denn?«

»Für fast alles. Fangen wir doch mit dieser Ecke an!« Er packte ihren Ellbogen und dirigierte sie zu den BDSM-Utensilien. »Ich könnte neue Handschellen gebrauchen.«

»Für dich oder deine Gespielin?« Verlegen räusperte sie sich. »Ich frage nur wegen der Größe.«

Sein skeptischer Blick verriet ihr, dass er ihr nicht glaubte. Ohne zu antworten, nahm er zwei mit einer Gliederkette verbundene Handgelenkriemen und betrachtete sie eingehend. Sie waren etwas schmaler als die, die im Schaufenster lagen, und aus schwarz glänzendem Leder gefertigt.

Als der rassige Typ Lola eine der Manschetten umlegte und die beiden dünnen Schnallen schloss, ließ sie es geschehen. Sie wusste selbst nicht, warum sie nicht protestierte. Bei jedem anderen Kunden hätte sie diese Grenze nicht überschritten. Es ging schließlich nicht um sie, sondern um ihre Waren, das machte sie jedem zu aufdringlichen Interessenten unmissverständlich klar. Jetzt jedoch war es ihr nur recht, als Anschauungsobjekt zu dienen.

Es erregte sie, dass der Beau sie dazu benutzte, das Produkt zu testen. Er tat es einfach, ohne vorher um Erlaubnis zu fragen. Dabei überrumpelte er sie keineswegs, im Gegenteil: Er ließ sich Zeit. Seine Bewegungen waren sanft und geschmeidig, als er ihr auch den zweiten Riemen anlegte. Zärtlich strich er über die breiten Ledergurte und nutzte die Gelegenheit, um wie zufällig Lolas Unterarme zu berühren.

Lola bekam eine angenehme Gänsehaut. »Und, gefallen sie dir?«

»Sie sind gut verarbeitet und sehen hübsch aus. Aber hält die Kette auch?« Selbstsicher drängte er Lola an die Wand. Er zog ihre Hände hoch und hängte die Gliederkette an einen Haken über ihrem Kopf, an dem schon eine Gerte befestigt war.

Nun waren ihre Arme nach oben gestreckt. Freilich hätte sie sich leicht aus der Haltung befreien können, doch das eigenmächtige Handeln des unwiderstehlichen Mannes elektrisierte sie. Mit großen Augen guckte sie ihn an.

Wie weit willst du noch gehen?

Sie konnte es kaum erwarten, das herauszufinden, und gleichzeitig spähte sie immer wieder zum Eingang, weil sie befürchtete, jemand würde sie dabei erwischen, wie sie sich zu sehr in die Verkaufspräsentation einbrachte.

Ihr Brustkorb hob und senkte sich rasch, sie leckte sich über die trockenen Lippen und schaute den Fremden erwartungsvoll an. Sie konnte nicht verhindern, deutliche Signale zu senden, dass sie ihn nicht daran hindern würde, sein Spiel mit ihr weiterzuführen.

Er stützte sich rechts neben ihr an der Wand ab. Sein Atem duftete nach buttrigem Croissant. »Was ist das für ein süßer Akzent?«

Das Wörtchen *süß* hallte in einer Endlosschleife in ihr wider. »Ich kam vor fünf Jahren mit einer Green Card von Köln nach New Hamsphire.«

»Lola klingt nicht sehr deutsch.« Sachte blies er gegen ihren Hals.

»Genau genommen heiße ich Eleonore Weingold, wie meine Oma.« Sie erschauerte wohlig. Es betörte ihre Sinne, dass sein Gesicht dem ihren so nah kam. »Aber ich muss leider jeden erschießen, der mich mit dem Vornamen anspricht.«

Er lachte verführerisch und strich durch ihre linke Achselhöhle, worauf Lola kicherte. Beiläufig streiften seine Fingerspitzen ihren Busen. »Wie lange hältst du dich schon an diesem Standort?«

»Ich habe das *Toyland* vor drei Jahren eröffnet.« Und in der ganzen Zeit war es ihr noch nie passiert, dass sie in ihrem Geschäft die Kontrolle verloren hatte.

»Und die Leute trauen sich in den Laden? Ich meine, Gott bewahre«, er tat empört, »ein Nachbar könnte sie dabei beobachten.«

»Oder sie ihn ebenfalls hier treffen.« Sie zwinkerte und versuchte vergeblich, das Prickeln zu ignorieren, das hier und da über ihre Haut kroch. »Viele Einheimische sind aufgeschlossener, als man durch den Vandalismus denken könnte, und Kunden reisen aus der gesamten Umgebung an. Außerdem gebe ich Dessous- und Sextoy-Partys. Als zusätzliches Standbein habe ich einen Onlineshop.«

Mit dem Daumen bog er ihre Unterlippe nach unten und ließ sie dann los. »Geschäftstüchtig, das gefällt mir.«

»Nur das?« *Himmel, Lola, halt den Mund!* Sie musste professionelle Distanz wahren. Aber war es dafür nicht längst zu spät? Ihr Mund kribbelte vor Sehnsucht nach einem Kuss.

Ungeniert strich er über den Träger ihres Bodys, ließ die Finger über ihr Dekolleté kreisen und zog das Bündchen ihres Kleids so weit weg, dass er in ihren Ausschnitt sehen konnte. »Die Dekoration ist geschmackvoll und die Ausstattung wahrlich appetitanregend.«

Ihre dunklen Brustwarzenhöfe schimmerten frivol durch die halb transparente meerblaue Spitze. Ihre Nippel reagierten empfindlich. Sie stachen erigiert hervor und bettelten förmlich darum, liebkost, gezwirbelt und gekniffen zu werden. Fast meinte sie, den Blick des Fremden körperlich zu spüren. Lola keuchte.

Unvermittelt ließ er den Batikstoff los, öffnete ihre Fesseln und fügte hinzu: »Ja, den Laden hast du wirklich ansprechend hergerichtet.«

»Du hast vom Geschäft gesprochen?«, fragte sie ungläubig und enttäuscht darüber, dass er die Beherrschung behalten hatte und nicht über sie hergefallen war.

Zwar schmunzelte er, doch er wirkte seltsam bekümmert dabei. »Natürlich.«

»Ja, klar. Was sonst?« Verärgert darüber, dass er sie hinters Licht geführt hatte, warf sie die Riemen zu den anderen Handschellen.

»Sei nicht sauer auf mich!«

»Dazu habe ich gar kein Recht.« Sie wollte an ihm vorbeigehen und sich hinter die Kassentheke flüchten.

Doch er hielt sie am Oberarm fest. »Unter anderen Umständen …«

»So ist es.« Sie hatte sich schon viel zu sehr fallen lassen. Um nicht erneut schwach zu werden, streifte sie seine Hand ab. »Nicht hier und nicht jetzt.«

»Das meinte ich nicht. Dass dies ein halb öffentlicher Ort ist, hätte mich nicht davon abgehalten, dich gleich hier zum Schreien zu bringen«, sagte er mit Schlafzimmerstimme.

Ihre Wangen brannten. Ihr fiel auf, dass die Wölbung in seinem Schritt gewachsen war. Er hatte sie also nicht nur verspottet. »Du hättest mich nicht erst ins WC gedrängt, um mich zu ficken?«, fragte sie spitz. *Dann bist du mutiger als ich.*

»Es im Ladenlokal zu treiben ist doch weitaus reizvoller. Die Gefahr, entdeckt zu werden«, er breitete die Arme aus, »Sex inmitten von lauter Erwachsenenspielzeug, und den Luxus, bloß die Hand ausstrecken zu brauchen, um einen Knebel oder einen Rohrstock zu greifen und mit einzubeziehen.«

Lola wurde endgültig feucht. Sie tat, als würde sie gar nicht richtig zuhören, und schob einige Vibratoren hin und her, in Wahrheit waren ihre Ohren allerdings gespitzt. »Sind das deine bevorzugten Toys?«

»Ich schöpfe gerne aus dem Vollen, aber ja«, er schnippte gegen eine Peitsche, »ich mag es gerne härter und versauter.«

Dieser Mann war der Wahnsinn! Er war zu gut, um wahr zu sein. Wahrhaftig schön, zudem sexuell aktiv und dominant. Wo lag also das Problem? Fühlte er sich nicht stark genug zu ihr hingezogen? War er gebunden und treu?

»Ich bin nicht gekommen, um etwas zu kaufen.«

Misstrauisch beäugte sie ihn. »Warum dann?«

»Ich bin Alessandro Di Marino.« Sein Name klang weich und verträumt.

Lola schnappte nach Luft. »Du bist mit Agostino verwandt?«

»Er war mein Onkel.«

Lola staunte nicht schlecht. Darum loderte also dasselbe Temperament in seinen Augen.

Plötzlich ballte sich ihr Magen zusammen. Vor ihrem geistigen Auge sah sie sich allein mit Jimmy am Grab ihres verstorbenen Vermieters stehen. Niemand sonst war gekommen. Keine Bekannten, keine Freunde und kein einziges Mitglied seiner Familie. Das hatte Lola noch trauriger gemacht und sie bitterlicher weinen lassen.

Schnaubend stemmte sie die Fäuste in die Hüften und baute sich dicht vor Alessandro auf. Ihr giftiger Blick bohrte sich in ihn hinein. Sie schoss die Worte wie Gewehrkugeln auf ihn ab. »Warum warst du dann nicht auf seiner Beerdigung? Du hast ihn nicht verabschiedet, das war echt mies von dir. Schließlich war er ein enger Verwandter. Egal, was zwischen euch vorgefallen ist, du hättest ihm die letzte Ehre erweisen müssen. Pfui, sage ich dazu. Das ist abscheulich und gefühlskalt. Wie konntest du ihm das antun?«

»Wow, du kannst ja vielleicht explodieren.« Während er verlegen lächelte und sich durch das wellige Haar fuhr, sah er dabei auch noch süß aus. »Mit dir möchte ich keinen Streit bekommen.«

»Was ist nur los mit dir?«, ging sie weiter mit ihren Giftpfeilen auf ihn los. Sie boxte gegen seinen Oberkörper. »Ist dein Brustkorb etwa leer? Oder hast du darin einen harten Stein anstatt eines Herzens?«

»Nun beruhige dich, Lola«, sachte drückte er ihre Oberarme, »ich bitte dich.«

Auch wenn Agostino das nicht mehr mitbekommen hatte, tat es Lola bis heute weh, dass die Welt ihn schon vergessen hatte, bevor er zu Grabe getragen worden war. »Das ist nicht wiedergutzumachen. Die Chance, ihn zu begleiten, wird nie wiederkommen.«

Noch immer hielt er sie fest. »Gib mir eine Chance, das zu erklären.«

»Nur zu.« Welche Ausrede würde er ihr wohl präsentieren?

»Ich wusste nicht, dass er an einem Schlaganfall gestorben war.« Zärtlich strich er an ihren Armen auf und ab, dann nahm er seine Hände fort.

Ungläubig schüttelte sie den Kopf, sodass das Tuch in ihrem Nacken verrutschte und sich eine kürzere Filzlocke, in die pastellfarbene Perlen und silberne Tubes eingearbeitet waren, löste. »Wie kann das sein?«

»Er war ein Eigenbrötler und Sonderling, der schon vor langer Zeit mit seiner Familie gebrochen hatte«, erklärte er und steckte ihr die blonde Strähne zwischen ihre anderen Dreadlocks. »Schon seit Jahrzehnten hatte niemand mehr Kontakt mit ihm gehabt.«

Warum nutzt Alessandro jede Gelegenheit, mich zu berühren? Das verwirrte sie auf eine durchaus angenehme Art und Weise.

Ihr blieb der Protest im Halse stecken, denn sie wusste selbst, dass Agostino kaum jemanden an sich herangelassen und zurückgezogen gelebt hatte. Zudem war Diplomatie nie seine Stärke gewesen. Er hatte die Dinge stets beim Namen genannt, auch wenn das sein Gegenüber verletzt hatte. Jetzt, wo sie darüber nachdachte, fragte sie sich, ob das nicht seine Masche gewesen war. Möglicherweise hatte er so seine Mitmenschen auf Abstand gehalten, damit sie ihn in Ruhe ließen und er sie nicht verletzen konnte.

Warum hat er dann ausgerechnet mich als Freundin akzeptiert? Weil er in mir ebenfalls einen Außenseiter sah ‚wie er einer war? »Nun gut, er war nicht gerade einfach.«

»Umso erstaunter war ich, dass er mir diese Immobilie vererbt hat.« Alessandro betrachtete die Packungen mit den männlichen und weiblichen aufblasbaren Sexpuppen, die Peniskäfige und die Ponymaske aus Latex mit dem langen roten Haarteil. Anzüglich lächelte er.

Instinktiv trat Lola einen Schritt von ihm weg. »Du bist also mein neuer Vermieter?«

Ihre Beziehung machte erneut eine Wende. Erst hatte sie einen Kunden in ihm gesehen, dann war er zu einem potenziellen Sexpartner geworden, und jetzt verband sie plötzlich Geschäftliches. Langsam wurde ihr schwindelig. Oder lag das an seiner Wirkung auf sie?

Hätte ich mich doch nicht von ihm fesseln lassen!

Neugierig prüfte er den violetten Vibrationshandschuh, in den man Zeige- und Mittelfinger steckte, um seinen Liebhaber oder seine Geliebte vaginal oder anal zu penetrieren. »Bis auf Weiteres zumindest.«

»Was soll das heißen?« Sie nahm ihm das Spielzeug ab und legte es zurück aufs Regal, damit er sich auf das Gespräch konzentrierte, doch ihre Möse pulsierte von Neuem.

»Mit dem Erbe habe ich auch den Mietvertrag mit dir übernommen, aber …«

Sie verspürte ein nervöses Kribbeln im Nacken. »Was meinst du mit aber?«

3

»Ich werde das Haus verkaufen. Liegt das nicht nahe?«

Lola wurde angst und bange. Wer wusste schon, was dann auf sie zukommen würde? Vielleicht würde der Käufer alles renovieren und danach die Miete so drastisch erhöhen, dass Lola sie sich nicht mehr leisten konnte, oder er würde Eigenbedarf anmelden und ihr kündigen. »Du könntest es auch behalten.«

»Was soll ich damit?«, fragte er, schritt an den Regalen vorbei und betrachtete mit glänzenden Augen die Penis-, Vaginal- und Brustpumpen.

Sie folgte ihm. »Es bringt dir Geld ein.«

»Das Bauwerk ist in die Jahre gekommen«, ungeniert öffnete er Gleitgele, Massageöle, kühlende und wärmende Tinkturen und stimulierende Parfüme und roch daran, »und es fallen bestimmt viele Reparaturen an.«

»Du könntest einen neuen Bewohner fürs Dachgeschoss suchen.« Agostinos Apartment stand ja leer. »Ich würde dir dabei helfen.«

»Nachher gerate ich noch an einen Mietnomaden wie mein Bruder Samuele.« Energisch winkte er ab und widmete sich den Analduschen. »Ich müsste einen Hausmeisterservice bezahlen und ständig hier heraus fahren und nach dem Rechten sehen.«

»Wäre das denn so schlimm?« Mit einem kessen Augenaufschlag sah sie ihn an.

Er genoss zwar sichtlich ihr Bezirzen, schwieg jedoch.

Schuft! So leicht war er offenbar nicht um den Finger zu wickeln. Darum setzte sie noch eins drauf und zwinkerte frivol. »Du könntest selbst ins Dachgeschoss einziehen.«

»Ein verführerischer Vorschlag«, er kam ihrem Gesicht so nah, als wollte er sie küssen, doch er zog sich zurück, bevor seine Lippen die ihren berührten, »aber ich bleibe lieber in Manchester.«

Verstimmt, dass er sie abblitzen ließ, hinderte sie ihn daran, die Paarvibratoren zu inspizieren. Vermutlich würde er ja doch nichts kaufen. Gekränkt sagte sie: »Dann wird das zwischen uns eben die kürzeste Geschäftsbeziehung, die Birdsville jemals gesehen hat.«

»Kürzer, als du denkst, befürchte ich.« Er wich ihrem Blick aus, indem er sich wegdrehte und eine Nippelklemme nach der anderen nahm und die Gewichte, Ketten oder Federn, die daran hingen, anschnippte.

Alarmiert horchte sie auf. Was kam jetzt?

»Es tut mir wirklich sehr leid. Bitte, nimm das nicht persönlich, Lola. Ich habe nichts gegen dich oder das *Toyland*.«

Wenn er ihren Namen mit dieser sinnlichen samtweichen Stimme aussprach, klang das bereits wie Verbalerotik. »Aber?«

Er wandte sich ihr wieder zu, rieb über seinen Oberkörper, vielleicht um sich selbst zu beruhigen, zumindest wirkte es auf Lola so. Offenbar rang er mit sich, denn seine Kiefer mahlten. Schließlich räusperte er sich und sagte: »Ich werde dir leider umgehend kündigen müssen.«

Die Neuigkeit traf sie wie ein Blitz. Am liebsten hätte sie sich vor lauter Schreck gesetzt, doch sie konnte sich nicht bewegen, um zum Sessel in der Ecke zu gehen. Ihre Beine waren wie gelähmt. Sie glaubte, sich verhört zu haben. »Wie bitte?«

»Mal ehrlich, wer ersteht schon eine Immobilie, die nicht nur alt ist, sondern«, er breitete die Arme aus und deutete auf das Mobiliar, »in der sich ein Sexshop befindet?«

»Sextoyshop«, korrigierte sie ihn bissig und bohrte die Fingernägel in ihre Handballen, bis es wehtat.

»Unter den gegebenen Umständen würde es schwer werden, überhaupt einen Käufer zu finden«, sein Achselzucken glich einer stummen Entschuldigung, »und falls das wider Erwarten doch klappen würde, würde er unter Garantie versuchen, mit dem *Toyland* den Kaufpreis zu drücken.«

Empört schnaubte sie und zog den Träger ihres Batikkleids hoch, um ihren Spitzenbody vor Alessandro zu bedecken. Waren sie sich eben noch nahegekommen, so klaffte nun ein Spalt zwischen ihnen. »In welchem Jahrhundert leben wir eigentlich?«

»Außerdem hast du mir selbst von dem Vandalismus erzählt. Wenn potenzielle Interessenten davon erführen – und sie werden sich garantiert über die Immobilie erkundigen –, würden sie abspringen, das kann man an fünf Fingern abzählen.«

Ich Vollidiotin! Ich habe mir mein eigenes Grab geschaufelt. Stöhnend massierte sie ihre Schläfen, hinter denen sie schmerzhafte Stiche spürte.

Er schaute auf seine Armbanduhr. »Ach du Schreck! Es ist schon so spät? Ich habe mich von dir auf köstliche Weise ablenken lassen.«

Obwohl er erst frivol zwinkerte und dann mit einem Kopfnicken zu den Handschellen und den Schlaginstrumenten deutete, reagierte sie nicht. Sie blinzelte nicht einmal. So appetitlich Alessandro auch aussah, ihr war nicht mehr zum Flirten zumute.

»Nun dann.« Er gab ein verlegenes Räuspern von sich. »Ich muss gehen. Ein wichtiger beruflicher Termin.«

Sie wusste nicht, ob sie ihm glauben sollte oder ob er dieser unangenehmen Situation nur entfliehen wollte, aber das war auch egal. Der Schreck hatte ihr die Stimme geraubt. Ihr Kopf war wie leer gefegt. Sie stand einfach bloß da wie die Schaufensterpuppe ihr gegenüber und starrte Alessandro entgeistert an.

Er holte sein Smartphone aus der Gesäßtasche, entnahm dem Fach auf der Rückseite der teerschwarzen Lederhülle ein Kärtchen und reichte es ihr. Da sie es nicht annahm, legte er es auf die Theke. »Auf der Visitenkarte steht meine Büronummer, falls irgendetwas ist. Ich melde mich, sobald ich einen Immobilienmakler eingeschaltet habe, okay?«

Fick dich, Italian Stallion!

Warum er ihre Schulter drückte, bevor er das *Toyland* verließ, war ihr schleierhaft. Als Aufmunterung? Ausgerechnet von ihm? Oder als Entschuldigung?

Es kam selten vor, dass sie trübselig war oder den Mut verlor, doch nun wusste sie nicht weiter. Sie sehnte sich nach ermutigenden Worten, nach Zuversicht und einer Umarmung.

Jimmy! Ich brauche dich jetzt.

Aufgewühlt hängte sie ein Schild an die Glastür. *Bin bald zurück.* Als sie das *Toyland* abschloss, brauste Alessandro mit diesem schlammbesudelten Wagen, der gar nicht zu seinem stylishen Äußeren passte und gerade darum charmant wirkte, die Hauptstraße entlang in Richtung Highway.

Ob der rassige Kerl beim Vögeln genauso ungestüm war wie sein Fahrstil? So, wie sie ihn kennengelernt hatte, eher nicht. Er hatte bedacht agiert. Er hatte genau gewusst, was er tat, und das Temperament, das in seinen zimtfarbenen Augen loderte, unter Kontrolle gehabt. *Aber ich wette, der Sex mit ihm ist genauso schmutzig wie sein Auto.*

Lola wusste nicht, ob sie ihn jemals wiedersehen würde. Vermutlich nicht. Ein Anwalt würde alles Weitere mit ihr besprechen, und das war wohl auch besser so. Sie war enttäuscht und wütend, weil er sie erst angemacht und sich dann als eiskalter Businessman entpuppt hatte. Nur ihre triebgesteuerte Möse sah das anders und wollte ihn noch immer vögeln.

»Er ist ein Idiot«, brachte Lola gepresst hervor und ballte die Hände zu Fäusten, während sie zum *Devine Drink* eilte. *Aber ein verdammt attraktiver.*

Im Wein- und Spirituosengeschäft hieß sie ein Rocksong willkommen, der zu laut durch das Ladenlokal hallte, um als Hintergrundmusik durchzugehen. Jimmy war nicht zu sehen. Möglicherweise arbeitete er im Angestelltenbereich und hatte die Musik aufgedreht, damit er sie bis dahin hörte.

Sie schüttelte den Kopf und rief nach ihm, doch es kam keine Reaktion. Weil sie das *Toyland* nicht lange geschlossen lassen wollte, umrundete sie kess die Verkaufstheke und spähte hinter die Kulissen des Wein- und Spirituosengeschäfts. Geräusche aus dem Lager drangen zu ihr.

Lola, die ihm unbedingt ihr Herz ausschütten musste, um nicht vor Sorge um ihre Existenz verrückt zu werden, fackelte nicht lange und schritt durch den engen Korridor zu der Schiebetür, hinter der das Stöhnen zu hören war. Zum Glück spähte sie erst durch den Spalt und riss sie nicht weiter auf, denn was sie sah, ließ sie abrupt innehalten.

Ihre Augen wurden größer. Sie öffnete den Mund zu einem stummen O und grinste dann breit.

Jimmy kniete vor einer Holzkiste, den Oberkörper hatte er darübergebeugt. Er hatte die Weinflaschen in dem Behälter so arrangiert, dass ein Loch entstanden war. Darin steckte die Taschenmuschi, die er bei Lola gekauft hatte.

Seitdem er vor sechs Wochen seinen Job im *Devine Drink* angetreten hatte, hatte er viele, sehr viele Sextoys bei ihr erstanden. Er war einer ihrer besten Kunden. Die meisten der Spielzeuge dienten zur Selbststimulation. Aber er wurde nicht müde zu erwähnen, dass er hoffte, eines baldigen Tages den Vibrationspenisring, die Analkette, die Metallklemmen, das Handmassagegerät mit den Reizkugeln, die Wachskerzen, den Prostata-Stimulator und all die anderen Dinge in das ausschweifende Liebesspiel mit einer Freundin einzubauen.

Er würde voll auf Spielzeug abfahren, sagte er oft und

dass Erotik eine große Rolle in seinem Leben spiele, und dann sah er Lola jedes Mal mit einem Hundeblick an. Am Ende eines Verkaufsgesprächs tat er ihr für gewöhnlich leid, und sie gewährte ihm einen Rabatt.

Nun, da sie ihn dabei beobachtete, wie er rhythmisch in die künstliche Vagina hineinstieß, musste sie zugeben, dass er alles andere als bedauernswert aussah. Die Laute, die aus seiner Kehle aufstiegen, wurden immer rauer. Seine Muskeln spannten sich an. Schweiß rann über die Sommersprossen auf seinem Gesicht. Sein Schwanz stieß immer ungestümer in die fleischfarbene Fake-Möse. Diese schob seine Vorhaut zurück und schlang die Silikonlippen eng um die Peniswurzel. Sie schien an Jimmys Glied zu saugen, gierig darauf, sein Sperma zu schlucken.

Obwohl Lola Jimmy nur als Freund betrachtete, war das ein durchaus erregender Anblick für sie, weshalb sie stehen blieb und zur heimlichen Voyeurin wurde. Es war falsch und verwerflich, sie konnte sich jedoch nicht von dem Anblick losreißen. Sie beruhigte ihr schlechtes Gewissen mit der Vermutung, dass es Jimmy angemacht hätte zu wissen, dass sie ihm dabei zusah, wie er einen Masturbator fickte, als gäbe es kein Morgen.

Er bemerkte sie nicht. Er nahm nichts um sich herum wahr, denn er war offensichtlich vollkommen gefangen in der Lust, die ihn immer mehr dem Orgasmus entgegentrieb. Seine blassen Gesäßhälften spannten sich an. Seine Miene verzerrte sich zu einer grotesken Fratze, und es schien mühsam für ihn zu sein, seinen schlanken langen Schaft weiterhin in die enge Taschenmuschi hineinzurammen.

Schließlich riss er den Mund zu einem stummen Schrei auf, verharrte einige Sekunden regungslos und stieß dann kraftvoll die Luft aus, wobei ihm gleichzeitig ein feminines Wimmern entfuhr, das Lola beinahe zum Kichern gebracht hätte.

Rasch presste sie die Hand auf ihre Lippen und zog sich zurück, bevor Jimmy die Augen öffnete und sie entdeckte. Denn für den Moment lag er über der Weinkiste, den Schwanz tief in der Silikonmuschi vergraben, und keuchte wie ein Sprinter, der die Ziellinie überquert hatte und versuchte, wieder zu Atem zu kommen.

Obwohl es Jimmy war, den sie gerade beim Ficken eines Masturbators beobachtet hatte, dachte sie an Alessandro, während sie in den Publikumsbereich des Ladens zurückkehrte. Sein erotischer Flirt mit ihr war verheißungsvoll gewesen. Aber hielt der Typ Männermodel, was er versprach? Oder war er nur eine hübsche Hülle und ein Blender?

»Das werde ich wohl niemals herausfinden«, murmelte sie und spürte ein heftiges Pulsieren unter dem Slip, das nicht etwa von Jimmys Zügellosigkeit ausgelöst worden war, sondern allein von dem Gedanken an den rassigen Italoamerikaner.

Auf leisen Sohlen schlich Lola zum Ausgang. Die Situation war wohl gerade ungünstig, um mit Jimmy über ihre Sorgen zu sprechen.

»Halt! Warte!«, rief plötzlich jemand hinter ihr.

Erschrocken flog sie herum.

Jimmy kam um die Theke herum auf sie zu. Nervös fuhr er sich immer wieder durch sein flammend rotes Haar. »Warum gehst du wieder?«

Sie hoffte inständig, dass sie vor Scham nicht halb so rot im Gesicht war wie er. *Wäre Nacht, bräuchte er das Licht nicht anzuschalten.* »Ich hatte dich gerufen und keine Antwort erhalten, darum dachte ich, du würdest eine Getränkelieferung annehmen und wärst beschäftigt.«

»Bitte, bleib! Ich habe mir bloß gerade die Hände gewaschen und dich nicht gehört.« Als wären es nur Flusen, wischte er über die Wasserspritzer auf seiner Jeans, die bestimmt entstanden waren, als er seinen Penis vor dem Waschbecken gesäubert hatte. »Alles okay? Du siehst erschrocken aus.«

Weil du mich beinahe dabei ertappt hast, wie ich dich beim Taschenmuschificken beobachtet habe. Um von sich abzulenken, berichtete sie ihm von Alessandro Di Marino. Freilich erwähnte sie nicht, dass er sie angebaggert hatte. Sie ließ ebenfalls unerwähnt, dass er wunderschöne Augen und einen knackigen Hintern hatte. Das alles spielte keine Rolle, schließlich wollte er sie auf die Straße setzen. *Dieser sexy Bastard!* »Ich werde bald kein Dach mehr über dem Kopf haben.«

»Du kannst jederzeit bei mir unterkommen.« Mit forschen Schritten kam er zu ihr und stellte sich so dicht vor sie hin, dass sie den Kopf in den Nacken legen musste, um ihn anzusehen, denn er war lang und dünn. Genau wie sein Schwanz.

Dankbar lächelte sie ihn an. Er war in der Kürze der Zeit, die sie sich kannten, zu einem Freund geworden. »Wie lieb von dir!«

»Ich schlafe auf der Couch«, er strahlte sie an, als würde das keine Unannehmlichkeiten für ihn bedeuten, sondern ein großer Spaß werden, »und überlasse dir mein Bett.«

Wenn man ihn so reden hörte, konnte man fast meinen, es wäre beschlossene Sache. Innerlich wehrte sie sich gegen die Vorstellung, bei Jimmy einzuziehen, selbst wenn es nur vorübergehend war. Vielleicht lag das daran, dass er ihren Kummer und ihre Verärgerung nicht zu teilen schien, denn er grinste breit. Sie trat einen Schritt zurück, um mehr Abstand zwischen sich und ihn zu bringen, und massierte ihren Nacken.

»Die Wohnung ist eine Sache, das *Toyland* eine völlig andere.« Ihr großer Traum vom eigenen Shop für Sexspielzeug drohte schon nach drei Jahren wieder zu platzen. Das konnte und wollte sie nicht wahrhaben. »Hast du eine Ahnung, wie unglaublich schwer es war, ein Ladenlokal zu finden? Agostino war der Erste und Einzige, der mir einen Vertrag anbot. So schnell werde ich kein leer stehendes Geschäft finden, das man bereit ist, an mich zu vermieten.«

»Ich werde dir helfen, versprochen«, sagte er mit weicher Stimme und strich über ihren Handrücken. »Ich werde jede freie Minute mit dir nach etwas Neuem suchen.«

Ihre Augen wurden feucht. Sie hatte so hart dafür gekämpft, hatte selbst in den ersten beiden Jahren nebenher nachts am Drive-in-Schalter eines Fast-Food-Restaurants gearbeitet, weil sie nicht genug eingenommen hatte. Inzwischen schrieb sie zwar schwarze Zahlen, kam jedoch gerade so eben über die Runden. »Ich habe keinen Notgroschen, um mich eine Zeit lang über Wasser zu halten.«

»Das kriegen wir hin. Du ziehst bei mir ein, und ich

füttere dich durch, bis du wieder auf eigenen Füßen stehst.« Oder es nicht mehr anders haben möchtest, sagte sein Blick. Sein Lachen wirkte verlegen.

Lolas Magen zog sich zusammen. Auf keinen Fall wollte sie von ihm oder jemand anderem abhängig sein. Sie war vor fünf Jahren in die USA emigriert und hatte sich vom ersten Moment an eigenständig durchgebissen. Manchmal hatte sie vier Jobs auf einmal gehabt, hatte Burger verkauft, in der Küche eines Bistros dem Koch zugearbeitet, nachts in einer Bar Cocktails serviert und wenn es zeitlich passte, auf die Kinder ihrer Nachbarin aufgepasst. Sie hatte sich für das *Toyland* den Arsch aufgerissen. Dass sie es kampflos aufgab, schien ihr nun, da sie den ersten Schock verdaut hatte, unmöglich. »Mein Mietvertrag läuft noch zwei Jahre.«

»Gilt er denn weiterhin, wenn der Besitzer wechselt?« Nachdenklich tippte er sich an die Unterlippe, die doppelt so groß war wie die obere und darum leicht hervorstand. »Ich kenne mich damit nicht aus.«

»Ich auch nicht, aber ich werde darauf bestehen.«

»Du solltest einen Anwalt einschalten. Sollen wir heute Abend gemeinsam nach Adressen suchen?«, fragt er und knuffte sie aufmunternd. »Ich lade dich auch zu Tex-Mex ein.«

»Dafür habe ich kein Geld, also für einen Rechtsbeistand.« Langsam ging ihr Jimmys gute Laune auf den Keks.

»Ja, der würde verdammt teuer werden. Ich würde dir ja mein Erspartes geben, das reicht leider allerdings nicht einmal für eine Erstberatung.« Er sah sie zerknirscht an.

»Sehr großzügig von dir, aber das würde ich auf keinen Fall annehmen.«

»Was willst du dann tun?«

»Di Marino die Hölle heißmachen«, brachte sie gepresst hervor. Sie ballte eine Hand zur Faust. »Ich werde gleich in der Mittagspause zu ihm fahren und ihm unmissverständlich klarmachen, dass er so nicht mit mir umgehen kann, dass ich den besten Advokaten von ganz New Hampshire engagieren und ihn fertigmachen werde.«

»Aber du hast doch gerade gesagt …«

»Das ist ein Bluff.« Lola verdrehte die Augen. »Ich werde sinnbildlich meine Krallen ausfahren und ihm Angst einjagen. So leicht gebe ich mich nicht geschlagen, das soll er ruhig wissen. Dabei könnte es auch leicht passieren, ass sein beruflicher Leumund beschmutzt werden würde.«

Jimmy fand wohl alles toll, was sie sagte oder machte, denn er pfiff anerkennend. »Wow, du gehst ja über Leichen! Wie gut, dass wir so eng befreundet sind und eine ganz besondere Beziehung haben.«

Genau genommen war ihr Plan Mist. Aus Verzweiflung ersonnen und bloß heiße Luft. Eine Wildkatze war sie nur im Bett. Aber sie musste noch einmal inbrünstig auf Alessandro einreden und dabei hoffentlich sein Herz erweichen. Sie würde auch nicht davor zurückschrecken, ihre weiblichen Reize einzusetzen. Wenn sie so darüber nachdachte, hätte sie sogar nichts dagegen, noch etwas mehr darüber zu erfahren, was für eine Art Liebhaber in ihm schlummerte. War er tatsächlich ein italienischer Hengst?

Plötzlich konnte sie es kaum erwarten, ihn wiederzusehen. Ihr Puls beschleunigte sich, und die Wut, die sie empfand, schürte die Lust in ihr. Hätte sie jetzt Sex mit ihm, würde sie ihm den Brustkorb zerkratzen, während sie ihn stürmisch ritt.

»Du bist eine Wucht, Lola Weingold«, hauchte Jimmy und wollte sie auf den Mund küssen.

4

Rasch drehte sie sich zum Ausgang, um dem Kuss zu entgehen und ihre Überraschung zu verbergen. Über die Schulter hinweg blickte sie ihn an und hoffte, dass er ihr die Verlegenheit nicht anmerkte. »Ich werde dir dann berichten, wie es gelaufen ist.«

Er lief so rot an, dass Lola seine Sommersprossen kaum noch erkennen konnte. »Es tut mir leid.«

»Schon gut«, sagte sie und bemühte sich dabei, beiläufig zu klingen. Sie schenkte ihm ein freundschaftliches Lächeln und floh aus dem *Devine Drink* in ihren Laden.

Was war das denn?, fragte sie sich atemlos und ließ sich in den Sessel in der Bücherecke fallen. Er war schon immer anhänglich gewesen und hatte ein wenig mit ihr geflirtet, hatte aber nie eine gewisse Distanz überschritten.

Hatte er etwa nur ihretwegen die vielen Toys gekauft? Hatte er in Wahrheit gar kein so großes Interesse an dem Spielzeug für Erwachsene gehabt, sondern an ihr selbst? Wenn er davon sprach, hoffentlich bald eine Freundin zu finden, hatte er dann sie gemeint? Hatte er sich etwa vorgestellt, dass sie unter ihm lag, während er die Taschenmuschi fickte?

Offenbar hatte sie die Anzeichen einer Verliebtheit nicht erkannt. Daran trug Alessandro die Schuld, zumindest dass sie den Kuss nicht hatte kommen sehen. Sie spähte zu den Handgelenkriemen, die er ihr umgelegt hatte, und verspürte ein heißes Prickeln.

Warum kehren meine Gedanken eigentlich immer wieder zu ihm zurück? Wieso kann ich ihn nicht verabscheuen, wie ich es müsste? Weil sie scharf auf ihn war. Ungünstig, wo er zurzeit doch ausgerechnet der Mann war, mit dem sie sich auf keinen Fall einlassen wollte.

Außerdem machte ihr Verlangen sie schwach. Es milderte ihre Wut und brachte ihre Knie dazu, weich zu werden. Das merkte sie deutlich, als sie einen Tag später in Manchester vor dem Gebäude, in dem sein Büro lag, eintraf.

Es befand sich in dem mit Efeu berankten Hinterhof einer umgebauten Fabrik. Rote Rosen blühten dort im Schatten eines Spitzahorns mit buschiger Krone. Die Baumwurzeln hatten zahlreiche der Backsteine des Bodenbelags hochgedrückt, sodass Lola Mühe hatte, mit ihren flachen Sandalen zur Eingangstür zu gelangen, ohne sich die Knöchel zu brechen. Die Holzbank unter dem Klingelknopf sah verwittert, aber einladend aus.

Energisch trat Lola ein. Eine Rezeption gab es nicht. Sie musste zugeben, dass sie etwas ernüchtert war, weil Alessandro kein eigenes Büro besaß, sondern sich eins mit zwei anderen Architekten teilte. Es machte nicht den Anschein, als würden sie zusammenarbeiten. Vermutlich teilten sie sich lediglich die Miete.

Skizzen und Fotos von geplanten und fertigen Immobilien hingen eingerahmt an den Wänden und vertuschten, dass mal wieder gestrichen werden musste. In einer Nische schmiegten sich zwei Holzstühle mit Flohmarktcharme eng an einen schlichten weißen Resopaltisch, auf dem das Modell eines riesigen Einkaufzentrums Schmutz ansetzte.

Lola schrieb gerade heimlich mit dem Finger »Mach mich sauber!« in den Staub auf dem Dach des Miniaturparkhauses, als eine Frau in einem schwarzen Kleid auftauchte, das hauteng anlag wie die Latexganzkörperanzüge, die Lola im *Toyland* verkaufte.

Neidisch betrachtete Lola ihre atemberaubende Figur. Sie selbst kam sich in dem Tunikakleid mit marokkanischem Muster, das so kurz war, dass sie darunter Leggings tragen musste, wie ein unförmiger Papagei vor.

Die blondierte Schönheit kommentierte Lolas kindische Tat nicht, sondern lächelte nur dezent, als sie las, was dort geschrieben stand. Mit warmer Stimme stellte sie sich als Architektin Loretta Conelly vor, seufzte, als sie hörte, dass Lola nicht zu ihr wollte, und brachte sie schließlich zu Alessandro.

Zu ihrer eigenen Überraschung verspürte Lola Eifersucht. War das Verhältnis von Alessandro und Loretta wirklich bloß rein kollegial? Oder ging es über die gemeinsame berufliche Basis hinaus? Das kann dir doch egal sein, rügte sie sich. Ihr gefiel Alessandro wohl besser, als sie gedacht hatte, aber Gefühle konnte sie gerade nicht gebrauchen, wo ihre Welt auseinanderbrach. Dafür war schließlich Alessandro verantwortlich.

Ihre Verärgerung kehrte zurück und brachte sie wieder zur Besinnung. Gerade als sie dem Grund für ihre Sorgen entgegentrat, war ihr Kopf wieder klar, und sie zückte metaphorisch ihre Waffen. Nur ihr Körper gehorchte ihr noch nicht wieder vollkommen. Ihre Brustspitzen erigierten und sandten ein Prickeln in tiefere Regionen.

»Lola«, rief er erfreut aus, erhob sich aus seinem abgewetzten Bürosessel und kam zu ihr, »was machst du denn hier?«

Dich in die Mangel nehmen, dachte sie kämpferisch, konnte jedoch nicht anders, als ihn ebenso anzustrahlen wie er sie. »Ich habe letzte Nacht eine ganze Packung Eiscreme mit Brownie-Stückchen und karamellisierten Walnüssen gegessen. Hast du eine Ahnung, wie viele Kalorien das sind?«

Sichtlich verwirrt runzelte er die Stirn und sah selbst mit den Falten noch makellos aus. Wie schaffte er das bloß?

Plötzlich erhellte sich seine Miene, und er blinzelte sie anzüglich an. »Soll ich dir etwa helfen, sie wieder abzutrainieren?«

Normalerweise errötete sie nicht so leicht, aber mit dieser Antwort erwischte Mr. Sexy sie eiskalt, denn er sprach eine Seite in ihr an, die daraufhin kreischte, wie jemand, der den Lottojackpot geknackt hatte. Um ihre Begeisterung für seinen Vorschlag zu verbergen, sagte sie in einem ironischen Ton: »Später vielleicht.«

Worauf Alessandro sinnlich lachte.

Seine anthrazitfarbene Stoffhose und sein Hemd wirkten nicht nur elegant, sondern waren farblich perfekt aufeinander abgestimmt. Jede seiner Bewegungen war geschmeidig, jedes noch so dezente Lächeln entfaltete auf wundersame Weise seine volle Wirkung, zumindest auf Lola. Obwohl er sich verhielt, als würde er ganz natürlich vor einer Kamera posieren, glaubte Lola nicht daran, dass er das absichtlich tat. Vielmehr vermutete sie, er hatte keine Ahnung, wie unglaublich attraktiv er eigentlich war.

»Erst einmal müssen wir über das *Toyland* sprechen.« Sie knallte die Bürotür hinter sich zu. »Es bedeutet mir alles! Wenn du meinen Mietvertrag für die Wohnung kündigen willst, ist das kein Problem. Ich kann bei einem Freund unterschlüpfen.«

»Auch unter seine Bettdecke?«, fragte er ernst. Seine Augen verengten sich.

Sie brauchte einen Moment, um den Einwurf einzuordnen. *Sieh mal einer an.* Dann dachte sie an Loretta, zuckte mit den Schultern und sagte: »Nun ja, wenn es nach ihm ginge …«

Alessandro drängte sie zur Wand, stützte sich neben ihr ab und sah sie eindringlich an. »Das wirst du auf keinen Fall tun! Du wirst in deinem Apartment wohnen bleiben, bis du ein neues gefunden hast.«

»Wie großzügig«, spottete sie. »Dabei bin ich dir doch ein Dorn im Auge.«

»Dein Geschäft muss freilich so bald wie möglich schließen. Aber das eine hat ja nichts mit dem anderen zu tun.«

Empört schnaubte sie. Sie kam so dicht an sein Gesicht heran, dass sein Aftershave ihre Nase kitzelte. Der Duft erinnerte sie an die Wasserminze im Teich ihrer Eltern, einer Zinkwanne. »Kein Wunder, dass Agostino mit euch Di Marinos gebrochen hat. Ihr seid herzlos.«

»Wie kannst du nur so etwas sagen?« Sein Atem roch nach starkem schwarzem Kaffee. »Du kennst mich doch gar nicht.«

»Immerhin willst du meinen Lebenstraum zerstören.«

Er ließ den Kopf hängen und seufzte. »Von wollen kann ja wohl keine Rede sein.«

Schwungvoll stieß er sich von der Wand ab und fuhr sich durch das dunkle wellige Haar, das in Lola Assoziationen an vergangene Urlaube am Mittelmeer weckte, an azurblaues Wasser, weiße Häuser und romantische Sonnenuntergänge. Von der Freude und Entspannung von damals war sie jetzt weit entfernt. Ihr ganzer Körper war angespannt.

Vielleicht würde es Alessandro überzeugen, wenn sie ihm begreiflich machte, wie viel Leidenschaft in ihrem Erotiklädchen steckte. »Schon in Deutschland habe ich von nichts anderem als einem eigenen Sextoyshop geträumt und dann in den USA hart dafür gearbeitet, auf vieles verzichtet und jeden Cent ins *Toyland* investiert.«

»Ich kann die Immobilie nicht behalten, Lola, selbst wenn ich wollte. Zu viele Verpflichtungen, für die ich weder Zeit noch Geld habe.« Er ließ seinen Blick durch das Büro schweifen, wohl um Lola auf die karge Einrichtung hinzuweisen. Es gab neben dem Schreibtisch und dem Sessel bloß zwei klobige Besucherstühle mit Armlehnen und ein Sideboard aus Pressholz mit hohen schrägen Füßen, das man in Kleinanzeigen schmeichelnd als Vintage umschreiben würde. »In meiner Situation ist sie nur Ballast.«

»Dann biete sie eben mit meinem Geschäft an.« Sie gab sich betont euphorisch, in der Hoffnung, dass sie Alessandro damit infizierte. »Immerhin sichert das dem neuen Eigentümer gleich zwei Mieten.«

»Mein Makler hat mir dringend davon abgeraten.« Unruhig lief er im Zimmer auf und ab. »Amerika ist konservativer, als ihr Europäer denkt, das weiß ich von meinem Job leider aus erster Hand.«

»Gestern hattest du noch keinen Makler.«

»Loretta, meine ...«

»Was?« *Freundin?* Lola biss sich von innen auf die Wange, bis es wehtat. Halt doch den Mund!, rügte sie sich.

Durch den hitzigen Einwurf hatte sie ihn sichtlich aus dem Konzept gebracht, denn er blieb abrupt stehen, runzelte die Stirn und sah sie fragend an. Als sie schwieg, fuhr er fort: »Meine Kollegin hat mir einen ihrer Bekannten empfohlen, und wir haben gestern mit ihm gemeinsam zu Abend gegessen.«

»Sie war mit dabei gewesen?«, hakte sie impulsiv nach. *Das geht dich nichts an.*

Alessandros Haltung änderte sich, sie bekam etwas Lauerndes. »Um uns einander vorzustellen.«

»Das hättet ihr beiden Kerle auch allein hinbekommen. Oder wechselt sie dir etwa auch die Windeln?« Ohne dass sie es wollte, klang sie immer zänkischer.

Seine Miene wirkte wachsam. »Sie hat mich netterweise dabei unterstützt, eine niedrigere Courtage als üblich auszuhandeln. Dank ihr habe ich einen Freundschaftspreis erhalten.«

»Wie äußerst liebenswürdig von ihr«, meinte sie sarkastisch.

»Was hast du eigentlich gegen sie?« Aufmerksam blinzelte er sie an. »Du bist doch gar nicht der Typ für Stutenbissigkeit.«

»Nichts. Sie ist perfekt.« *Wie du. Ihr würdet ein sensationelles Paar abgeben.* Sie dagegen passte zu Alessandro wie ein Hawaiihemd zu handgefertigten italienischen Kalbslederschuhen.

Lässig schob er die Hände in die Hosentaschen und sah einmal mehr aus, als gehörte er auf den Laufsteg. »Bist du etwa eifersüchtig?«

»Gott bewahre, nein!«, protestierte sie schrill und entlarvte damit ihre Lüge. »Das ist doch vollkommen abwegig und hat mit Birdsville nichts zu tun. Mich interessiert nur das *Toyland*.«

»Du verhältst dich aber so.« Er zwang sie allein durch seine Präsenz mit dem Rücken gegen die Tür und machte den Anschein, noch näher kommen zu wollen.

Um ihn zu stoppen, legte sie die Handfläche auf die Knopfleiste seines Oberhemds. Zu gerne hätte sie herausgefunden, was sich darunter verbarg. Fühlte sich seine Haut weich an? War er gut gebaut, oder verbarg er unter der Kleidung einen Makel? »Wir beide, Mr. Di Marino, haben eine rein geschäftliche Beziehung.«

Sein Schmunzeln war ungemein sexy. »Warum bist du dann gerade so emotional geworden?«

»In Bezug auf meinen Laden werde ich zur Löwin.« Was Alessandro betraf, durfte sie keine Gefühle investieren, denn sie waren Gegner. Momentan sah es nicht so aus, als würde er seine Meinung über den Verkauf seines Erbes ändern.

»Wenn das der Fall ist«, seine zimtfarbenen Augen funkelten, »wieso hältst du mich dann fest?«

Erst jetzt bemerkte sie, dass sie ihn noch immer berührte. Rasch ließ sie den Arm sinken und nestelte nervös an ihrer Tunika herum.

Die meisten Bekannten dachten, sie würde sich fast täglich vergnügen, nur weil sie einen Sextoyshop führte, aber das stimmte nicht. Sie arbeitete viel zu hart und hatte kaum Freizeit. Nach Ladenschluss brachte sie die Onlinebestellungen zur Post, gab Dessous- und Toypartys im weiten Umkreis und fiel meist todmüde ins Bett. Allein.

Um das *Toyland* in die schwarzen Zahlen zu bringen, hatte sie viel geopfert, auch ihr Privatleben. Nun, da Alessandro sie unbarmherzig in die Ecke trieb, spürte sie brennend, wie ausgehungert sie war, was Vögeln, aber auch Liebe betraf.

Seine Stimme bekam einen rauen Ton. »Welche Dessous trägst du heute unter deinen Hippie-Klamotten?«

Ihre Brauen schossen in die Höhe, und ihr Puls beschleunigte sich. War es Taktik von ihm, sie verlegen zu machen und durch diese schlüpfrige Frage von ihrem Zwist abzulenken? Um ihm den Wind aus den Segeln zu nehmen, trat sie die Flucht nach vorne an: »Sieh doch nach!«

Sie hatte gedacht, er würde wieder einmal amüsiert lachen und dann zum Thema zurückkehren, doch sie hatte sich geirrt. Ungeniert strich er über ihr Dekolleté. Seine Fingerspitzen streichelten sie in immer kleiner werdenden Kreisen, bis sie schließlich den oberen Saum des Kleids erreichten und so weit nach unten zogen, dass sie durch den Spalt zwischen Lolas Brüsten glitten.

Noch sah Alessandro nicht mehr als die sanften Hügel ihres Busens, aber er atmete schwerer und bekam einen

Schlafzimmerblick. Als er den Stoff lüftete, um darunterblicken zu können, öffnete er den Mund und leckte sich dem Anschein nach unbewusst über die Unterlippe.

Lola selbst rang mit ihrer Erregung, um zu verhindern, dass ihr Brustkorb auf und ab wogte und es somit offensichtlich wurde, dass es ihr gefiel, was er tat. Immerhin waren sie zwei Fremde, auch wenn es sich merkwürdigerweise nicht so anfühlte. Schon bald nach ihrem ersten Zusammentreffen hatte sich eine hauchdünne Verbindung zwischen ihnen gezeigt, ein gemeinsames Interesse, die Lust an ausschweifendem Sex, die langsam zu Verlangen nach dem jeweils anderen wurde.

Als sie ihn am gestrigen Tag dabei beobachtet hatte, wie er aus seinem Auto ausgestiegen war, hatte sie gedacht, dass ein Schönling wie Alessandro unerreichbar für sie wäre. Doch hier standen sie im Schutz seines Büros und überschritten eine Grenze, die Geschäftsleute üblicherweise wahrten.

Es machte Lola an, zu sehen, wie gierig er ihr rosafarbenes Triangle-Top aus Spitze betrachtete. Er musterte jedes Stickdetail auf dem BH, die großen pinken Blüten und die kleinen champagnerfarbenen Blätter, und starrte schließlich Lolas Brustwarzen an, die das Netzgewebe wölbten.

Plötzlich griff er unter ihr Kleid. Er begrabschte sie nicht etwa überhastet, sondern jede seiner Bewegungen wirkte erfahren und erotisch. Sinnlich strich er mit dem Daumen über ihren rechten Nippel.

Scharf sog Lola die Luft ein. Ein heißes Prickeln floss durch ihren Oberkörper. Beinahe hätte sie gekeucht, aber sie konnte den Laut gerade noch unterdrücken. Immerhin saßen die anderen beiden Architekten in den Nachbarräumen.

Alessandro setzte eine Unschuldsmiene auf und zuckte mit den Achseln. »Ich wollte nur herausfinden, ob dein BH Schlitze hat wie der, den die Schaufensterpuppe in deinem Laden trägt.«

»Und das konntest du nicht erkennen?«, zischte sie und blinzelte ihn zweiflerisch an.

»Unter deinem Kleid ist es zu dunkel.« Noch immer lag seine Hand an ihrem Busen. In unschuldigem Ton sagte er: »Aber wenn du es ausziehen könntest, wäre das Problem behoben.«

5

Und was dann? Würde er einen Schritt weitergehen und sie gar am Ende ficken? Verwirrt stammelte sie: »Du und ich, also, wir müssen über Birdsville, genauer gesagt über mein Geschäft, reden.«

»Es fällt mir gerade schwer, mich aufs Business zu konzentrieren.« Sachte massierte er ihre Brustspitze.

»Mir auch.« Darum musste er unbedingt mit seinen Liebkosungen aufhören. Sie sollte ihn wegstoßen oder gar für seinen dreisten Vorstoß ohrfeigen, doch sie starrte ihn nur überrascht an und ließ seine Berührungen geschehen. »Machst du das mit allen Kundinnen?«

»Selbstverständlich nicht.«

»Mit Loretta?«

Mit Daumen und Zeigefinger drückte er ihren Nippel leicht zusammen. »Nun gib schon zu, dass du eifersüchtig bist.«

»Warum sollte ich?« Es tat nicht weh, nährte aber sehr wohl ihre Begierde.

»Weil du mich heiß findest.« Sein Bein stieß zwischen ihre Knie.

Überrascht keuchte sie jetzt doch. Sie spürte seinen Oberschenkel an ihrem Venushügel. Dieser Schuft bewegte ihn ständig, und die Reibung verursachte ein Kribbeln in ihrer Möse. »Sie ist doch bloß deine Kollegin und nicht mehr, oder …?«

Leise lachte er und legte in einer bedrohlichen Geste die Hand an ihren Hals. »Sag es! Ich kenne die Wahrheit längst, denn ich habe sie in deinen Augen gelesen, aber ich will sie aus deinem Mund hören.«

Trotzig presste sie die Lippen aufeinander. Ihre Eifersucht war ihr peinlich, verriet sie doch, wie ausgesprochen anziehend sie Alessandro fand. Nein, das war untertrieben. Er war verdammt sexy.

Der Druck auf ihre Brustwarze und auf ihre Kehle wurde stärker.

Lolas Lust raubte ihr den Atem. Sie wünschte sich so sehr, sich Alessandro hingeben zu dürfen. Er war nicht nur der attraktivste Mann, den sie seit Langem getroffen hatte, sondern er stand offenbar ebenfalls auf ein ungewöhnliches Vorspiel wie sie. Rein-Raus taugte für einen erfrischenden Quickie zwischendurch, allerdings nicht für Sex mit Wow-Faktor, von dem man noch lange zehrte. Sie hatte so eine Ahnung, dass Alessandro sie noch stundenlang necken konnte, bevor er sie endlich nehmen würde. Unglücklicherweise durfte sie es nicht dazu kommen lassen, schließlich wollte er ihr ihr heiß geliebtes *Toyland* wegnehmen.

Seine Hand glitt über ihren Hals höher. Er vergrub seine Finger in ihren Dreadlocks und zog ihren Kopf sanft, jedoch bestimmt in ihren Nacken. Dicht kam er mit seinem Gesicht an das ihre heran und massierte gleichzeitig ihren Nippel fest. »Ich kann dich zum Schreien bringen, nicht in dieser Minute vielleicht und möglicherweise auch nicht in der nächsten, aber ich kann warten.«

Ihr wurde heiß, besonders zwischen den Schenkeln. Was für ein Mann!, dachte sie hungrig. Er war genau nach ihrem Geschmack. Dominant, selbstbewusst und dreist. Eine Herausforderung, gewiss, allerdings auch zum Niederknien.

»Lola«, flüsterte er sinnlich dicht an ihren Lippen, »ich bin ein geduldiger Mensch. Meine bittersüßen Foltermethoden werde ich stetig ausbauen.«

Was genau meinte er damit? Ihr Kopfkino lief auf Hochtouren. Die feinen Härchen in ihrem Nacken stellten sich auf. Ihre Schamlippen schwollen an. Genau diese Mischung aus Furcht und Geilheit ließ das Blut heftiger durch ihre Mitte pulsieren.

»Außerdem werden sie intensiver werden. Ich rede nicht zwingend von Lustschmerz.« Er hauchte ihr einen Kuss auf den Mund. »Es gibt viele Wege, um eine Frau zum Sprechen zu bringen, und ich kenne sie alle.«

Seine Ankündigung machte ihr ein wenig Angst, aber sie schürte noch weitaus mehr ihr Verlangen nach ihm, und sie hatte so eine Ahnung, dass er das wusste, denn er schmunzelte siegessicher.

»Du hast dich mit dem Falschen eingelassen. Ich bin ein Fachmann in solchen Dingen. Nun«, er gab ein erotisches Grollen von sich, das Lola bis in ihren Unterleib zu spüren glaubte, »ich warte nicht gerne.«

Was sollte sie bloß tun? Wie kam sie aus der Situation heraus, ohne ein Geständnis ablegen zu müssen und zuzugeben, dass sie auf ihn stand? Bestimmt konnte er jede Frau haben. Sie wollte nicht zu einem weiteren Namen in seinem Buch, in das er seine Eroberungen eintrug, werden, falls er so etwas besaß.

Blitzschnell ließ er von ihrem Busen ab. Seine Hand schob sich unter ihre Leggings. Geübt fanden seine Finger ihre Klitoris und packten sie. Sie taten Lola nicht weh. Sie drückten nicht zu und bohrten auch nicht die Fingernägel hinein. Sie hielten ihren Kitzler einfach nur fest, was jedoch nicht liebevoll wirkte, sondern auf eine erotische Weise besitzergreifend und unheilvoll.

»Hey!«, war alles, was sie hervorbrachte. Dann stöhnte sie ungewollt, presste die Zähne zusammen und entschied, dass es besser war zu schweigen. Statt lautstark zu protestieren, packte sie sein Handgelenk und versuchte, seinen Arm wegzuziehen, doch er drückte seinen Oberkörper gegen ihren, sodass ihre Arme dazwischen eingeklemmt waren.

Zärtlich massierte er ihre empfindsamste Stelle. »Wenn ich will, kann ich dich immer wieder kommen lassen. Der erste Orgasmus würde grandios sein, der zweite sogar noch besser, aber schon der dritte würde sich langsamer aufbauen, der vierte zur Qual werden, aber das wäre erst der Anfang.«

Erregt zischte sie ihn an. Zu mehr war sie nicht fähig, denn die intime Berührung und die obszönen Ankündigungen brachten sie dazu, zu seufzen wie eine Darstellerin in einem Porno. Ihr wurde bewusst, wie gefährlich Alessandro für sie war. Im Nu konnte er sie um den kleinen Finger wickeln und gefügig machen.

»Sag die Wahrheit!« Sein Daumen rieb über die Klitoris, hauchzart wie ein laues Lüftchen an einem Frühlingsabend. Hochsommerliche Temperaturen herrschten dagegen in Lolas Slip.

Die Geilheit vernebelte Lolas Denkvermögen. Wovon

zum Henker redete er da? Sie runzelte die Stirn und bemühte sich vergeblich, das Zittern ihrer Beine unter Kontrolle zu bekommen.

»Loretta«, gab er ihr als Stichwort und kreiste mit Zeige- und Mittelfinger um ihren Kitzler, immer schneller wie ein Tornado, der an Fahrt gewann, und genauso verhielt es sich mit ihrer Lust.

Ach das. Er hatte den Grund für das erotische Verhör trotz der Intimität also nicht vergessen. *Mist!* Stöhnend schüttelte sie den Kopf und wehrte sich gegen den sich anbahnenden Höhepunkt. Sie war einfach zu ausgehungert, dadurch hatte Alessandro leichtes Spiel mit ihr.

Seine Fingerspitzen wirbelten eng um ihre Klitoris herum, fegten über sie hinweg und rissen Lolas Selbstbeherrschung mit. »Nun gib es schon zu!«

»Okay, okay.« *Oh, verdammt!* Sie würde viel zu schnell kommen und verhielt sich viel zu laut. Verzweifelt krallte sie die freie Hand in Alessandro Hemd. War es ihm denn vollkommen egal, was seine Kollegen von ihm dachten? »Ich bin, also …«

Immer stürmischer stimulierte er sie. Doch er war längst nicht mehr so gelassen und unbeteiligt, wie er tat, denn er rang nach Luft und bebte leicht. »Ja?«

»Nun gut«, ihr Blick war getrübt vor Lust, sie sah ihn wie durch einen Schleier hindurch, »ich bin vielleicht, und ich meine, vielleicht …«

Seine Wangen waren gerötet. Er gab ein ungeduldiges Knurren von sich. »Ich höre.«

»… ein bisschen, nur ein bisschen …« Mühsam hielt sie den Begriff, den sie vermeiden wollte, zurück.

»Lass dir ruhig Zeit, Lola«, sagte er spöttisch. »Desto mehr Spaß werde ich mit dir haben. Du wirst weinen vor Geilheit, das verspreche ich dir, du wirst mich anbetteln, dass ich aufhören soll, dich mit Ekstase zu foltern.«

Plötzlich stieß sie das Bekenntnis, das sie so sehr zu vermeiden versucht hatte, wimmernd hinaus: »Eifersüchtig.«

Der Orgasmus holte sie von den Füßen. Hätte Alessandro sie nicht mit seinem Körper gegen die Tür gedrückt, wäre sie wahrscheinlich zu Boden gegangen, denn ihre Beine waren wie Pudding und gaben nach. Während sie ekstatisch zuckte, hielt sie sich an ihm fest wie eine Ertrinkende. Er fühlte sich so gut an, so stark.

Winselnd schmiegte sie den Kopf in seine Halsbeuge. Sein Körperduft wirkte aphrodisierend auf sie. Obwohl er aufhörte, sie zu stimulieren, dauerte der Höhenflug an, was nicht nur an der Nähe zu ihm und dem Geruch, den er ausströmte, lag, sondern auch daran, dass er den Handballen gegen ihren pulsierenden Kitzler drückte.

Als er erneut über ihre Klitoris rieb, schrie sie heiser auf und stieß ihn kraftvoll weg. Das hätte sie schon viel früher tun sollen, aber sie hatte es gar nicht gewollt. Außerdem hatte er seine Beichte erhalten und gab sie jetzt frei.

Lachend trat er zurück. »Bist du sicher, dass du schon allein stehen kannst?«

»Mach dich ruhig lustig über mich.«

»Ich bin nur besorgt.« Mit einem breiten Grinsen ging er zum Fenster und öffnete es. »Du klingst, als könntest du Sauerstoff gebrauchen.«

Japste sie so laut? Sekundenlang schloss sie die Augen, tat einige tiefe Atemzüge und zählte von zehn rückwärts.

Danach ging es ihr schon etwas besser. Das Blut rauschte ihr zwar immer noch in den Ohren, und ihre Möse pochte frenetisch, doch sie bekam wieder normal Luft, und ihre Beine zitterten nicht mehr.

Die Verlegenheit über ihren fulminanten Höhepunkt machte sie wütend, schließlich hatte Alessandro sie bloß gefingert, mehr nicht. Nun ja, das stimmte nicht ganz. Er hatte seine Verführung mit Verbalerotik untermalt und Lola damit weichgekocht. Impulsiv gab sie ihm eine Ohrfeige.

Erschrocken keuchte er und rieb sich die gerötete Wange. »Wofür war das?«

»Weil du dir zu viel herausgenommen hast.« Sie war schließlich eine selbstbewusste Frau, die ein eigenes Geschäft führte und sich ihre Sexualpartner selbst aussuchte.

»Wenn du es nicht auch gewollt hättest, wäre deine Lust nicht förmlich explodiert.«

»Du hast ja nicht einmal vorher gefragt.«

»Das war nicht notwendig, denn du hast mir klare Signale gegeben«, sagte er mit dieser samtweichen Stimme, die wie Sex für die Ohren war, und zwinkerte.

Lola schnaubte. »Du scheinst Frauen nicht gut zu kennen.«

»Offenbar doch, denn du bist ziemlich abgegangen.« Sein Schmunzeln wirkte keineswegs herablassend, sondern bewundernd. »Das gefällt mir, sehr sogar. Ich hatte so etwas schon geahnt, als du dich im *Toyland* von mir hast fesseln lassen. Du genießt Erotik mit allen Sinnen, genauso wie ich.«

Sie schmolz schon wieder dahin. Unter anderen Umständen hätte sie keine Sekunde gezögert, um sich mit ihm einzulassen, aber die drohende Kündigung lag wie eine Kluft zwischen ihnen und schien unüberwindbar. »Nur fürs Protokoll, ich habe dich nicht aufgesucht, um mit dir zu vögeln.«

»Mag schon sein, trotzdem teilte mir dein Blick unmissverständlich mit, dass du mich am liebsten mit Haut und Haaren verschlungen hättest.« Sinnlich leckte er sich über den Mundwinkel. »Das tut er selbst jetzt noch.«

Empört schnappte sie nach Luft. »Das hättest du wohl gerne.«

»Es kommt mir ganz gelegen, ja.«

Weil er sie ebenso begehrte? So war es wohl. Innerlich jauchzte sie. Aber sie würde sich keinesfalls von ihm ficken lassen, bevor er nicht schwor, dass er ihren Mietvertrag aufrechterhalten würde. Leider sah es danach nicht aus, darum blieb sie widerspenstig. »Mein Verlangen nach dir, das bildest du dir nur ein.«

»Körper können nicht lügen.« Beiläufig strich er über die Wölbung in seinem Schritt.

Brennende Hitze stieg ihr ins Gesicht, denn er hatte mit allem recht, doch das wollte sie nicht auch noch zugeben, wo sie schon gestanden hatte, dass sie Loretta als Konkurrentin ansah. »Das war sexuelle Nötigung.«

»Es tut mir nicht leid, dich zu deinem Glück gezwungen zu haben.« Begehrlich sah er sie an.

Um nicht schwach zu werden, entgegnete sie barsch: »Es wird nie wieder vorkommen.«

»Wird es das wirklich nicht, Lola?« Er sprach ihren Namen so schwül-erotisch aus, dass sie Herzklopfen bekam.

»Ganz bestimmt nicht«, brachte sie mühsam heraus, denn mit diesen Worten tat sie sich selbst weh.

»Bist du sicher?« Er machte einen Schritt auf sie zu.

Abwehrend hob sie die Arme und hielt die Hände wie Stoppschilder hin. »Du willst mir das nehmen, was mir das Liebste ist.«

»Wir reden von einem Ladenlokal, nicht von einem Mann oder von Kindern.« Er blieb auf Distanz und fuhr sich durch die Haare.

Lola merkte ihm an, dass er ungeduldig wurde. »Vielleicht hast du alles in den Schoß gelegt bekommen, aber ich habe mir meine berufliche Existenz hart erarbeiten müssen.« Er wollte etwas erwidern, doch sie ließ ihn nicht zu Wort kommen. »Ich habe das Geschäft über Jahre mit viel Schweiß, Geduld und Hingabe aufgebaut. Es hat mich Schlaf, Tränen und Sorgenfalten gekostet.«

Seine Miene wurde ernst und seine Haltung geschäftsmäßig. Er verschränkte die Arme vor dem Oberkörper. »Es gibt andere Standorte.«

»Ich kann mit dem Sextoyshop nicht einfach umziehen. Agostino war vor drei Jahren der einzige Vermieter, der meinem Erotiklädchen eine Heimat geben wollte. Jetzt wird das nicht anders sein.« Sie hielt ihm ihre geballten Fäuste hin. »Auf keinen Fall werde ich kampflos aufgeben, Alessandro! Mein Herzblut steckt im *Toyland*.«

Seine Mundwinkel hingen, als würden sie von schweren Gewichten nach unten gezogen. Er seufzte sichtlich enttäuscht und kniff sich in den Schritt. Nachdenklich rieb er sich über die Stirn, drehte Lola den Rücken zu und schlenderte zum Fenster.

Eine Weile schaute er hinaus, obwohl dort bloß eine zwei Meter hohe Hainbuchenhecke zu sehen war, die das Gelände umgab und das Bauwerk von der Straße abschirmte. An dieser Stelle war sie so dicht an die Hinterseite der umgebauten Fabrik gepflanzt, dass man gerade noch dazwischen hindurchgehen konnte. Die mangelnde Aussicht legte nahe, dass die Miete für dieses Büro günstiger war als für andere Apartments in diesem Hofgebäude.

Nach einer Weile drehte sich Alessandro um. Da das Licht von hinten auf ihn fiel, wirkten seine braunen Augen dunkler und die Konturen seines Gesichts härter. Durch die Schatten bekam er eine bedrohliche Ausstrahlung. »Ich möchte dir einen Vorschlag machen. Im ersten Moment wirst du dich als emanzipierte Frau darüber aufregen, aber denke kurz darüber nach, Lola.«

»Wovon zur Hölle redest du?« Sie spannte sich an.

»Ich werde dir erlauben, das *Toyland* weiterzuführen«, er schlenderte zu seinem Schreibtisch und setzte sich auf die Kante, »solange ich meinen Spaß mit dir habe.«

Überrascht schnappte sie nach Luft, unsicher, ob sie ihn richtig verstand. »Wie meinst du das?«

»Das weißt du genau.« Er blinzelte sie an.

Empört blaffte sie: »Ich soll deine Sexsklavin werden?« Doch der Gedanke erregte sie so stark, dass ihre Körpermitte wieder heftiger pulsierte.

6

»Das klingt zu hart. Sagen wir es mal so«, nachdenklich tippte er mit dem Zeigefinger gegen sein Kinn, »wenn ich dich zu mir bestelle oder an einen anderen Ort meiner Wahl, wirst du, ohne zu zögern oder zu diskutieren, kommen.«

Warum hörte sie sich seine Ausführungen überhaupt an? Sie sollte sich postwendend umdrehen und sein Büro verlassen. Doch es interessierte sie, was er sich, fantasievoll und sinnlich wie er war, in der Kürze der Zeit ausgedacht hatte. Ihr Puls beschleunigte sich. Sie stellte sich bildlich vor, was er beschrieb, und wurde erneut feucht.

»Du wirst sexy Kleidung tragen, mich nach allen Regeln der Kunst verführen.« Sein Blick glitt an ihr auf und ab. »Im Gegenzug verspreche ich dir, dass ich nichts Unmögliches von dir verlangen werde und du dir keine Sorgen um das *Toyland* zu machen brauchst, zumindest solange wie ich Spaß an unserem unmoralischen Deal habe.«

Fassungslos starrte Lola ihn an und merkte, dass sie die Luft anhielt. Als sie sie ausstieß, keuchte sie versehentlich und lief hochrot an. Schnaubend lief sie im Raum auf und ab. »Du nötigst mich schon wieder.«

»Es ist nur ein Angebot.« Lässig zuckte er mit den Schultern, als würde er sie bloß fragen, ob sie mit ihm einen Kaffee trinken gehen wollte. »Du musst es ja nicht annehmen. Aber wie ich dir anmerke, gefällt dir die Aussicht, meine Lustdienerin zu werden, durchaus.«

Sie gab ein empörtes Zischen von sich, dem jedoch die Schärfe fehlte. Und ob ihr gefiel, was er da vorschlug! Sehr sogar. Ihre Haut kribbelte wie elektrisiert, und ihre Gedanken überschlugen sich vor Vorfreude.

»Auf keinen Fall«, protestierte sie lasch und baute sich vor ihm auf.

»Ich werde dich nicht dazu zwingen.«

»Das kannst du auch gar nicht.«

»Gut so.« Er lächelte sie geradezu liebevoll an. »Ich biete dir lediglich eine Lösung für unser Problem an.«

»Unser Problem? Es ist wohl eher nur meins.«

»Keineswegs.« Schwungvoll erhob er sich und trat nah an sie heran. »Du möchtest dich mir hingeben, willst es aber nicht wegen deines Ladens, und ich kann den Verkauf nicht absagen, möchte dich jedoch besitzen. Also gewähre ich uns beiden einen Aufschub, in dem wir uns vergnügen, so kommt jeder von uns auf seine Kosten.«

»Bis du genug von mir hast«, sagte sie schnippisch und wich rückwärts aus.

»Oder du von mir.« Plötzlich schnellte seine Hand vor. Er packte sie und schlang den Arm um ihre Taille. »Du kannst jederzeit den Deal aufkündigen.«

Damit würde sie allerdings das *Toyland* aufgeben. Sie wehrte sich nicht gegen ihn, fasste ihn jedoch auch nicht an. »Aber unser Disput ist damit nicht aus der Welt.«

»Nein, leider nicht«, flüsterte er in ihr Haar, »aber wir lassen ihn ruhen und sehen dann weiter.«

Das war es! Auf einmal erkannte sie einen Vorteil in seiner dreisten Offerte. Sie gewann dadurch kostbare Zeit. Vielleicht würde sie ja doch noch einen Ausweg finden. *Oder ich überzeuge Alessandro davon, mir nicht zu kündigen.* Das mochte sie heute nicht geschafft haben, aber falls sie einwilligte, erhielt sie eine Galgenfrist, und das verschaffte ihr eine neue Chance, ihn umzustimmen. Sie schreckte auch nicht davor zurück, dazu die Waffen einer Frau einzusetzen, nicht bei einem rassigen Mann wie Alessandro. Er war ein italoamerikanischer Vollbluthengst. *Ich darf ihn endlich vögeln! Ohne schlechtes Gewissen.*

Sie bedachte ihn mit einem coolen: »Okay.«

»Tatsächlich?« Er hob die Brauen.

An seiner Miene las sie ab, dass ihre Einwilligung ihn überraschte. »Hast du erwartet, dass ich ablehne und schimpfend abzische? Tut mir leid, so leicht wirst du mich nicht los.«

»Ich war unsicher, ob du zustimmen würdest«, eng schmiegte er die Wölbung in seinem Schritt an ihren Schamhügel, »sehr unsicher.«

»Seit ich dich kenne, hast du noch keine Sekunde lang den Anschein erweckt, der unsichere Typ Mann zu sein.« Im Gegenteil! Er wusste genau, wie er sie herumkriegte, und scheute auch nicht davor zurück, Grenzen zu überschreiten.

Geschickt öffnete er mit der freien Hand einen weiteren Knopf an seinem Oberhemd. War ihm etwa heiß? »Nun ja, das ist auch mein erstes Mal.«

Was meinte er? Sie runzelte die Stirn.

»Dieser unmoralische Deal.« Zärtlich kreisten seine

Fingerspitzen über ihren Rücken, glitten tiefer und strichen dann über ihre Gesäßhälften.

Sie erschauerte wohlig. Vor der Shop-Eröffnung war sie wahrlich kein Kind von Traurigkeit gewesen, und jetzt lechzte sie danach herauszufinden, ob Alessandro im Bett eine Granate war, wie sie vermutete, denn einen Vorgeschmack hatte er ihr eben bereits gegeben. Geile Zeiten kamen auf sie zu. »Dann haben wir ja etwas gemeinsam.«

»Was denn noch?«

»Eine Vorliebe für diese spezielle Art von Sex.« Ausschweifend, schamlos und schmutzig.

Es trat ein Funkeln in seine Augen. Zu ihrer Enttäuschung ließ er sie los. Geschäftsmäßig streckte er ihr die Hand entgegen. »Dann haben wir eine Vereinbarung?«

Energisch griff sie zu, damit er spürte, dass sie keineswegs das in die Enge getriebene Frauchen war, das ihm hilflos ausgeliefert war. Insgeheim befand sie sich auf der Mission zur Rettung ihres Erotiklädchens. Bis sie das geschafft hatte, würde sie sich eben amüsieren. Kein schlechter Plan.

Plötzlich haderte sie mit ihrer Entscheidung, doch es gab kein Zurück. Sie hatte bereits eingeschlagen. Was würde Alessandro von ihr verlangen? Womöglich Dinge, die für sie tabu waren, zum Beispiel es mit Dritten zu treiben. Wo würde er sie ficken? Nachts in einem Park, wo andere sie erwischen oder gar beobachten konnten? Nicht zu wissen, was auf sie zukam, und sich der Führung eines Fremden zu überlassen, jagte ihr Angst ein, und gleichzeitig erregte sie dieser Umstand ungemein. Ihr Herz wummerte. Ihr Schoß fühlte sich so heiß an, als würde ihr Höschen in Flammen stehen.

Er zog sie zu sich heran und schaute ihr tief in die Augen. »Jetzt bist du mein Eigentum.«

»Du spinnst ja.« Warum keuchte sie dann?

In seiner Stimme lag ein erotisches Grollen, als er sagte: »Mein Besitz auf Zeit.«

Lola zischte entrüstet, doch ein sanftes Prickeln floss über ihren Körper und tauchte in die Quelle zwischen ihren Schenkeln ein. Innerlich wehrte sie sich gegen diese Bezeichnungen, aber sie machten sie auch an, denn sie wusste, dass die Begriffe zum einen rein auf die Erotik bezogen waren und dass Alessandro sie zum anderen damit nur reizen und herausfordern wollte.

Sein Mund war dicht an ihrem, sodass sein heißer Atem ihre Lippen streichelte. »Mein persönliches Callgirl.«

Das stimmte wohl, doch sie war ebenso eine Kämpferin, die ihn umgarnen würde, bis er wehrlos war und aufgab. Wie ahnungslos er in Wahrheit war!

Amüsiert lächelte sie ihn an. Sie legte die Hand an seinen Hals, ließ sie über seine warme Haut in seinen Nacken gleiten und kraulte ihn sinnlich, worauf er ein Seufzen von sich gab. Sie zu fingern hatte ihn nicht kaltgelassen, das bewies sein erigierter Schaft. Er musste erregt sein bis in die Haarspitzen, weil er zwar Lola hatte kommen lassen, sich selbst jedoch den Orgasmus verweigert hatte.

Warum eigentlich? War es ihm wichtiger gewesen, Lola zu dominieren? Hatte er nicht den Anschein erwecken wollen, sie sexuell auszunutzen? Wie auch immer, eine Grenze hatte er nicht überschritten. Das zeugte von Anstand, aber es konnte auch bedeuten, dass ihm etwas an ihr lag.

Sie vergrub die Finger in seinen Haaren, die wundervoll weich waren und nach herbem Männershampoo dufteten, und zog sein Gesicht heran. Ihrer Meinung nach hatten sie sich genug aneinander herangetastet, wenn auch im Eilverfahren. Ihr fehlte die Geduld, denn nun, da die Fronten geklärt waren, wollte sie endlich herausfinden, wie er schmeckte. Darum küsste sie ihn nicht zögerlich, sondern forsch und dennoch zärtlich. Gefühlvoll massierte sie seine Lippen mit den ihren.

Ihre Zunge drängte in seinen Mund, den er bereitwillig für sie öffnete. Mit geschlossenen Augen kostete sie ihn. Sie drückte den Körper an seinen, um seine Erektion zu spüren und gleichsam das Feuer in seinen Lenden zu schüren. Ihr Kuss war so unbekümmert wie von einem Backfisch und dennoch voller Selbstsicherheit, die die Erfahrung mit sich brachte.

Leidenschaftlich züngelten sie. Alessandro ging dabei immer temperamentvoller vor, sodass es ihr vorkam, als wollte er sie verschlingen. Sein Begehren raubte ihr die Luft, aber sie wehrte sich nicht dagegen, sondern ließ sich davon erregen. Er packte ihre Gesäßhälften und knetete sie. Stöhnend rieb er den Unterleib an ihrem.

Sie grinste in sich hinein. Was für eine überraschende Wende der Besuch in seinem Büro doch nahm!

Alessandro löste sich von ihr. Mit dem Handrücken wischte er sich über die feuchten Mundwinkel. »Wir müssen den Rest wohl auf heute Abend verschieben.«

Von wegen! Er hatte sie in die peinliche Situation gebracht, in seinem Büro einen Höhenpunkt zu haben und dabei so leise sein zu müssen, dass seine Kollegen sie nicht hörten. Nun kam er an der Reihe. Außerdem wollte sie ihm keine Zeit lassen, um kurz durchzuatmen. Sie wollte ihn mit ihren Fertigkeiten um den Verstand bringen. Er musste süchtig nach ihr werden und ihr aus der Hand fressen, damit sie bekam, was sie wollte, nämlich dass er von der Kündigung Abstand nahm.

Zielstrebig dirigierte sie ihn zwischen den Besucherstühlen hindurch zum Schreibtisch. Mit einem sanften Schubs erreichte sie, dass er sich auf die Kante setzte.

Als sie sich vor ihm hinkniete, weitete er die Augen. Er wies sie nicht darauf hin, dass er am längeren Hebel saß und den Sex zwischen ihnen beiden bestimmte, sondern ließ sie gewähren. Er hatte also auch Schwächen. Heute war es das Verlangen nach sexueller Erlösung. Oder gar nach ihr?

Während Lola seine Hose öffnete, sah sie zu ihm auf. Devote Haltung, unterwürfiger Blick, und doch war sie es, die das Tempo und den Verlauf bestimmte. *Du denkst, durch den unmoralischen Deal würde ich dir gehören, aber jetzt in diesem Moment bist du mein.*

Ein Gefühl von Macht durchströmte sie, dasselbe, das dieser attraktive Teufel verspürt haben musste, als er sie dazu gezwungen hatte, die Lust, die er ihr aufgenötigt hatte, zu ertragen. Nun würde sie ihn ihrerseits leiden lassen, auf höchst delikate Weise, und es genießen.

Jedes Mal, wenn sie miteinander vögeln würden, würde ihn das hoffentlich so lange weichkochen, bis er Wachs in ihren Händen war und sie ihr Geschäft in Birdsville weiterführen ließ.

Als sie seinen Schwanz von dessen Gefängnis aus Stoff

befreite und sah, wie prachtvoll und kraftstrotzend er sich ihr entgegenreckte, freute sie sich umso mehr auf die zahlreichen intimen Treffen, die vor ihr lagen.

Alessandro hob seinen Hintern an, damit Lola ihm Anzughose und Boxershorts bis zu den Fußgelenken herunterziehen konnte. Sein Hodensack war prall und stramm und ebenfalls von einer beachtlichen Größe.

Offenbar hatte sich Alessandro vor Kurzem dort unten rasiert, denn es wuchs nur ein zarter Flaum auf dem Venushügel. Lola rieb liebevoll ihre Wange daran. Neugierig inhalierte sie den Geruch von Alessandros Geschlecht. Er war mild würzig und so appetitlich, dass ihr Speichelfluss angeregt wurde.

Mit gespitzten Lippen fuhr sie über den teilerigierten Schaft. Die samtige Vorhaut hatte den Penis schon zu einem Großteil freigegeben. *Lass uns herausfinden, wie groß du werden kannst.*

Schwer atmend vor Lust nahm sie die Eichel in ihren Mund. Einige Male saugte sie zärtlich an ihr. Sie hörte, dass Alessandro nach Luft rang und diese dann keuchend ausstieß.

Lächelnd schob sie die Lippen weiter über das Glied in Richtung Wurzel, presste sie auf den Stamm und glitt wieder zurück, ohne den Druck zu entschärfen. Alessandros Schenkel zitterten. Sie hatte recht gehabt, sie zu dominieren hatte ihn scharfgemacht, und dadurch reagierte er jetzt stark auf ihre Zuwendungen.

Kräftig speichelte sie seinen Schwanz ein und saugte, die ersten Male noch so behutsam wie der Flügelschlag eines Kolibris, ihres Lieblingstieres, und dann immer intensiver. Alessandros Beine spannten sich an, ebenso wie sein Unterbauch, den Lola aus den Augenwinkeln heraus sehen konnte, denn Alessandro hielt den Saum seines Hemds hoch, damit der Stoff sie nicht störte, und sicherlich auch, um sie beobachten zu können.

Von unten herauf strahlte sie ihn verzückt an, während sie über seinen feuchten Penis züngelte. Lola gefielen Alessandros gerötete Wangen, sein leises Keuchen und die Kontrolle, die sie über ihn hatte. Sie lenkte ihn wie eine Spielerin ihre Marionette. Wenn sie wollte, konnte sie ihn in den nächsten Sekunden kommen lassen oder ihn noch stundenlang immer wieder an den Rand des Höhepunkts treiben, ohne ihn über den Rand zu stoßen.

Obwohl sie nicht glaubte, dass er ihr Letzteres durchgehen lassen würde. Wahrscheinlich würde er sie aufhalten, kurz bevor er vor Erregung verrückt würde, oder sie dazu bringen, ihm einen Orgasmus zu verschaffen. Zudem würde seine Rache bittersüß ausfallen. Ob sie es darauf ankommen lassen sollte? Die Vorstellung war reizvoll. Eine erotische Kettenreaktion. So gesehen konnten sie den ganzen Tag ficken.

Lasziv schob sie mit den Lippen seine Vorhaut weiter zurück. Sein Schwanz steckte tief in ihr drin. Ihre Zunge schmiegte sich mit der gesamten Länge von unten an ihn. Ihr Mund fühlte sich heiß an. Sein Schaft war inzwischen steinhart. Lola wollte nirgendwo anders sein als zu Alessandros Füßen.

Sie suchte Alessandros Blick. Im ersten Moment dachte sie, er wäre entrückt, doch dann sah er sie an und schenkte ihr ein warmes Lächeln, das ihr Herz erreichte.

Als sie kräftig saugte, stöhnte er. Erst legte er den Kopf in den Nacken, dann ließ er ihn kreisen. Gekonnt versetzte Lola ihn in einen erotischen Rauschzustand und verstärkte diesen noch, indem sie an seiner Eichel nuckelte wie ein Baby an seiner Trinkflasche. Ein salziger Geschmack mischte sich unter den aromatischen. Tropfen perlten aus der Öffnung an seiner Penisspitze und teilten ihr mit, dass sie ihre Aufgabe gut machte.

Dass sie Alessandro so hemmungslos oral verwöhnte, machte sie geil. Ihr Höschen fühlte sich zu eng an, denn ihre Schamlippen waren geschwollen. Der Slip war zwischen ihren Schenkeln durchnässt. Ihre Brustspitzen rieben gegen den Stoff ihres BHs, und ihre Haut kribbelte wie elektrisiert.

Während sie Alessandros Schwanz in ihren Mund schob und ihn wieder hinausgleiten ließ, nur um ihn erneut tief in sich aufzunehmen, kraulte sie seine Hoden. Je stürmischer sie Alessandro einen blies, desto kraftvoller knetete sie den Hodensack.

Es bereitete ihr eine diabolische Freude zu sehen, zu hören und zu spüren, wie unruhig Alessandro wurde. Seine Finger krallten sich in sein Hemd, sein Brustkorb wogte heftig auf und ab, und er gab kehlige Laute von sich.

Lola fragte sich, wie geräuschdurchlässig die Wände des Büros waren. Saß Loretta oder der dritte Architekt womöglich gleich nebenan, oder lag das WC oder die Kaffeeküche als Pufferzone dazwischen?

Als sie gerade bemerkte, dass sie unbewusst eine Hand auf ihren Schritt gelegt hatte und durch die Leggings masturbierte, während sie weiterhin kompromisslos versuchte, Alessandro auszusaugen, griff er plötzlich in ihr Haar.

Sanft, aber bestimmt zog er sie auf die Beine. Er packte ihren Nacken, tauschte mit ihr die Position und drückte sie mit dem Bauch auf die Schreibtischplatte.

Eben noch hatte Lola gedacht, sie wäre Herrin der Lage. Nun machte Alessandro ihr unmissverständlich klar, dass er das Sagen hatte. Er hatte sie bloß eine Weile gewähren und sich von ihr oral verwöhnen lassen, doch jetzt dominierte er wieder das Spiel.

Mit den Knien schob er ihre Beine auseinander. Ungeduldig zerrte er ihr Leggings und Slip von den Hüften, sodass sie mit nacktem Unterleib vor ihm stand. Ihr Hintern reckte sich ihm entgegen, und Alessandro nahm die Einladung ohne zu zögern an. Schwungvoll stieß er seinen Schwanz in sie hinein. Lolas Möse schmatzte und signalisierte ihm, dass sie ihn bereits sehnsüchtig erwartet hatte.

Alessandro vergrub die Finger in Lolas Dreadlocks und drückte ihre Wange auf den geschlossenen Laptop. Gierig vögelte er sie, als gäbe es kein Morgen.

Er stützte sich mit der freien Hand neben ihrem Busen ab und pumpte seinen Schaft erbarmungslos in sie hinein. Seine Stöße waren hart und folgten schnell hintereinander, eine Fickmaschine hätte sie nicht schonungsloser bearbeitet. Sie raubten Lola erst den Atem und dann nahezu die Besinnung vor Geilheit. Sie schoben den Tisch Zentimeter für Zentimeter über den beigefarbenen Teppichboden. Sie lösten einen Flächenbrand in Lolas Unterleib aus und ließen sie jegliche Kontrolle über sich verlieren.

Jemand stöhnte wollüstig neben ihrem Ohr. Nein,

nicht neben, sondern in ihrem Ohr. Lola hörte sich selbst wie durch Watte hindurch und erschrak. Benommen vor Ekstase verschloss sie mühevoll mit der Hand ihren Mund, aber es war bestimmt schon zu spät. Die beiden anderen Architekten mussten längst mitbekommen haben, was in Alessandros Büro abging. In Gedanken streckte Lola Loretta die Zunge heraus und presste ihren Po fester gegen Alessandros Unterleib.

Tief drang sein Penis in sie ein. Er dehnte sie etwas, rieb über ihre geschwollene Mitte und brachte sie schnell an den Rand des Wahnsinns. Als die Erregung sie zu verbrennen drohte, kam sie.

Der Orgasmus erschütterte sie so gewaltig, dass sie in ihre Handfläche hineinschrie. Sekundenlang konnte sie nicht atmen. Die Welt stand still, bis hinter ihren Augen ein gigantisches Feuerwerk der Lust explodierte.

Im nächsten Moment lag sie wild zuckend unter ihrem italienischen Hengst. Sie hielt sich an der Tischkante fest und glaubte, die intensive Erregung kaum ertragen zu können. Diese drang bis in den hintersten Winkel ihres Körpers und bemächtigte sich selbst der entlegensten Zellen. Diese fulminante Geilheit flutete sie, löschte die Flammen in ihrem Unterleib und umspülte ihre Seele wohlig warm.

Es wird Frauen nachgesagt, Sex und Liebe nicht trennen zu können, Lola hatte allerdings nie ein Problem damit gehabt. Ein Fick war nur ein Fick und diente lediglich dazu, um sexuelle Spannung abzubauen. Man musste nicht mit jedem Kerl, mit dem man es trieb, vor den Traualter treten.

Aber nun, da sie keuchend und mit schweren Gliedern, jedoch glückselig Alessandros Höhepunkt lauschte, erwachte eine Ahnung in ihr. Wenn sie nicht aufpasste, konnte es durchaus passieren, dass die Gefühle, die Alessandro in ihr auslöste, versehentlich auch auf ihr Herz übergriffen.

7

Lolas Befürchtungen bewahrheiteten sich. In den kommenden zwei Wochen fieberte sie auf jedes weitere Treffen mit Alessandro Di Marino hin, als handelte es sich um Dates.

Sie vermochte ihre Vorfreude kaum zu verbergen. Kunden fragten sie, ob sie frisch verliebt wäre, was sie rigoros abstritt. Sie schwebte auf Wolke sieben, lachte lauthals über Kleinigkeiten, und wenn sie sich über etwas oder jemanden ärgerte, brauchte sie nur an ihren *Italian Stallion* und das, was er mit ihr machte, um sie in einen Rausch zu versetzen, zu denken, und schon ging es ihr besser.

Manchmal lud er sie erst zum Dinner oder auf ein Glas Wein ein. Sie flirteten so heftig miteinander, dass sie danach im Auto oder schon auf dem Weg dorthin in einem Hauseingang, einem Hinterhof oder der Tiefgarage übereinander herfielen. An anderen Tagen bestellte er sie bei Dämmerung in den Bear Brook State Park oder zu einem Boot, mit der sie auf den Massabesic Lake hinausfuhren, und unterwarf sie ohne Umschweife. Da er Lola so sehr einheizte, nahm sie gar nicht wahr, dass die Temperaturen nachts schon recht kühl wurden.

Nach dem Sex, der stundenlang dauern konnte, denn Alessandro stand zum einen auf ausschweifende Vorspiele und zum anderen auf Wiederholungen, teilten sie sich eine Fleecedecke und saßen oder lagen noch eine Weile eng zusammen, lächelten sich schweigend an und genossen den Anblick des Vollmonds über den Baumwipfeln oder die Sterne, die sich im Wasser spiegelten und wie Irrlichter unter der Oberfläche aussahen.

Obwohl sie nie kuschelten oder schmusten, spürte Lola dieses unsichtbare Band zwischen ihnen. Wurde es bloß durch den außergewöhnlichen Sex gesponnen, oder war da mehr? Hatte Alessandro auch Herzklopfen, wenn er an sie dachte, oder betrachtete er sie lediglich als Gespielin?

Wenn man sah, wie Alessandro Lola zur Begrüßung küsste, ihr galant den Stuhl hinrückte und die Türen aufhielt, hätte man meinen können, sie wären ein Liebespaar.

Doch der Eindruck täuschte. Zu Lolas Leidwesen gab es nicht nur eitlen Sonnenschein. Zwischendurch zogen immer wieder dunkle Wolken auf. Sobald sie das *Toyland* erwähnte, verfinsterte sich Alessandros Miene, und der Wind schien aufzufrischen, was nicht allein daran lag, dass der Mai zwar warm begonnen hatte, sich jedoch im Laufe des Monats unbeständig zeigte. Mit viel Fingerspitzengefühl versuchte sie Alessandro davon zu überzeugen, ihr nicht zu kündigen, aber egal, wie sie argumentierte und ihn bezirzte, sie schaffte es nicht, ihm ein Zugeständnis abzuringen.

Am Ende lenkte sie stets ein, damit er ihren unmoralischen Deal nicht aufkündigte, und er entschuldigte sich bei ihr für seine Störrischkeit. Das wurde zu ihrem Ritual. Die Fronten waren verhärtet, daran änderten auch der sensationelle Sex und die Tatsache, dass sie sich emotional näherkamen, nichts. Was war nur los mit Alessandro? Hatte er ein Herz aus Stein, oder verbarg er etwas vor ihr?

Eines Morgens fand sie Rosen auf den Stufen vor ihrem Erotiklädchen. Die Blüten hatten denselben warmen Rotton wie die Sommersonne, kurz bevor sie unterging. Das musste etwas zu bedeuten haben. Zählte der Strauß als Liebesbeweis? Läutete er die Wende in ihrem Disput ein? War das Geschenk der Hinweis darauf, dass Alessandro seine Meinung ändern würde?

Den ganzen Vormittag lief sie unruhig durch ihren Shop und befürchtete, Spurrillen auf dem Laminat zu hinterlassen. Bei jedem Anruf schrak sie zusammen, rannte zum Telefon und seufzte, da Alessandro mal wieder nicht dran war. Sie himmelte die Blumen an, als wären sie aus reinem Gold.

Pünktlich zur Mittagspause kam Jimmy ins Geschäft. Seit seinem Annäherungsversuch waren sie kurz angebunden und brachten bloß »Hallo« und »Bye« heraus, wenn sie sich zufällig beim Betreten oder Verlassen ihrer Läden trafen.

Er trug das erste Mal kein T-Shirt, sondern ein weißes Hemd, das ihn unglücklicherweise noch blasser machte. Auf den ersten Blick schienen seine roten Haare nass zu sein, doch dann begriff Lola, dass er Gel benutzt hatte, zu viel davon. Dass er sich stylte, war neu.

Seine Wangen röteten sich. »Du hast meine Blumen gefunden.«

»Die sind von dir?« *Nicht von Alessandro.*

Er zwinkerte, was wohl lässig und cool wirken sollte, es

kam allerdings ungelenk rüber. »Ich hoffe, ich habe deinen Geschmack getroffen.«

Sie bemühte sich, sich ihre Enttäuschung nicht anmerken zu lassen, und nickte nur, weil sie befürchtete, ihre Stimme könnte sie verraten.

»Dann gefallen sie dir?«

»Ja, doch«, sagte sie patzig, was ihr im nächsten Moment leidtat. Er konnte ja nichts dafür, dass sie sich in doppelter Hinsicht falsche Hoffnung machte, was Alessandro betraf. »Danke. Echt lieb von dir.«

»Findest du?« Neckisch grinste er sie an.

»Das wäre aber nicht nötig gewesen.«

»Das sehe ich anders.« Sanft knuffte er sie. »Es war längst überfällig.«

Sie runzelte die Stirn, hakte allerdings nicht nach, was er damit meinte. Vermutlich erwartete er, dass sie ihn zum Kaffee einlud oder fragte, ob sie gemeinsam einen Happen essen gingen, doch ihr war nicht danach.

Insgeheim hoffte sie, dass Mr. Sexy anrief und sie zu einem Spontantreffen zitierte. Sofort. Ohne Unterwäsche. Oder mit einem Auflegevibrator im Höschen, und sie würde ihm die Fernbedienung überreichen. Aber nein, das hatte er schon beim letzten Mal von ihr verlangt, und er dachte sich jedes Mal neue erotische Spiele aus. Die Erinnerung machte sie scharf. *Wie unpassend!*

»*Burger Tempel* oder *Pancake House*?« Jimmys Fröhlichkeit wirkte aufgesetzt. War er etwa nervös?

In Gedanken war Lola noch bei Alessandro. Heimlich bemühte sie sich, ihre erwachte Erregung niederzuringen. »Wie bitte?«

»Deine Entscheidung.«

»Sorry, geht nicht.«

»Ich lade dich ein.«

»Ich kann nicht.«

Schweigend sah er sie an. Anscheinend wartete er auf eine Erklärung oder darauf, dass sie es sich anders überlegte.

»Wirklich nicht. Ich erwarte einen wichtigen Anruf.« Obwohl sie nicht mehr daran glaubte, dass Alessandro sich noch melden würde, um in der Mittagspause zu vögeln. Außerdem hatte er ihre Handynummer, aber sie wollte Jimmy keine Hoffnungen machen. Sein Kussversuch hatte alles zwischen ihnen verändert, das bedauerte sie sehr.

»Auch wenn dir der Laden gehört, darfst du mal Pause machen.« Grinsend zwinkerte er. »Kunden und Lieferanten können dich während der Öffnungszeiten erreichen.«

»Es ist privat.«

»Oh.« Nachdenklich massierte er seinen Bauch, als hätte er schwer an dieser Neuigkeit zu verdauen. »Seit wann hast du einen Freund?«

»Habe ich nicht.« Liebe war es nicht, was sie mit Alessandro verband. Genau genommen konnte man ihn nicht einmal als ihren Fickpartner bezeichnen. Es ging in erster Linie um das *Toyland*, erst in zweiter um Sex.

Niemand durfte von dem anstößigen Vertrag zwischen ihnen wissen, erst recht nicht der *Verein zur Verhinderung des moralischen Verfalls*. Das wäre Munition für die Personen, die vermutlich im Auftrag von Ezekiel Goodman »Sünde« und »Hure« auf das Schaufenster und die Eingangstür des Erotikshops gesprayt hatten, und konnte dazu führen, dass sie der Prostitution angeklagt und ihr Lädchen verlieren würde.

Wie würde Jimmy reagieren, wenn er davon erführe? Schockiert, angeekelt oder eifersüchtig? Aber selbst ihn wollte sie nicht einweihen. Der unmoralische Deal ging nur Alessandro und sie etwas an. Er war ihr süßes Geheimnis.

»Warum hast du dann rote Flecken auf dem Hals bekommen?« Sanft strich er über ihr Dekolleté.

Das war ihr unangenehm, daher schob sie seine Hand fort. »Der Anrufer ist bloß ein Geschäftspartner.«

»Ist es Di Marino?«

Ihr Herz schlug einen Takt schneller. »Wie kommst du denn auf den?«

»Jetzt hat dein Gesicht die gleiche Farbe wie meine Haare. Also habe ich recht.« Mit sauertöpfischer Miene schnippte er gegen die Rosen, die in einer Vase auf der Verkaufstheke standen. Einige Blütenblätter segelten zu Boden. »War ja klar, so wie der aussieht. Ich habe durchs Schaufenster des *Devine Drink* aus beobachtet, wie er das *Toyland* betrat. Seitdem bist du anders.«

Lola hob die Blätter auf und warf sie in den Mülleimer unter der Kasse. Bereute er, ihr den Strauß geschenkt zu haben? »Ich muss ihn davon überzeugen, dass mein Laden kein Hindernis für den Verkauf der Immobilie darstellt.«

»Wenn es nur das wäre, würdest du meinem Blick nicht ausweichen.« Immer wieder boxte er gegen seinen linken Oberschenkel.

»Das ist doch Unsinn.« Sie sah ihn direkt an, aber es fiel ihr schwer, nicht wegzuschauen.

»Als ich ihn erwähnte, haben deine Augen gestrahlt.«

»Das bildest du dir ein.« Wieso verteidigte sie sich überhaupt? Sie schuldete Jimmy keine Erklärung. Gereizt holte sie einen Staubwedel aus dem Putzraum und staubte die ausgestellte Ware ab. »Und es geht dich auch nichts an.«

»Verstehe.« Demonstrativ stellte er sich ihr in den Weg. »Ich soll mich raushalten. Erkennst du nicht, dass ich versuche, dich zu beschützen?«

Abfällig lachte Lola. »Ich bitte dich.« *Steck dir deine Eifersucht sonst wohin!*

»Kerle, die so aufdringlich attraktiv sind wie Di Marino, haben an jedem Finger eine andere Frau.«

»Du kennst ihn doch gar nicht.«

»Ebenso wenig wie du. Was weißt du schon von ihm?«

Nichts. Auch um sich selbst zu überzeugen, sagte sie: »Er ist wirklich nett.« *Und eine Granate im Bett.*

»Bist du wirklich so naiv? Das gehört zu seiner Masche.«

»Du guckst zu viele Telenovelas«, zischte sie, schritt energisch an ihm vorbei und wischte über die erotischen Taschenbücher. Doch Jimmy hatte sie ins Grübeln gebracht. Sie verfiel Alessandro in einem Tempo, das ungesund war.

Fahrig kaute er am Nagelbett seines Daumens und machte bloß kurz eine Pause, um in bösartigem Tonfall auszuspucken: »Di Marino verarscht dich nur, weil er dich ficken will.«

Hatte er schon, mehrmals, und trotzdem traf er sich weiter mit ihr. Lässig zuckte sie mit den Achseln und rückte die beiden Cocktailsessel vor dem Bücherregal zurecht. Ihr wurde heiß und mulmig, da Jimmy der Sache näher kam.

»Sobald er dich satthat, wird er dich wegwerfen wie ein benutztes Kondom.« Da Lola ihm den Rücken zugewandt hatte, packte er ihre Schulter und drehte sie zu sich herum. »So sind Typen wie er.«

Zu ihrer Überraschung spürte sie einen Stich im Brustkorb. In ihrer Erinnerung hörte sie Alessandro sagen: *Ich werde dir erlauben, das Toyland weiterzuführen, solange ich meinen Spaß mit dir habe.* Sollte er den Deal beenden, würde er sie damit verletzen. Eigentlich sollte es ihr lediglich um ihren Shop gehen, unglücklicherweise tat es das aber nicht.

»Er ist ein Blender, und du bist sicher nicht die Einzige für ihn. Bald wird er dich eiskalt abservieren und dir das Herz brechen, das ist so sicher wie das Amen in der Kirche.«

»Jetzt hör aber auf!« Ihre Stimmte klang belegt.

»Es heißt nicht umsonst, dass man von einem schönen Teller nie allein isst.« Mit dem Knie stieß er gegen einen Stapel Sexratgeber auf dem Tisch, die sie noch einsortieren musste. Sie fielen zu Boden, doch er machte keine Anstalten, sie aufzuheben.

Aufbrausend warf sie den Staubwedel weg und traf die Schaufensterpuppe. »Ein altbackener Spruch.«

»Mit wahrem Kern. Ihr Weiber seht nur den Knackarsch, die breiten Schultern, das unwiderstehliche Lächeln«, dicht kam Jimmy an ihr Gesicht heran, sein Atem roch nach Zwiebelringen-Chips und Dr. Pepper, »und schon setzt euer Verstand aus.«

Lola fühlte sich schuldig und bekam ein schlechtes Gewissen. Sie hatte gedacht, sie wäre nicht eine dieser Frauen, die weiche Knie bekamen, nur weil ein Mann gut aussah, aber Jimmy hatte ihr die Augen geöffnet. Allerdings hatte Alessandro mehr zu bieten als das. Er besaß dieses gewisse erotische Etwas, das sie schwach machte. Sie musste jedoch stark bleiben, sonst würde sie ihren Traumladen verlieren. Sah so insgeheim sein Plan aus?

Jimmy kniff die Augen zusammen. »Schon bald wird er dir wehtun, du wirst schon sehen. Aber dann werde ich für dich da sein und die Scherben aufkehren.«

Er jagte sie nicht zum Teufel? Das überraschte sie. Sie hatte erwartet, dass seine Eifersucht längst einen Keil zwischen sie und ihn getrieben hätte.

»Ich werde dich halten, dich trösten und dir die Tränen von den Wangen küssen.« Mit Zärtlichkeit im Blick betrachtete er sie. »Im Gegensatz zu Di Marino meine ich es ernst mit dir. Uns verbindet Freundschaft, etwas, das er dir nie wird bieten können.«

Vielleicht stimmte das sogar. Lola biss sich auf die Unterlippe, bis sie Blut schmeckte.

»Er ist nur ein Vampir, der die Herzen von Frauen wie dir aussaugt. Ich dagegen würde dein Herz in Watte packen, wenn du es zulässt.« Mit den Händen tat er so, als würde er ein Geschenk einwickeln, was ein wenig lächerlich auf Lola wirkte, aber süß gemeint war. »Überleg es dir! Eines Tages wirst du erkennen, wer gut für dich ist. So lange werde ich auf dich warten.«

Lola war sprachlos. Sie schaute Jimmy hinterher, der aus dem Laden rannte, mit einem Satz die Stufen hinabsprang und nach links in Richtung *Devine Drink* verschwand.

Allein und verwirrt blieb sie zurück.

Seine Worte hallten in ihr nach. Er hatte Zweifel in ihr gesät, Zweifel daran, dass Alessandro ihr eine ernst gemeinte Chance gab, das *Toyland* zu retten, und dass auch er sich darüber hinaus zu ihr hingezogen fühlte. Mit seiner Kritik mochte Jimmy recht behalten, das würde die Zeit zeigen. In einem Punkt jedoch lag er falsch.

Alessandro hatte ihr nie etwas vorgemacht.

Alles, was er von ihr wollte, war, es mit ihr zu treiben, auf kreative Art und Weise, an ungewöhnlichen Orten und nach seinen Regeln. Er forderte Gehorsam und schenkte ihr im Gegenzug erotische Erlebnisse, an die sie sich ihr Leben lang erinnern würde. Zusammen tobten sie sich aus, ließen sich mit Haut und Haaren fallen und befanden sich doch erst am Anfang einer Reise in die Untiefen der Lust.

Lola durfte nicht den Fehler machen und mehr in ihre Verabredungen hineininterpretieren. Allerdings fiel ihr das schwer, weil die gemeinsamen Dinner und viele der Plätze, zu denen Alessandro sie bestellte, romantisch waren. Warum tat er das? Das brachte sie durcheinander. War er doch ein Blender?

»Danke, Jimmy«, murmelte sie, obwohl er sie nicht hören konnte, »dass du mich gewarnt hast, nicht so sehr vor Alessandro, sondern vielmehr vor mir selbst.«

Er hatte sie an die wahre Natur ihrer Beziehung zu ihrem neuen Vermieter und Gebieter im erotischen Sinne erinnert, denn das war der Neffe von Agostino Di Marino und nicht mehr. Wenn sie an Alessandro dachte, kamen ihr keine Bezeichnungen wie Freund oder Geliebter in den Sinn.

Im Grunde schlief sie seit zwei Wochen mit dem Feind. Das war falsch. Aber wieso fühlte es sich dann richtig an?

Alessandros Anruf kam erst drei Tage später, und obwohl Lola sofort wieder Feuer und Flamme war, musste sie an das Gespräch mit Jimmy denken, und das verunsicherte sie.

»Ich will dich sehen, meine willige Sklavin«, säuselte er in den Hörer und nannte ihr Datum und Uhrzeit.

Überrascht fragte sie: »Am Memorial Day?«

»Hast du bereits Pläne?«

Für gewöhnlich wurde jedes Jahr am letzten Montag im Mai nicht nur der im Krieg gefallenen Soldaten gedacht, sondern die Familien läuteten mit Picknicken und Ausflügen die Sommersaison ein. Sie wurde sich bewusst, wie schmerzlich sie ihre Eltern in Deutschland vermisste. Durch wechselnde Jobs und ihren Fokus auf das *Toyland* hatte Lola zudem kaum Freundschaften in den USA aufbauen können. »Nein.«

»Ausgezeichnet«, rief er freudig durch die Leitung, doch da war etwas in seiner Stimme, das sie aufhorchen ließ. »Zieh dich sexy an!«

Das tat sie dann auch am Wochenende darauf, denn er musste sich eine besonders heiße Abendgestaltung ausgedacht haben. Dafür hatte sie sich extra ein neues Kleid in sündigem Rot gekauft. Mit erhitzten Wangen betrachtete sie sich im Ganzkörperspiegel an der Garderobe in ihrem Apartment. Der fließende Musselinstoff bedeckte zwar ihre Arme, aber ihren Hintern und ihren Slip nur gerade so eben. Die Bommel, die an Schnüren rechts und links von ihrem V-Ausschnitt hingen, um die Weite zu regulieren, zogen den Stoff nach unten, sodass die Ansätze ihrer Brüste und ihr schwarzer Spitzen-BH hervorguckten. In letzter Minute zog sie ihre Unterwäsche aus.

Wie vollkommen unpassend sie angezogen war, erkannte sie erst, nachdem sie nach Manchester gefahren, vor Alessandros Wohnung in seinen Wagen umgestiegen und sich von ihm zu ihrem Ziel hatte bringen lassen.

Mit gerunzelter Stirn stieg sie aus und zog die Jeansjacke enger um ihren Körper. Skeptisch betrachtete sie das zweistöckige Gebäude, vor dem sie parkten. Es strahlte eine unbehagliche Dunkelheit aus. Maulwurfsbraune Fensterrahmen, auberginefarbene Gardinen und eine grabplattengraue Schmutzfangmatte vor der rußschwarzen Haustür.

»Sind wir hier richtig?« Was hatte dieser sexy Teufel mit ihr vor?

Befand sich vielleicht ein exklusiver Swinger-Club hinter der biederen Fassade, und Alessandro wollte sie von hinten nehmen, während sie andere beim Ficken beobachteten und gleichzeitig beobachtet wurden? Trafen sich womöglich BDSM-Anhänger in diesem privaten Keller, und hatte ihr Herr und Meister im Sinn, sie vor den Augen der anderen zu unterwerfen? Welcher erotische Abgrund wartete hinter den finsteren Mauern auf sie? Nervös verlagerte sie ihr Gewicht von einem Stiletto auf den anderen.

»Wir sind spät dran, das wird sie verärgern«, raunte er

geheimnisvoll, nahm Lolas Arm und führte sie zum Eingang.

Als Lola erkannte, wessen Welt sie gleich betreten würde, riss sie die Augen auf. Vor Aufregung zog sich ihr Magen zusammen. Unermessliche Freude und ängstliches Entsetzen wechselten sich ab. Sie flog zu Alessandro herum. »Das kann nicht dein Ernst sein.«

»Hast du ein Problem damit?« Warmherzig lächelte er sie an und strich über ihre Nippel, bis sie erigierten und den Stoff wölbten.

Ja. Nein. Doch? Sie stand völlig neben sich, denn sie hatte mit allem gerechnet, nur nicht damit. Nach Jimmy wirbelte jetzt auch Alessandro ihre Gefühlswelt gehörig durcheinander. Was hatte er sich bloß dabei gedacht, sie hierher mitzunehmen? Was erwartete er von ihr?

Was sieht er in mir?

8

Alessandro wirkte ehrlich erstaunt und auch ein wenig enttäuscht über ihre heftige Reaktion. »Hast du ein Problem damit?«

Was sollte sie darauf antworten? Dass sie vollkommen überrascht war? Dass sie niemals damit gerechnet hätte? Dass sie nicht wusste, was sie davon halten sollte? War das ein Trick in Bezug auf den Verkauf der Immobilie in Birdsville, zum Beispiel indem er sich Verstärkung holte, oder ein Zeichen, dass er es ernster mit ihr meinte, als sie angenommen hatte? So oder so, es warf sie aus der Bahn, weil dieser Abend eine völlig andere Richtung nahm, als sie angenommen hatte. »Du hättest mich fragen sollen.«

»Vergiss unsere delikate Abmachung nicht.« Verführerisch blinzelte er sie an. »Ich bestimme, du folgst.«

»Das ist nicht witzig.« Sie boxte sachte gegen seine Schulter. »Du hättest mich über deine Pläne ins Bild setzen müssen.«

Er wurde ernst. »Memorial Day ist nicht nur ein Gedenktag, sondern auch ein Familienfest, und deine Familie ist weit weg, also dachte ich, ich nehme dich mit zu meiner, damit du nicht allein bist und traurig wirst.«

»Ginevra und Emilio Di Marino.« Mit ihren rot lackierten Fingernägeln tippte sie gegen das Klingelschild. »Das sind deine Eltern, nicht wahr?«

»Meine Schwester und meine beiden Brüder sind schon da«, sagte er mit Blick auf die Autos, die vor dem Haus parkten.

Panik ergriff Lola. Sie wollte nur noch weg. So süß, wie Alessandros Idee auch war, Lola war für diese Art von Abendveranstaltung viel zu aufreizend angezogen, sie hatte sich emotional nicht auf die wichtige Begegnung vorbereiten können, und es schien ihr die falsche Reihenfolge. *Sollte ich nicht erst einmal Alessandro kennenlernen und dann seine nächsten Verwandten?*

Außerdem machte es sie sauer, dass er sie ins offene Messer hatte laufen lassen. Auf dem Absatz drehte sie sich um. Noch war es nicht zu spät, um das Weite zu suchen.

Doch bevor sie fliehen konnte, wurde die Eingangstür aufgerissen. Eine wunderschöne ältere Frau mit schwarzen Locken begrüßte sie stürmisch. In einer Mischung aus Amerikanisch und Italienisch stellte sie sich als Alessandros Mutter vor und zerrte Lola und ihren Sohn in die Diele.

Ab da taumelte Lola von Umarmung zu Umarmung. Temperamentvoll redeten Alessandros Geschwister Klara und Samuele auf sie ein, sodass sie gar nichts zu sagen brauchte. Michele, der offensichtlich älteste Sohn der Di Marinos, nahm ihr unter Lolas Protest die Jeansjacke ab. Alessandros Vater Emilio trat reservierter auf als die anderen, schüttelte ihr bloß die Hand und musterte ihre Dreadlocks mit gerümpfter Nase. Als er fragte, ob sich darin nicht alles Mögliche einnisten würde, schnaubte seine

Frau, schoss eine Gewehrsalve an italienischen Wörtern auf ihn ab und schob Lola ins Esszimmer.

Turbulente Minuten nach dem Betreten der Casa Di Marino saß Lola mit Alessandro und fünf Fremden, die sie unverhohlen anstarrten, am reich gedeckten Tisch. Verlegen zog sie den Saum ihres Kleids nach unten, aber der Stoff bedeckte trotzdem kaum ihren Schoß. Ihren nackten Schoß. Sie hatte ihn vor einer Stunde frisch rasiert. Zu allem Übel brach ihr auch noch der Schweiß aus.

Alle Männer trugen Hemden, die bis auf zwei Knöpfe geschlossen waren, und helle Stoffhosen. Die beiden Frauen hatten sich für weiße Blusen entschieden. Ginevra hatte sie mit einem geblümten knielangen Rock kombiniert und Ilaria mit einem klassischen dunkelblauen Hosenanzug.

Alessandro in Jeans und schwarzem T-Shirt und Lola in ihrem sündig roten Kleid fielen aus dem Rahmen. Ihr war das unangenehm. Der erste Eindruck war der wichtigste, hieß es. *Pech gehabt.*

Was für eine schöne Familie, dachte sie. Alle gertenschlank, gut gekleidet und mit einem umwerfenden Lächeln gesegnet. Sie kam sich vor wie das hässliche Entlein und im nächsten Moment wie eine Schlampe in billigen Klamotten. Verlegen band sie die Schnüre an ihrem Oberteil zu einer Schleife, aber sie zeigte immer noch zu viel Dekolleté.

Während Ilara, Samuele und Michele blond waren und ernste Gesichter hatten wie ihr Vater, kam Alessandro nach seiner Mutter, was Haarfarbe und die warme und herzliche Ausstrahlung betrafen.

Weil Lola sich nicht vorstellen konnte, dass attraktive junge Menschen wie die Di-Marino-Geschwister Singles waren und sie sich verzweifelt nach Schützenhilfe sehnte, fragte sie hoffnungsvoll: »Kommen eure Partner nach?«

»Sie sind mit ihren Familien zusammen.« Michele hielt ihr das Etikett der Rotweinflasche hin, und als sie nickte, goss er ihr ein. »Am Memorial Day verbringen wir den Abend immer allein mit unseren Eltern, das hat Tradition.«

Lolas Augen weiteten sich. Ihr Puls schlug einen Takt schneller. Rasch trank sie etwas Wein, verschluckte sich und musste husten. Sie wischte die roten Speicheltropfen, die ihren Handteller sprenkelten, an der blütenweißen Stoffserviette ab und knüllte diese rasch zusammen. Über ihr Glas hinweg sah sie Alessandro, der ihr gegenüber Platz nahm, irritiert an. Was um Himmels willen hatte er sich bloß dabei gedacht, sie mitzubringen? »Dann störe ich wohl.«

»Unsinn.« In einer lebhaften Geste winkte Ginevra ab. »Sandro hatte mir ja mitgeteilt, dass er dich mitbringen würde. Du bist herzlich willkommen.«

Während Emilio seinen grauen Dreitagebart kraulte, murmelte er mürrisch: »Vor zwei Stunden erst.«

Hatte Alessandro sich spontan dazu entschieden, sie seinen Eltern vorzustellen? Das konnte nicht sein, denn er hatte sie schon vor Tagen angerufen und ihr gesagt, sie solle sich diesen Abend für ihn frei halten. Also hatte er schon zu dem Zeitpunkt gewusst, wo und mit wem er ihn verbringen würde. Warum hatte er dann zu Hause erst kurzfristig Bescheid gegeben, in Begleitung zu kommen?

Wieso hatte er überhaupt mit der Tradition der Familie gebrochen? Sie konnte sich nicht vorstellen, dass sie der Grund dafür war. Weder hielt er Händchen, noch schaute er sie verliebt an.

Irgendetwas stimmt hier nicht. Er verhielt sich anders als sonst. Vielleicht zeigte er jetzt sein wahres Ich, aber Lola kam es eher so vor, als heckte er etwas aus. Obwohl er lächelte, spürte sie, dass er unterschwellig gereizt war.

Ilaria, die links neben Lola saß, flüsterte ihr zu: »Ich entschuldige mich, falls Michele zu schroff rüberkam. Nimm das bitte nicht persönlich. Wir hätten nur auch gerne unsere Lebenspartner dabei. Ein ewiges Streitthema mit *papà*. Er sagt, er muss uns schon an allen anderen Feiertagen teilen. Am Memorial Day möchte er uns ganz für sich allein haben.«

»Schon gut.« Dankbar lächelte Lola sie an und entspannte sich innerlich wieder etwas.

»Welche Lotion benutzt du? Es duftete nach Kamille und ... Lass mich raten. Avocado?«

Lola lief knallrot an und nickte betreten. Das, was Alessandros Schwester roch, war ihr Intimspray, das sie zur Vorbereitung auf einen Fick mit ihrem Bruder benutzt hatte.

Während Ginevra um den Tisch herumging und allen Wasser einschenkte, starrte Emilio Alessandro, der ihn bis dahin demonstrativ ignoriert hatte, an. Schließlich gab er ein Murren von sich. »Was macht die Arbeit?«

»Wie immer.« Sein Sohn lächelte gequält.

»Hast du endlich einen dicken Fisch an Land gezogen?«

»Du weißt genau, dass das nicht mein Ziel ist, *papà*.«

»Weltverbesserer bleiben arme Schlucker.«

»Aber sie sind glücklich.«

Emilio neigte sich zu ihm hinüber und fragte mit einem gewissen Unterton: »Bist du das denn?«

»Ich komme zurecht«, brachte Alessandro gepresst hervor und krallte die Hand um die Serviette.

»Also nicht.« Emilios ganze Haltung drückte aus: Hab ich's doch gewusst!

»Die Stadt Haverhill hat mich gerade erst engagiert, wenn du es genau wissen willst.«

»Um was zu bauen? Eine Obdachlosenunterkunft? Ein Altersheim?«

»Und wenn es so wäre?« Feindselig blinzelte Alessandro seinen Vater an. »Was wäre falsch daran?«

Emilio schnalzte. »Als Architekt verdient man nichts an solchen Aufträgen.«

»Sehe ich etwa abgemagert aus, weil ich am Essen sparen muss? Trage ich Hosen mit Flicken, Hemden mit ausgeblichenen Kragen und Schuhe mit Löchern?« Alessandros Stimme gewann an Schärfe. »Nur weil ich nicht Karriere mache wie meine Geschwister, bedeutet das noch lange nicht, dass ich am Hungertuch nage oder weniger leiste.«

»Alessandro, bitte«, rief seine Mutter dazwischen, aber er explodierte wie ein Kessel, der unter Druck stand.

Lola sank tiefer in ihren Sitz. So hatte sie sich den Abend nicht vorgestellt. Warum riss sich Alessandro nicht wenigstens ihr zuliebe zusammen?

Als er seinen Stuhl forsch nach hinten schob, schabten dessen Beine geräuschvoll über die Holzdielen. Er sprang auf, stellte sich hinter den Bruder, der neben ihm saß, und klopfte ihm auf die Schultern. Während er sprach, sah er Lola an. »Du musst wissen, dass alle erfolgreicher sind als ich. Michele hier zum Beispiel ist Anwalt und arbeitet für eine renommierte Kanzlei, nicht etwa irgendwo, sondern in Concord, der Hauptstadt New Hampshires. Dad sagt, er ist dort einer der besten Mitarbeiter. Dad sagt, sie werden ihn bald fragen, ob er als Partner einsteigen möchte. Dad sagt, vielleicht lehnt er auch ab und eröffnet seine eigene Kanzlei, das könnte er tun, er hätte das Zeug dazu.«

Michele rollte mit den Augen und trank sein volles Weinglas leer, ohne es auch nur einmal abzusetzen.

Alessandro ging zu seinem zweiten Bruder und schüttelte ihm die Hand, als würde er ihm gratulieren. »Samuele ist Gefäßchirurg am St. Joseph Hospital. Wenn ich Vater so über ihn reden höre, muss er eine Koryphäe auf seinem Gebiet sein. Selbst aus anderen Bundesstaaten reisen die Patienten an, damit er sie untersucht. Wow! Wie krass ist das denn?«

»Ich bin eure Streitereien so satt!«, zischte Samuele und verschränkte die Arme vor dem Brustkorb.

»Und Klara ist nicht nur bildschön«, Alessandro schlenderte zu ihr und küsste sie auf die Wange, »sondern auch berühmt. Sie ist die erste Nachrichtensprecherin beim Lokalsender WMUR-TV. Ich kann in Manchester nicht mit ihr essen oder auch bloß spazieren gehen, weil sie überall erkannt wird und man sie um Autogramme bittet. Wir haben eine Prominente in der Familie. *Papà* wird nicht müde, den Nachbarn, Freunden und der Kassiererin im Supermarkt von ihr zu erzählen.«

»Komm, *mamma*, wir gehen in die Küche!« Lautlos erhob sich Ilara und hakte sich bei Ginevra ein. »Ich helfe dir, den Braten aufzutischen. Vielleicht werden die beiden Alphatiere zahmer, wenn wir sie füttern.«

»Deine Geschwister tragen keine Schuld daran, dass du nichts aus deinem teuren Architekturstudium machst«, sagte Emilio und schob die Augenbrauen so stark zusammen, dass sie eine buschige Linie bildeten. »Sie in Verlegenheit zu bringen macht deine Situation auch nicht besser.«

»Du bist doch derjenige, der immer wieder von dem Thema anfängt und jedes Familienfest kaputt macht, selbst wenn Besuch da ist.« Sein Blick schweifte von seinem Vater zu Lola. »Sag ihnen, was du beruflich machst!«

Überrascht riss sie die Augen auf. War das ein Befehl? Es hatte wie einer geklungen. Sie musste an ihren unmoralischen Deal denken und sah eine Grenzlinie überschritten. »Wie bitte?«

»Womit verdienst du dein Geld?« Er zuckte mit den Achseln, als wäre das keine große Sache.

Doch wenn man Sextoys verkaufte, sorgte das auf jeden Fall für gerötete Wangen, dumme Sprüche oder eine Menge Lästereien. Auf keinen Fall wollte sie noch mehr Öl in das Feuer, das inmitten dieses Memorial-Day-Dinners prasselte, gießen. Argwöhnisch blinzelte sie ihn an. »Warum?«

»Hast du ein Problem, darüber zu sprechen?« Während er zurück zu seinem Platz ging, lächelte er sie über die Köpfe der anderen hinweg aufmunternd an. »Das brauchst du nicht.«

»Nein.« Dennoch beschleunigte sich ihr Puls, weil

plötzlich alle ihre Aufmerksamkeit auf sie gerichtet hatten. »Aber mein Job tut bei eurer Diskussion nichts zur Sache.«

Er ließ sich auf seinen Stuhl fallen und faltete die Hände zusammen. »Also schämst du dich doch, das hatte ich nicht erwartet, ehrlich.«

»Wieso verlangst du das von mir?« Es war ihr unangenehm, dass sie von allen angestarrt wurde. Selbst Ilara und ihre Mutter kamen aus der Küche, stellten gemeinsam eine Platte mit einem riesigen gebratenen Truthahn auf einem Salatbett ab und blieben stehen. Die Neugier stand allen ins Gesicht geschrieben. »Um deinem Dad zu zeigen, dass es schockierende Wege gibt, sich seinen Lebensunterhalt zu verdienen?«

»Unsinn!« Mit einer ausladenden Geste winkte er ab. »Du bist immerhin eine erfolgreiche Geschäftsfrau.«

Etwas machte Klick in ihr. Sie wurde wütend, neigte sich über den Tisch und zischte ihm zu: »Jetzt begreife ich.«

»Wovon redest du?«, fragte er und wirkte ertappt.

»Du willst deine Familie, allen voran deinen Vater, mit mir brüskieren.« Abfällig lachte sie, doch sie verspürte einen Stich im Herzen. »Darum hast du mich hierher mitgenommen.«

Er riss die Hände hoch. »Lola, ich …«

»Dazu gebe ich mich aber nicht her.« Sie sprang auf und warf ihm ihre Serviette ins Gesicht. Auf dem Absatz drehte sie sich um und stakste ein paar Schritte. Dann riss sie sich die Stilettos von den schmerzenden Füßen, nahm sie in eine Hand und rannte aus dem Esszimmer der Di Marinos, aus dem Haus mit der finsteren Fassade und, so vermutete sie, aus Alessandros Leben.

Auch wenn der Besuch bei seiner Familie ihrer Meinung nach zu früh gewesen war, so hatte doch die Romantikerin in ihr insgeheim gehofft, Alessandro hätte damit andeuten wollen, dass er es ernster mit ihr meinte, als die brisante Vereinbarung vermuten ließ.

Es dämmerte inzwischen. Die Temperaturen sanken nur langsam. Vermutlich würde die kommende Nacht schon etwas wärmer werden als die Nächte zuvor. Vor der Haustür blieb Lola stehen und fragte sich, in welche Richtung sie gehen sollte, schließlich waren sie mit Alessandros Jeep gekommen. Sie fühlte sich missbraucht, keineswegs körperlich, sondern emotional.

Ihre Augen wurden feucht. Ihre Jacke hing noch an der Garderobe. Unter keinen Umständen würde sie klingeln und um die Herausgabe bitten. Kopflos ging sie schnellen Schrittes los. *Was für eine Enttäuschung dieser Teufelskerl doch ist!*

Wahrscheinlich fand er sie bloß interessant, weil sie rein äußerlich das genaue Gegenteil von seiner adretten Familie, mit der er auf Kriegsfuß stand, war und er ihnen mit ihr eins auswischen wollte. Möglicherweise fuhr er auch auf alles ab, was vollkommen anders war als das Nest, aus dem er stammte.

Außerdem dachte er wohl, er würde sie leicht ins Bett kriegen, denn wer Sextoys verkaufte, ließ sich bestimmt auf jedes Abenteuer ein. Doch so war sie nicht. Sie war ausgehungert nach Sex und Aufmerksamkeit durch einen Mann gewesen und hatte sich von seinem attraktiven Äußeren blenden lassen.

Jimmy hat recht gehabt, was Alessandro betrifft. Offenbar

habe ich mich für den Falschen entschieden. Leider fühlte sie sich aber nicht zu Jimmy hingezogen. Daran änderte auch ihr Streit mit Alessandro nichts.

»Warte, Lola!«, rief jemand hinter ihr. Alessandros Keuchen kam schnell näher.

9

Unbeirrt hastete sie über den gepflasterten Weg, der von der Eingangstür mitten durch die Rasenfläche im Vorgarten zur Straße führte. »Fick dich!«

»Gib mir die Chance, mich zu entschuldigen.«

Ohne sich umzudrehen, zeigte sie ihm über die Schulter hinweg den Mittelfinger.

Plötzlich rannte er los. Auf dem Bürgersteig holte er sie ein, ergriff ihre Schultern und drehte sie zu sich herum. »Hör mir bitte zu!«

»Wenn du mich nicht sofort loslässt, läufst du Gefahr, dir eine zu fangen.« Warnend schwang sie ihre hohen Hacken.

Die beiden Jacken, die über seinem Arm hingen, drohten auf den Boden zu fallen, doch er scherte sich nicht darum. »Das hätte ich verdient.«

Das ließ sie sich nicht zwei Mal sagen. Impulsiv gab sie ihm eine Ohrfeige. Mit Genugtuung verfolgte sie, wie sich seine Wange verfärbte und er vor Schreck die Augen aufriss.

»Verdammt.« Er rieb nicht über die gerötete Stelle, sondern hielt Lola weiterhin fest. »Das hat wehgetan.«

»Wie du schon sagtest«, kurz stellte sie sich auf die Zehenspitzen, um ihm ihren Spott direkt ins Gesicht zu sagen, »das hattest du dir redlich verdient.«

Er warf den Kopf in den Nacken und lachte schallend.

Zu ihrer Überraschung stellte sie fest, dass er sie trotz der Tatsache, dass er sie beinahe bloßgestellt hatte, nicht kaltließ. Dennoch versuchte sie sich loszumachen. »Ich finde das alles nicht witzig.«

»Es tut mir leid.« Sein Griff wurde durch ihre Gegenwehr nur fester. »Nichts lag mir ferner, als dich zu verletzen.«

Sollte Lola ihm glauben? Zumindest wirkte er ehrlich betroffen.

»Ich dachte, es würde dir nichts ausmachen, über das *Toyland* zu sprechen.«

»Generell stimmt das auch, aber das war weder der passende Ort noch die passende Zeit dafür.«

»Du hältst mich sicherlich für wenig feinfühlig, und ich kann es dir nicht verdenken, aber das trifft nicht zu. Ja, ich habe mich da drinnen aufgeführt wie ein Arschloch und das Dinner ruiniert. Allerdings ist mein Verhalten bloß eine Reaktion auf meinen Vater, der ständig stichelt und schlechte Laune verbreitet.«

»Wenn du nicht magst, wie er sich verhält, warum machst du es ihm dann nach?«

Alessandro stockte. Nachdenklich runzelte er die Stirn. Dann gab er Lola frei und rieb sich über die Schläfen. »Du hast recht. So habe ich das noch nie betrachtet.«

»Es war echt mies von dir, mich in euren Streit hineinzuziehen.«

»Das war nicht meine Absicht, das musst du mir glauben«, sagte er mit weicher Stimme und legte den Daumen in die Kerbe auf ihrem Kinn.

Aufbrausend schlug sie seine Hand weg. »Was dann?«

»Du warst nicht das Ziel.« Er hielt ihr die Jeansjacke so hin, dass sie nur hineinzuschlüpfen brauchte.

Doch Lola riss sie ihm aus den Händen und zog sie allein an. »Sondern die Munition, das habe ich begriffen, aber es macht die Sache nicht besser.«

»Bitte, sei nicht gekränkt, Lola.« Selbst jetzt noch klang ihr Name aus seinem Mund wie die pure Verführung. Mit seinen zimtbraunen Augen sah er sie herzerweichend an, während er die Schnüre am Ausschnitt ihres Kleids öffnete.

Sie war zu perplex, um ihn davon abzuhalten. Nun präsentierte sich ihm ihr Dekolleté wieder unanständig weit ausgeschnitten. »Du wolltest deinen Vater mit der Neuigkeit schockieren, dass du mit einer Erotikladenbesitzerin ausgehst, und dachtest, dass unser Deal dich dazu legitimiert, mich zu benutzen, nicht wahr?«

»Ja und nein. Unsere Vereinbarung hat nichts damit zu tun. Weil du so flippig aussiehst, ging ich davon aus, dass es dir Spaß bereiten würde, einen konservativen Haushalt wie den meiner Eltern aufzumischen. Es sollte eine Art skurriles Vorspiel werden«, er seufzte und spielte mit den Bommeln an den Bändern, »aber mein Vorhaben ging gewaltig in die Hose.«

»Du schätzt mich vollkommen falsch ein.«

Mit Daumen und Zeigefinger drehte er eine der kleinen gelben Holzkugeln, die sie in ihre Dreadlocks geflochten hatte, hin und her, wie er es gerne mit ihren Nippeln tat. »Darf ich dich trotzdem neu kennenlernen?«

»Ich weiß nicht«, antwortete sie ausweichend. Wenn sie

ihm einen Korb gäbe, würde er dann sie als Folge aus dem Haus in Birdsville werfen?

»Ich verspreche hoch und heilig, dich nie wieder in solch eine unangenehme Situation zu bringen.« Er klopfte auf die Stelle seines Brustkorbs, unter der sein Herz pochte. Dann knetete er sachte ihren Hintern. »Ausschließlich in frivole.«

»Ich bin nicht deine Marionette, ist das klar?« In ihrer Stimme lag immer noch Schärfe, aber sie wehrte sich nicht gegen Alessandros intime Berührung, denn er kämpfte um sie, das stimmte sie milde. Wenn er sie nur hätte flachlegen wollen, wäre er ihr nicht hinterhergelaufen, schließlich trafen sie sich schon seit drei Wochen zum Vögeln.

Er raufte sich die Haare. »Das hab ich auch nie so gesehen.«

»Und auch keine gefühllose Sexdoll.«

»Denkst du tatsächlich, ich würde dich so einstufen?«, fragte er sichtlich entsetzt. Daraufhin änderte sich sein Blick.

Lola konnte nicht einmal genau bestimmen, was anders an ihm war, aber sie hatte das erste Mal den Eindruck, dass Alessandro wirklich sie – Eleonore Weingold – in ihr sah, nicht die Exotin, da sie aus Deutschland stammte und erotisches Spielzeug anbot, oder die hemmungslose Gespielin, sondern die Frau, die unter den Dreadlocks und den Hippie-Klamotten steckte.

Zärtlich legte er die Hände an ihre Wangen. »Ich habe wirklich Mist gebaut, nicht wahr? Wenn ich könnte, würde ich die erste Hälfte des Abends rückgängig machen, das musst du mir glauben.«

»Die erste Hälfte?« Irritiert legte sie die Stirn in Falten.

»Wenn du es zulässt ...«

Sie fiel ihm ins Wort und korrigierte ihn, nicht ohne das Kinn trotzig vorzustrecken: »Falls, muss es heißen.«

»Nun gut, falls du es zulässt, werde ich meinen Fauxpas wiedergutmachen. Ich werde dich nach Strich und Faden verwöhnen, was nicht bedeutet«, in einer sinnlichen Geste packte er ihre Dreadlocks am Hinterkopf, zog ihren Kopf in den Nacken und kam mit dem Gesicht dicht an das ihre heran, »dass du nicht ein bisschen leiden wirst.«

Ihre Brauen schnellten in die Höhe. Empört schnaubte sie, doch ihr Unterleib prickelte voller Vorfreude.

»Denn das macht dich geil. Immerhin in dem Punkt kenne ich dich bereits.«

»Einverstanden«, hauchte sie und ärgerte sich sogleich darüber, dass ihre Stimme schwach klang und ihre Knie weich wurden. Jeder hatte eine zweite Chance verdient, aber Alessandro würde sich bewähren müssen.

Liebevoll küsste er sie, nicht etwa leidenschaftlich, um das Vorspiel bereits hier und jetzt zu beginnen, sondern zärtlich und voller Wärme. Worauf Lolas Herz flatterte wie ein frisch aus dem Kokon geschlüpfter Schmetterling.

Alessandro öffnete sein Auto und zog seine Jacke an. Ganz der Gentleman hielt er Lola die Beifahrertür auf. In seinem Lächeln lag ein sinnliches Versprechen. *Gib dich mir hin, und ich werde dich in einen Rausch versetzen, sodass du glaubst, vor Ekstase über den Dächern Manchesters zu schweben.*

Aufgeregt stieg sie ein und zog die Stilettos wieder an.

Mochten ihre Füße auch wehtun, sie würde es tapfer ignorieren, denn sie wollte sexy aussehen.

Während er auf der Fahrerseite Platz nahm und den Wagen startete, beobachtete sie ihn aus den Augenwinkeln heraus. Offenbar war er seinem Onkel ähnlicher, als sie gedacht hatte.

Sie waren beide mehr oder minder Außenseiter innerhalb der Familie, auf jeden Fall unangepasst, und eckten oft an. Schwarze Schafe, rebellisch und eigen. Vermutlich war das der Grund, warum Agostino ihm die Immobilie vererbt hatte. Das schenkte Lola neue Hoffnung, Alessandro könnte seine Meinung bezüglich der Kündigung des Mietvertrages für das *Toyland* ändern.

Zu ihrer Überraschung fuhr Alessandro aus der Stadt heraus. Sie ließen die letzten Häuser hinter sich, bis sie schließlich nur noch von Nadelwald umgeben waren. Finster ragten die Kiefern, Lärchen und Fichten am Straßenrand auf, doch der fast volle Mond erhellte den Weg.

Alessandro stellte trotzdem die Schweinwerfer an. Die Lichtkegel streiften einen Fuchs, der gerade über den Asphalt lief und nun aufgeschreckt ins Dickicht floh.

Es war eine geisterhafte Atmosphäre. Lola bekam eine Gänsehaut, aber eine durchaus angenehme. Ihr kam es so vor, als würde Alessandro sie an einen Ort bringen, der fernab der Zivilisation lag und an dem alles möglich war.

Ihre Nervosität stieg, als er den Wagen auf eine unbetonierte und verwilderte Straße lenkte. Für einen Forstweg war sie zu ungepflegt, also musste sie früher einmal öffentlich genutzt worden sein. Wohin mochte sie führen? Lola sah keine Wegweiser. Unruhig rutschte sie hin und her.

Als die Scheinwerfer ein Schild streiften, wurde ihr mulmig. Zutritt strengstens verboten!, konnte sie gerade noch lesen, bevor die Finsternis es wieder verschluckte. Sie räusperte sich. »Was ist eigentlich unser Ziel?«

Alessandro sah sie an, um dann sofort seinen Blick wieder nach vorne zu richten. »Hast du etwa Angst?«

»Nein. Vielleicht. Nur ein bisschen«, stammelte sie und starrte in die Dunkelheit in der Hoffnung, etwas erkennen zu können, doch sie sah bloß Nadelbäume und dahinter Dunkelheit.

»Gut so.« Beiläufig schaltete er das Autoradio an. Ein Rocksong schallte ohrenbetäubend durch den Innenraum.

Lola schrak zusammen. »Gut?«, schrie sie gegen die Musik an. Sie glaubte, sich verhört zu haben.

Er zuckte mit den Achseln und drehte die Lautstärke ab. »Furcht kann erregend sein, ebenso wie Ungewissheit.«

»Das bezweifele ich.«

Die Piste wurde immer unebener, je tiefer sie in den Wald eindrangen. Der Jeep ruckelte heftig. Alessandro griff das Lenkrad fester. »Warum drückst du dann eine Faust in deinen Schritt?«

Als er sie darauf hinwies, wurde ihr erst bewusst, was sie tat. Verlegen legte sie die Arme locker auf die Beine und presste stattdessen unauffällig die Oberschenkel zusammen, um ihre erwachende Lust im Zaum zu halten. Es gelang ihr nicht.

»Gib schon zu, dass du es spürst, Lola!«

Sie dachte nicht daran und schüttelte den Kopf.

Leise lachte er. »So sind Abenteuer nun mal. Ein wenig Furcht einflößend und ungewiss, aber so geil.«

Sie erschauerte wohlig. »Heißt das, du wirst mir nicht verraten, wohin du mich bringst?«

»Das brauche ich gar nicht, denn wir sind da«, sagte er mit rauer Stimme und lenkte den Jeep auf eine Lichtung.

Das Mondlicht schaffte es an dieser Stelle wieder, bis zum Boden durchzudringen. Lola sah, dass sich hier einmal ein nicht asphaltierter Parkplatz befunden haben musste. Inzwischen war er von Gras überwuchert. Auch junge Hemlocktannen wuchsen hier und da, und Kriechwacholder machte sich breit. Die hölzerne Umzäunung war halb verrottet, doch man erkannte immer noch die grobe Struktur.

Kaum hatte Alessandro den Wagen abgestellt, sprang Lola heraus und stakste zu dem imposanten Schild, das in großer Höhe zwischen zwei Holzbalken hing. Die Konstruktion würde nicht mehr lange halten, denn die Witterung hatte ihr ziemlich zugesetzt.

»Komm rein und verliebe dich!«, las sie laut, während sie auf Zehenspitzen balancierte, da die Pfennigabsätze ihrer Stilettos in den Waldboden einsanken.

»*Two hearts*, stand einmal darüber.« Alessandro kam zu ihr und berührte sie zwischen den Schulterblättern. »Das war der Name des Rummelplatzes, aber er ist nicht mehr zu erkennen.«

»Ein fester Jahrmarkt?« Lola staunte nicht schlecht. »Mitten im Wald?«

»Erbaut im Stil der Fünfzigerjahre. Er ist allerdings gar nicht so alt, sondern wurde nach dem Jahrtausendwechsel eröffnet. Der Betreiber hatte wohl eine allgemeine Sehnsucht nach alten Zeiten festgestellt, daher dachte er sich diesen nostalgischen Ort aus.« Sachte schob er sie vorwärts durch das Tor. »Er sollte besonders Liebespaare ansprechen oder Singles, die einen Partner suchten. Der Park sollte gleichzeitig Kontaktbörse und Reise in die Vergangenheit sein.«

Lola kam zu einem großen Platz, auf dem sich Kirmesbuden mit schrillen Fassaden und einige wenige kleine Fahrgeschäfte aneinanderreihten. Ein nostalgisches Karussell befand sich im Zentrum. Wände schützten es vor Wind und Wetter, doch einige waren herausgebrochen und gaben den Blick frei auf Elefanten und Schwäne mit Sätteln, auf eine goldene überdachte Kutsche, eine Mondsichel, auf der man Platz nehmen konnte, und eine kunstvoll verzierte Teetasse mit Sitzen. Tannenzapfen aus dem vergangenen Jahr bedeckten einen Teil des festen Bodens im Inneren. »Was ging schief?«

»Die einsamen Herzen brauchten den *Two hearts* nicht. Sie hatten das Internet, auch Dating-Apps wurden immer beliebter, und der romantisch verklärte Blick in die Vergangenheit brachte sie nicht dazu, sich die Mühe zu machen und hier herauszufahren. Sie sahen wohl lieber alte Fotos oder Hollywood-Filme an.« Alessandro hielt ihr den Arm hin, sie hakte sich bei ihm ein, und gemeinsam schlenderten sie umher, während er fortfuhr: »Also heckte der Besitzer einen neuen Plan aus. Um die harmlosen Attraktionen attraktiver zu machen, wurden sie frivoler. Der Kiosk verkaufte plötzlich kleine Kuchen in Penisform und Muschi-Eiscreme.«

Lola hob die Augenbrauen. »Muschi-Eis?«

»Nur eine von vielen skurrilen Sorten. Frag mich nicht,

wie es geschmeckt hat. Ich hab's nicht probiert«, sagte er und zwinkerte. »An einer Bude warf man mit Dartpfeilen auf Luftballons, die die Form eines Hinterns hatten. Als Gewinne gab es jetzt nicht mehr nur kitschige große rote Plüschherzen, sondern auch Busen-Kissen.«

»Das passt so gar nicht zum Fünfzigerjahre-Charme.« Eine Rotfichte war umgekippt und auf ein Fahrgeschäft, an dem Lola gerade vorbeiging, gefallen. Sie kannte diese Art von Karussell. Während einer Berg-und-Tal-Fahrt schloss sich irgendwann das Verdeck der Kabine, und man konnte ungesehen im Dunkeln herumknutschen und fummeln. In ihrer Erinnerung hörte sie laute Popmusik, die schrillen Geräusche der Raupenbahn und die nasalen Durchsagen des Fahrleiters übers Mikrofon, doch jetzt war es im Wald um den Rummelplatz unheimlich still. Kein Lüftchen wehte.

»*Sex sells* funktioniert eben doch nicht immer. Die Besucher blieben aus, und der Bürgermeister Manchesters ließ den Park schließen, weil er um das Image seiner Stadt fürchtete.« Sachte schnippte Alessandro gegen ein Aluminiumschild mit dem Hinweis auf die Damentoilette, das nur noch an einer Ecke hing und jetzt hin und her schwang. »Der Eigentümer hielt sich noch ein paar Jahre über Wasser, indem er die Location für Firmenfeste, Hochzeiten und Fotoshootings vermietete, dann ging er endgültig pleite.«

Lola blieb vor einem fensterlosen Gebäude stehen, das zweitgrößte vor Ort. »*Catch and kiss*?« So lautete der Name über dem Kassenhäuschen.

»In dem Bau befand sich einst ein Spiegellabyrinth.«

Eng schmiegte er sich an ihre Kehrseite, umarmte sie von hinten und ließ sie seine Erektion spüren. »Es ging nicht nur darum, den Ausgang zu finden, sondern wenn man auf einen Vertreter des anderen Geschlechts traf, durfte man ihn küssen.«

Neckisch sah sie über die Schulter hinweg zu ihm auf. »Wurde diese Attraktion auch erotisch aufgepeppt?«

»Nein, das holen wir jetzt aber nach«, flüsterte er lüstern in ihr Ohr. Sinnlich knabberte er an ihrem Hals.

Was meinte er damit? Was hatte er mit ihr vor? Lola erfasste eine heftige Welle der Erregung. Alessandro hatte recht. Ungewissheit und ein bisschen Angst konnten im erotischen Rahmen lustvoll sein.

10

Bevor Lola wusste, wie ihr geschah, schob Alessandro sie auf die hölzerne Veranda vor dem ehemaligen Spiegellabyrinth. Das Fenster des Kassenhäuschens neben dem Eingang war zerbrochen. Alessandro griff hindurch, langte um die Ecke und zog seinen Arm zurück. Er präsentierte Lola ein dünnes Seil.

Geräuschvoll atmete sie ein. Er würde sie fesseln, das hatte er vorher noch nie getan. An sich machte ihr das auch nichts aus, denn sie vertraute ihm, was Sex betraf. Allerdings hatte sie Bedenken wegen dieses Ortes mit der gleichsam magischen wie gespenstischen Aura.

Wenn Alessandro sich an den *Two-Hearts*-Jahrmarkt erinnerte, hatten auch andere ihn nicht vergessen oder von ihm gehört. Zudem wirkten die Holzwände des Karussells nicht, als hätte der Wind sie herausgerissen, sondern Hooligans. Wahrscheinlich trafen sich Jugendliche gerne hier draußen abseits von Manchester, um Alkohol zu trinken und Pot zu rauchen. »Es könnte jemand kommen.«

»Unwahrscheinlich, und wenn doch, werden wir das Auto rechtzeitig hören.« Schwungvoll drehte er sie herum und drückte sie an sich. »Aber was noch viel wichtiger ist ...«

Sie sah ihm in die braunen Augen, die im Mondlicht

dunkler und unergründlich wirkten. In einem Film hätte er mit seiner aufrechten Statur und den welligen schwarzen Haaren einen unwiderstehlich attraktiven Magier oder Vampir dargestellt. »Ja?«

»Ich werde dich mit meinem Leben beschützen. Klingt theatralisch, aber ich meine es wirklich so.« Gefühlvoll küsste er sie. Seine Zunge drang in ihren Mund ein und kitzelte die ihre. Viel zu schnell löste er sich wieder von ihr.

Lola schmachtete ihn an und wurde zu Wachs in seinen Händen. Willig ließ sie sich den Strick vor dem Körper um die Handgelenke wickeln. Sie wunderte sich darüber, dass Alessandro ihre Hände nicht eng aneinanderband, sondern ihr einen gewissen Spielraum ließ.

Er befahl ihr, die Arme nach oben zu strecken. Irritiert gehorchte sie. Sie kam einfach nicht darauf, was sein Plan mit ihr war. Durch die Ungewissheit kribbelte ihre Haut wie verrückt.

Plötzlich hob er sie hoch. Bevor sie sich's versah, hatte er das Seil an einen Haken am Vordach gehängt, links neben dem Kassenhäuschen.

»Was zur Hölle …?« Ihr Herz wummerte. Sie schaute nach oben und versuchte sich loszumachen, doch Alessandro hatte sie längst wieder abgesetzt, und sie konnte ihre Arme nicht hoch genug strecken, um sich aus eigener Kraft zu befreien.

»Perfekt!« Strahlend trat er zurück und musterte sie anzüglich von oben bis unten. »Früher hat dort ein Kussmund aus Holz gehangen, ein echt schweres Ding, das bei Sturm gegen die Außenwand des Labyrinths rumpelte wie eine Abrissbirne.«

»Und das hat dich auf die Idee gebracht, mich daran aufzuhängen?« *Hilfe! Ich bin ihm ausgeliefert. Wie geil!* Ihre Möse pochte, und ihre Brustspitzen wurden hart. »Besten Dank auch.«

Er lachte. Unter ihrer Jeansjacke strich er von ihren Hüften über ihre Seiten nach oben und drückte ihren Busen hoch. Kraftvoll massierte er ihn, ließ seinen Daumen über die strammen Nippel kreisen und zwackte sie leicht.

Lola nahm die Berührungen überraschend intensiv wahr, dabei befand sich Musselin-Stoff zwischen Alessandros Fingern und ihren Brüsten. Das musste daran liegen, dass sie nun vollkommen machtlos war. Alessandro konnte tun und lassen mit ihr, was er wollte. Sie würde sich nicht wehren können, und hier draußen im Wald würde niemand ihre Schreie hören. Aber da er ihr Lustschreie entlocken würde, wollte sie Letzteres auch gar nicht. Ihr Puls jagte.

Mit einer geschmeidigen Bewegung langte er in ihren Ausschnitt. Er hob eine Brust nach der anderen heraus. »Du trägst keine Unterwäsche, du böses Mädchen.«

»Erinnere mich nicht daran.« Am liebsten hätte sie bei den Di Marinos ihre Jeansjacke anbehalten, doch das hätte komisch ausgesehen.

»Und das, obwohl wir bei meiner Familie eingeladen waren.« Sachte kniff er in seinen Schritt, wodurch die Wölbung dort unten weiter anschwoll.

Lola schnalzte. »Das konnte ich doch nicht wissen.«

»Wie herrlich verrucht!«, sagte er mit rauer Stimme und knetete ihre weichen Rundungen. »Meine Geschwister haben dich an sich gedrückt, ohne zu ahnen, dass du nackt unter deinem Kleid bist.«

»Das ist überhaupt nicht witzig!«, zischte sie, empfand allerdings ein Prickeln auf der Haut.

»Du hast an einem Tisch mit ihnen gesessen und hättest nur diesen roten Stoff abzustreifen brauchen, um dich ihnen in deiner vollen Schönheit zu zeigen.« Während er schmunzelte, ließ er den Daumen über ihren Brustwarzenhof kreisen. »Gott, wären sie schockiert gewesen!«

Die Vorstellung schien ihn anzumachen. Jetzt, da er sich daran erregte und sie gleichzeitig stimulierte, sah sie das Treffen mit seiner Familie und ihren schamlosen Aufzug lockerer. Ginevra, Emilio, Ilara, Michele und Samuele war ihre Freizügigkeit ja nicht aufgefallen. Falls es ihnen doch nicht verborgen geblieben war, hatten sie es sich nicht anmerken lassen. Diese Peinlichkeit war allen erspart geblieben.

Als Alessandro sich vorbeugte und ihre Brustspitze in seinen heißen Mund nahm, legte Lola den Kopf in den Nacken und seufzte. Behutsam saugte er an ihrem Nippel. Der Kitzel, den er erzeugte, wurde immer stärker, ging aber nie über eine gewisse Intensität hinaus. Er wurde zur bittersüßen Qual nicht enden wollender Lust, so sanft wie die ersten Sonnenstrahlen im Frühling, die die Sehnsucht nach dem Sommer stärkten.

Endlich steigerten seine Lippen ihre Bemühungen. Tief sog er ihre Brustwarze ein und hielt sie fest, bis Lola scharf einatmete, weil es sie zwickte. Sogleich ließ er wieder lockerer, worauf Lola die Luft ausstieß und dabei stöhnte.

So kommunizierten sie wortlos miteinander, und sie

übten diese Form der Verständigung durch Wiederholungen.

Alessandro wechselte zu ihrer anderen Brust. Voller Hingabe ließ er ihr dieselbe Aufmerksamkeit zukommen. Lola wurde immer ungeduldiger. Sie hatte nicht gewusst, dass es sie so geil machen konnte, wenn ein Mann lediglich mit ihrem Busen spielte. Sie verfiel in einen luftigen Rausch, als hätte sie köstlichen Wein getrunken, der seidig auf der Zunge lag, den Gaumen mild umspülte und leicht den Rachen hinabfloss.

Gemeinsam gaben Alessandro und sie ein nächtliches Waldkonzert, das aus seinem Schmatzen und ihrem Wimmern bestand.

Als es im Unterholz knackte, schrak sie zusammen. Besorgt spähte sie in die Dunkelheit, sah aber nichts.

»Da ist niemand«, sagte er amüsiert. Selbst seinem Lachen meinte Lola anzuhören, dass er scharf war. Als Bestätigung schmiegte er seine Lenden an ihren Venushügel und ließ sie seine Wölbung spüren.

Voller Verlangen betrachtete sie seine erhitzten Wangen und seinen vor Lust getrübten Blick. »Woher willst du das wissen?«

»Nur die Eulen, Rotfüchse und Fichtenmarder schauen uns zu.« Das Mondlicht verlieh ihm eine geheimnisvolle Aura. Er gab ihr einen kecken Kuss auf die Nasenspitze. »Macht dir das etwas aus?«

Sie grinste. »Die Vorstellung, beim Sex beobachtet zu werden, hat schon was.«

»Wenn das so ist, werde ich beim nächsten Treffen für Publikum sorgen.« Fest packte er ihre Brüste und drückte ihre Brustwarzenhöfe zusammen, sodass ihre harten Nippel lüstern hervorstanden.

Vor Schreck zerrte Lola an ihren Fesseln, doch der Strick gab keinen Millimeter nach. Die Temperatur stieg an, allerdings nur zwischen ihren Schenkeln. »Untersteh dich!«

»Aber du hast doch gerade zugegeben, dass du dich insgeheim nach Voyeuren sehnst.« Zärtlich knabberte er an ihren Brustspitzen.

»Nur in meiner Fantasie«, beeilte sie sich klarzustellen, konnte jedoch nur mühsam ein obszönes Keuchen unterdrücken.

»Dann ist dein Kopfkino schmutziger als du?« Er ließ sie seine Zähne spüren.

»Autsch!« Sie versuchte ihn abzuwehren, scheiterte allerdings. Hilflos zu sein und seine Überlegenheit zu spüren machte sie geil. »Das nicht, aber mutiger, heftiger und ... Was hast du vor?«

Gemächlich zog er den schwarzen Ledergürtel aus den Schnallen an seiner Jeans. Mit einem diabolischen Schmunzeln auf den Lippen bog er ihn hin und her, als würde er das Material testen. Schließlich hielt er die Enden mit einer Hand fest, sodass eine Schlaufe entstand, und schlug damit in die andere Handfläche.

»Du hast doch wohl nicht vor ... Du willst mich doch nicht damit ...«, stammelte sie aufgeregt, zudem lenkte das ungestüme Pulsieren ihrer Möse sie ab, »also, mir den Hintern damit versohlen, oder – oder doch?«

Er zog die Brauen nach oben. »Sag nicht, du hast noch keine Erfahrung mit Spanking gemacht?«

»Klar doch«, beeilte sie sich zu sagen, weil sie verhindern wollte, dass er dachte, sie hätte bisher nur Blümchensex praktiziert, obwohl sie ein Erotiklädchen führte. »Aber das ist lange her.«

»Deine Augen leuchten ja vor Vorfreude.«

»Ich hätte niemals damit gerechnet«, antwortete sie ausweichend. Ihre Wangen brannten, und ihr Gesäß kribbelte.

»Eigentlich hatte ich damit etwas ganz anderes vor, aber da ich versprochen habe, dich zu verwöhnen …« Er zuckte mit den Schultern, als wäre das, was jetzt auf sie zukäme, allein ihre eigene Schuld. »Dreh dich um!«

Aufgewühlt zögerte sie. Das Blut peitschte durch ihre Adern. Sie kämpfte mit Nervosität und wollte dennoch nichts sehnlicher, als Alessandros strenge Hand zu spüren. Aber für sie zählten Bondage und Züchtigungen zu den erotischen Spielarten, die sie bloß mit festen Freunden und nicht mit Liebhabern praktizierte, weil sie ein großes Maß an Vertrauen voraussetzten. Sie hatte sich schon auf das Fesseln eingelassen, nun würden Schläge folgen. Wohin sollte das noch führen? Freilich hatte sie nicht vergessen, was bei den Di Marinos geschehen war, aber auf sexueller Ebene verfiel sie ihrem italienischen Hengst immer mehr. »Dadurch würde das Seil noch ein bisschen kürzer werden.«

»Dann musst du dich eben eine Weile auf die Zehenspitzen stellen.«

»Die tun mir jetzt schon weh.«

Unbeeindruckt schwang er sie herum, bis sie mit dem Gesicht zur Wand neben dem Kassenhäuschen stand. »Du wirst die Schmerzen gleich vergessen haben.«

»Weil du sie durch stärkere ersetzen wirst?«

»Durch Geilheit, Lola.« Er kniff sie in den Po, sodass sie aufschrie. »Und jetzt hör auf zu jammern, sonst gebe ich dir einen echten Grund dazu.«

Ihre Nackenhaare stellten sich auf, allerdings bekam sie auch eine wohlige Gänsehaut. Unweigerlich musste sie daran denken, wie Alessandro Anfang Mai im *Toyland* aufgetaucht war. Eingangs hatte sie noch gedacht, er wäre ein Kunde. Er hatte sie doch glatt für einen Moment ihre Professionalität als Verkäuferin vergessen lassen, indem er sie an den Haken, an dem eine Gerte hing, gefesselt hatte. Heute Nacht würden sie einen Schritt weitergehen. *Endlich.*

Noch während sie in Gedanken in der Vergangenheit verweilte, traf der erste Schlag auf ihren Hintern. Erschrocken schrie sie auf und kehrte ins Hier und Jetzt zurück.

Ihr wurde klar, dass Alessandro nicht zaghaft vorgehen würde. Er hatte nicht vor, sie zu schonen oder ihr nur ein paar spielerische Klapse zu geben. Außerdem polierte er nicht zum ersten Mal einer Frau die Kehrseite. Dafür sprach, dass er hart und präzise zugeschlagen hatte.

Er ging selbstsicher und erfahren vor, das bewies auch der nächste Hieb. Kurz und fest knallte der Gürtel auf die andere Gesäßhälfte, sodass Lola erneut einen Schrei von sich gab, diesmal jedoch vor Schmerz. Allerdings erlosch er sogleich wieder. Erleichtert atmete sie auf und sehnte sich trotzdem schon nach der Fortsetzung.

Als das Leder sie erneut scharf küsste, seufzte sie. Genießerisch schloss sie die Augen. Ihr war gar nicht bewusst gewesen, wie sehr sie es vermisst hatte, unterworfen und bestraft zu werden.

Damals während ihrer Sturm-und-Drang-Zeit in Berlin hatte sie sich an den bizarrsten Orten vögeln lassen, aber noch nie auf einem Rummelplatz. Sie hatte sich in BDSM-Clubs herumgetrieben, einen Dominus gedatet und sich von ihm zur Lustdienerin erziehen lassen, bis ihre Beziehung an ihre Grenzen geraten war, da er immer extremere Praktiken ausleben wollte und sie die softe Form von SM vorzog, und sie sich trennten.

Ihre nächsten beiden Freunde waren auch dominant gewesen. Doch der eine hatte vor jedem gemeinsamen Spaß konkret absprechen wollen, was er mit ihr tun würde, sodass die Spannung und jeglicher Überraschungseffekt ausgeblieben waren, und der andere hatte sie zwar gekonnt durch die Sessions geführt, war aber nicht treu gewesen.

Alessandro holte weit aus. Der Gürtel surrte durch die Luft. Dann klatschte es gewaltig. Der Schmerz ließ Lola aufstöhnen. Sie presste die Oberschenkel zusammen, als würde das helfen, die Qual so leichter zu überstehen. Ihr Hintern brannte wie Feuer, und ihre Mitte glühte ebenfalls.

Der nächste Schlag ließ nicht lange auf sich warten. Prompt folgten ein dritter und ein vierter, Alessandro schien in einen Rhythmus zu fallen. Diesen konnte man keinesfalls als hektisch bezeichnen, wohl aber als stetig. Berauscht gab Lola eine obszöne Mischung aus Schreien und Stöhnen von sich. Sie hatte kaum Zeit, zwischen den Hieben Luft zu holen.

Ein Flächenbrand breitete sich aus, jedoch nicht nur auf ihrer Kehrseite, sondern auch auf ihrer Möse, als würde diese ebenfalls traktiert werden. Feuchtigkeit floss aus Lola heraus und rann zähflüssig ihre Oberschenkel hinab. Ihr Intimduft mischte sich mit dem Geruch der Kiefern, die hinter dem Spiegellabyrinth wuchsen.

Alessandro sollte recht behalten, sie spürte ihre Füße nicht mehr, auch nicht ihre Arme, die dagegen rebelliert hatten, in dieser unnatürlichen Haltung fixiert zu sein. Alles in ihr konzentrierte sich auf die Flammen, die über ihr Gesäß züngelten. Sie drohten Lolas Haut zu versengen, der Schmerz wurde intensiver und erregte sie immer mehr. Das Blut rauschte durch ihre Ohren und klang dabei wie das Prasseln eines Lagerfeuers. So heiß, so geil.

Plötzlich wurde es still. Abrupt versiegten das Knallen, das durch den Wald geschallt hatte, wenn der Gürtel auf ihren Po traf, ihre Lustschreie und das Knistern in ihrem Gehörgang. Bloß ihr Stöhnen war weiterhin zu hören. Dann atmete Lola einmal tief ein. Sie stieß die Luft kraftvoll aus, öffnete die Augen und tauchte aus der Ekstase auf wie aus zähflüssigem zuckersüßem Sirup oder einem erotischen Traum, den man nicht loslassen wollte.

Sie spürte Alessandros Lippen in ihrem Nacken und erschauerte auf eine angenehme Art und Weise. Gefühlvoll küsste er sie hier und da, während er ihre Dreadlocks beiseitehielt.

Als er ihren Hintern berührte, tat es im ersten Moment wieder weh und sie versteifte sich, doch er ging behutsam vor und massierte ihre Haut, die sich wund anfühlte, ganz sachte. Dabei drang er ab und zu wie zufällig von hinten in ihre Spalte ein. Mit der Handkante rieb er über ihre enge Öffnung und stieß zwischen ihre Schamlippen, jedes

Mal war es nur ein kurzes Necken. Lola sah darin ihre Belohnung für die Qualen, die sie soeben erlitten hatte, aber auch einen Vorgeschmack auf das, was noch folgen würde. Sie konnte es kaum erwarten, von Alessandro gefickt zu werden, und seufzte genießerisch.

Er trat einen Schritt zurück und hob ihr Kleid hoch. »Dein roter Hintern macht mich so was von geil.«

Nachdem sie sich zu ihm herumgedreht hatte, lächelte sie ihn an. Erwartungsvoll blickte sie zu ihm auf. Würde er nun ihre Fesseln lösen?

Er tat es nicht. Stattdessen band er ihr seinen Gürtel um die Taille und steckte den Saum ihres Kleids daran fest, sodass sie mit entblößtem Unterleib vor ihm stand. »Das war bisher der gemütliche Teil.«

»Gemütlich?«, echote sie ungläubig. Ihr Körper war gestreckt, und ihre Brüste hingen aus dem Dekolleté. Sie war unten herum nackt und Alessandro auf Gedeih und Verderb ausgeliefert, weil der Haken so hoch hing, dass sie sich von allein nicht befreien konnte.

11

Schmunzelnd holte er ein weiteres Seil aus dem Kassenhäuschen, das er dort deponiert haben musste. Er packte ihr Fußgelenk, hob ihr Bein an und band es im 90-Grad-Winkel an das Geländer, das die Veranda vom Vorplatz trennte. Nun musste Lola auf einem Stiletto balancieren.

Das konnte nicht sein Ernst sein! Ihre Schenkel waren gespreizt, die frische Nachtluft streichelte sie dort unten sanft. Ihr Unterleib präsentierte sich Alessandro schamlos. »Hattest du nicht angekündigt, du würdest mich verwöhnen? Das sieht aber gar nicht danach aus.«

»Du bist zu ungeduldig«, rügte er sie und kniff in ihren Nippel.

Lola kreischte und blinzelte ihn wütend an. Insgeheim war sie allerdings neugierig, was er vorhatte. Sich so obszön zu zeigen fachte ihre Lust weiter an, auch oder gerade weil nur Alessandro anwesend war. In ihrer Bewegung eingeschränkt zu sein und ertragen zu müssen, was auch immer er ihr zumutete, war genau die Art von Sex, die sie in den Wahnsinn trieb. Sie befand sich in seiner Hand und war seinen Launen ausgeliefert.

Was Sex betraf, waren sie offenbar absolut auf einer Linie. Das machte es noch schwieriger für Lola, eine gesunde Distanz zu wahren, um nicht verletzt zu werden.

Mit stolzer Haltung wie ein Mann, der von der Queen gleich zum Ritter geschlagen werden würde, ließ er sich vor ihr auf ein Knie nieder, sodass sein Gesicht auf Höhe ihres Geschlechts war. Dieses pulsierte daraufhin noch heftiger. Obwohl Alessandro zu Lola aufsah, strahlte er Männlichkeit und Würde aus.

Als er sich vorneigte, keuchte sie. Sanft blies er gegen ihre Scham, worauf Lola eine Gänsehaut an den Oberschenkeln bekam. Er ließ seine Daumen über ihren rasierten Venushügel kreisen, übte mehr Druck aus und knetete ihn schließlich auf wollüstige Art.

Langsam zog er seine beiden Finger nach unten, ohne den Kontakt zu Lolas Haut zu lösen. Er streifte beiläufig ihre empfindsamste Stelle und glitt dann weiter über ihre äußeren Schamlippen, die daraufhin noch praller anschwollen.

Durch Alessandros Berührungen peitschte das Blut durch Lolas Schoß. Sie spürte ihren Puls dort unten, die Hitze zwischen ihren Beinen wurde nahezu unerträglich und fühlte sich dennoch oder gerade darum so wundervoll an.

Durch und durch gefühlvoll massierte er die äußeren Lippen und hatte es nicht eilig. Er führte seine Daumen in Lolas feuchte Öffnung ein und zog sie auseinander, um die Möse leicht zu dehnen.

Es erregte Lola, wie er sich geschickt und sanft in ihr vorantastete, um diese erogene Zone in ihrem Inneren zu finden, die ihr eine vollkommen andere Lust bereitete als die Stimulation ihrer Klitoris oder anal penetriert zu werden. Alles hatte seinen Reiz. Allerdings hatten bloß wenige ihrer Liebhaber jemals diesen verborgenen Punkt in ihr aufgespürt oder auch nur danach gesucht. Sanft massierte Alessandro die Stelle.

Lola schmolz dahin vor Wonne, außerdem war sie beeindruckt. Alessandro kannte sich mit Frauen aus. Er wusste, wie er ihnen Lust verschaffte.

Obwohl die Haltung, in die er Lola gezwungen hatte, unbequem war, konnte sie dennoch seine Aufmerksamkeit in vollen Zügen genießen.

Plötzlich neigte er sich vor und hauchte einen zärtlichen Kuss nach dem anderen in die Nähe ihres Kitzlers, doch lediglich sein Atem streifte diesen direkt.

Im nächsten Moment spürte sie seine Zungenspitze. Sie glitt von ihrer Klitoris über die äußeren Schamlippen zu ihrer feuchten Öffnung hin, tauchte mit der ganzen Länge in sie ein und kehrte über die andere Seite wieder zum Venushügel zurück.

Vorsichtig saugte er die inneren Schamlippen ein. Er lutschte an ihnen und gab sie seufzend wieder frei.

Als er zu Lola aufsah, erkannte sie Hunger in seinem Blick. Warum band er sie dann nicht endlich los und vögelte sie? Seine Selbstbeherrschung grenzte an Selbstkasteiung.

Sie dagegen schwankte, nicht nur, weil es anstrengend war, ausschließlich auf einem Fuß zu balancieren, zudem auf Stilettos, sondern weil sich alles in ihr auf ihre Geilheit konzentrierte. Die Erregung schwächte sie. Das Bein, auf dem sie stand, zitterte und das andere drohte einzuschlafen, darum bewegte sie die Zehen.

Äußerst vorsichtig knabberte Alessandro an Lolas empfindlichster Stelle, worauf sanfter Schmerz sich unter die Erregung mischte und Lola daraufhin noch schärfer wurde.

Geschmeidig führte Alessandro einen Finger in sie ein, dann einen zweiten und einen dritten, bis er Lola ausfüllte. Zu ihrer Überraschung drängte er noch einen vierten in ihre schmatzende Öffnung. Jetzt konnte er nicht mehr ganz so tief in sie eindringen, aber er dehnte sie auf köstliche Weise.

Eine Weile penetrierte er sie so und traktierte sie gleichzeitig mit seinen Zähnen und seinem heißen Atem. Dieser liebkoste ihren Kitzler dabei so hauchzart wie eine Feder, was Lola beinahe in den Wahnsinn trieb.

Quälend langsam näherte sie sich dem Orgasmus, und trotzdem lag er noch in weiter Ferne, weil Alessandro sie so geschickt reizte, dass sie zwar in Sinneslust badete, aber nicht darin unterging.

Ihre Energie wurde von ihrer Mitte absorbiert, darum knickte ihr Bein unvermittelt ein. Lola hätte vor Schreck aufgeschrien, hätte die Geilheit ihr nicht die Luft geraubt. Nur die Fesseln am Haken hielten sie aufrecht. Das Seil schnitt in ihre Handgelenke.

Abrupt hörte Alessandro mit seiner Zuwendung auf. Obwohl er aufsprang, Lolas angebundenen Fuß erlöste und Lola half, wieder festen Boden unter beiden Füßen zu finden, vermisste sie es sofort, ihn dort unten zu spüren. Ihre Möse fühlte sich leer an, und ihr Kitzler sehnte sich zurück nach der Wärme von Alessandros Mund.

»Geht es wieder?« Zärtlich wischte er ihr die Schweißperlen von der Stirn.

Unfähig zu sprechen, nickte sie lediglich. Sie hatte Durst und war erschöpft, aber noch mehr als etwas zu trinken und sich zu erholen wollte sie, dass er fortfuhr, bis sie durch seine Zungenschläge kam.

Doch er hatte andere Pläne. Ohne die Fixierung ihrer Arme zu lösen, winkelte er das Bein, auf dem sie die ganze Zeit gestanden hatte, an und drückte es an seine Hüfte. Hastig holte er seinen Schwanz aus dem Hosenschlitz und stieß schwungvoll in sie hinein. Dann blieb er bewegungslos in ihr.

Lola gab einen kehligen Laut von sich. Sie verdrehte die Augen und wimmerte.

Als Alessandro ein zweites Mal in sie eindrang, erbebte sie, und auch er erzitterte. Sein Seufzen klang nicht nur erregt, sondern auch ein wenig gepeinigt. Lola vermutete, dass seine Geilheit ebenfalls weit fortgeschritten war. Dennoch wollte er ihr offenbar immer noch nicht hemmungslos nachgeben, denn er verharrte auch diesmal in Lola.

Warum zögert er diesen Fick bis ins Unerträgliche hinaus? Bekommt er etwa nicht genug von mir?

Beim nächsten Stoß sackte sie zusammen, weil die Taubheit aus dem Bein, das zuvor angebunden gewesen war und auf dem nun ihr Gewicht lastete, noch nicht vollkommen gewichen war.

Sofort stellte Alessandro sie auf beide Füße. Sein Penis glitt aus ihr heraus. Besorgt sah er sie an.

»Ich schaffe das schon.« Sie lächelte ihn an.

»Das bestimme ich«, sinnlich fuhr er über ihre Unterlippe, »schon vergessen?«

Ihre Brauen schnellten hoch. »Wie bitte?«

»Ein Spielzeug zu besitzen bedeutet auch, fürsorglich damit umzugehen.«

»Spielzeug?«, fragte sie pikiert. Gleichzeitig erregte sie diese Bezeichnung. Aber vor allen Dingen wurde ihr warm ums Herz, weil er sich um sie kümmerte. »Ich will nicht aufhören.«

»Habe ich etwa gesagt, dass ich fertig mit dir bin?« Lasziv schmunzelte Alessandro.

Vorsichtig hob er sie hoch, hakte den Strick aus und setzte sie wieder ab. Dann band er ihre Handgelenke los und massierte diese zärtlich. Lola bewegte ihre Arme, damit das Blut durch sie hindurch zirkulierte. Im nächsten Moment fand sie sich auch schon auf Alessandros Armen wieder. Ohne eine Erklärung trug er sie zum Karussell in der Mitte des Jahrmarkts.

Ermattet, aber noch unbefriedigt hielt sie sich an seinen breiten Schultern fest. Ihre Möse pochte im Takt seiner Schritte. Was hatte dieser Teufelskerl jetzt wieder vor?

Er stieg auf das Podest des stillgelegten Fahrgeschäfts und sah sich um. Schließlich ging er zu einem Schimmel mit XL-Sattel, der sich genau dort befand, wo eine der Außenwände herausgebrochen war. Mit dem Jackenärmel wischte er darüber und setzte Lola breitbeinig darauf. Sogleich nahm er hinter ihr Platz.

Sie spürte seinen Schwanz an ihrem Po. Der Sitz kühlte ihre heiße Scham, aber bloß kurz. Aufgeregt blickte sie sich um. Im hinteren Teil des Karussells, wo die Wände noch intakt waren, herrschte Dunkelheit. Das Mondlicht reichte nur bis zu dem Pferd, auf dem Lola und Alessandro eng zusammensaßen. Vermutlich hatte der Sitz aus dem

Grund Übergröße, damit verliebte Besucher des *Two Hearts* gemeinsam darauf sitzen und kuscheln konnten.

Lola wollte gerade das Gesicht zu Alessandro umdrehen und ihn glücklich anlächeln, als er eine Hand in ihren Nacken legte und ihren Oberkörper nach unten drückte, sodass sich ihre noch immer entblößten Brüste an die künstliche Mähne des Schimmels schmiegten. Überrascht schlang sie die Arme um den Pferdehals.

Gefühlvoll drang Alessandro von hinten in sie ein. Mit einem Seufzer der Erregung zog er sich aus ihr zurück, glitt wieder in sie hinein und beendete das lange Vorspiel mit einem: »Yeeha!«

Von nun an vögelte er sie leidenschaftlich. Bald hämmerte er sein Glied in ihre Möse, als müsste er die Zeit, die er darauf verwendet hatte, Lola zu reizen, aufholen. Wahrscheinlicher war, dass er das Hinauszögern satthatte. Gnadenlos ritt er sie. Obwohl sie laut wimmerte, weil ihre Klitoris über den Sattel rieb, fickte er sie temperamentvoll. Seine Stöße waren hart, sein Griff in ihrem Nacken fest und die Geilheit, die er an ihr abreagierte, groß.

Lola liebte es, derart rangenommen zu werden. Sie hatte lange genug darauf gewartet, hatte lustvoll gelitten und sich schmerzlich nach Erlösung gesehnt. Nun erntete sie die Früchte ihrer Mühsal. Ihre Mitte glühte und fühlte sich köstlich wund an. Ihr Puls jagte zunehmend schneller, und ihre Möse pulsierte immer heftiger.

Ihr Reiter wurde ungestümer. In Stakkato trieb er seinen strammen Penis in sie hinein, bis ihr Hören und Sehen verging.

Während der Orgasmus über sie hinwegfegte wie ein

Orkan, hielt sie sich mühsam an dem Schimmel unter ihr fest. Sie wurde durchgeschüttelt, von ihrem gigantischen Orgasmus und von Alessandro, der sie weiterhin vögelte, als wäre er ein Cowboy, der eine wilde Stute zuritt.

Zitternd und winselnd lag sie unter ihm und war seinen Stößen ausgeliefert. Durch die fortwährende Stimulation dauerte ihr Höhenflug eine gefühlte bittersüße Ewigkeit. Die Lust wurde nicht weniger, da Alessandro das Feuer zwischen ihren Schenkeln unaufhörlich anheizte.

Als auch er kam, liefen ihr bereits Tränen über die Wangen. Alessandro bemerkte das. Obwohl er noch bebte und keuchte vor Ekstase, stieg er vom Pferd. Er hob Lola herunter, setzte sie auf seine Jacke in die Kutsche, die von ihrem Schimmel und dem daneben gezogen wurde, und nahm dicht neben ihr Platz.

»Scht«, machte er und wischte ihr über die Wangen.

Sie klang atemlos. »Es ist alles okay.«

»Aber du weinst.«

»Vor Befriedigung.« *Vor Glück.*

Liebevoll küsste er sie und blickte ihr danach tief in die Augen. Er lächelte sie warmherzig an und zog sie in seine Arme. So saßen sie eine Weile im Schutz des Karussells und beobachteten den Mond, der über dem Rummelplatz im Wald schwebte, als würde er in dieser Nacht nur für sie beide scheinen.

Lola lauschte dem Orgasmus, der in ihrem Inneren nachhallte, und genoss diese angenehme Mattheit, die von ihr Besitz ergriff. Es fühlte sich so verdammt gut an, von Alessandro gehalten zu werden. Wenn er bloß eine Sexpartnerin in ihr sah, hätte er sie dann nicht sofort zu seinem Jeep gebracht und nach Hause gefahren? Erst stellte er sie seiner Familie vor, nun genoss er nach dem Sex ihre Nähe. Als hätten sie ein Date.

Dieser unmoralische Deal glich einer Achterbahnfahrt. *Entweder werde ich eines Tages nicht mehr aus Alessandros Waggon aussteigen wollen oder jäh hinausgeschleudert werden.*

Wie würde die Sache mit Alessandro Di Marino enden?

12

Juni

Im Radio hatte der Moderator angekündigt, dass der Juni dieses Jahr ungewöhnlich warm, manchmal nahezu heiß werden würde. Obwohl das Thermometer so kurz vor dem ersten Wochenende des letzten Frühlingsmonats gerade einmal dreiundzwanzig Grad anzeigte, hegte Lola keinerlei Zweifel daran. Allerdings dachte sie dabei an ihren unmoralischen Deal.

Aufgeregt schloss sie das *Toyland* ab. Feierabend. Der Samstagnachmittag neigte sich dem Ende zu, und Alessandro hatte Lola das erste Mal zu sich nach Hause bestellt. Sie konnte ihre Neugier kaum zügeln. Wie er wohl wohnte? Immerhin arbeitete er als Architekt. Sie konnte es kaum erwarten, mehr über ihn zu erfahren.

Hingen vielleicht XL-Poster von seinen Lieblingsfilmen an den Wänden? Würde er selbst kochen. oder hatte er Essen bestellt? Standen Fotos auf seinen Kommoden und Schränken, darunter auch Schnappschüsse von seinen Exfreundinnen, die er trotz Beendigung der Beziehungen stehen gelassen hatte, weil die Bilder ihn an erlebnisreiche Reisen erinnerten? War er überhaupt Single?

Mit Jimmy hatte sie seit seinem Liebesgeständnis kaum

mehr gesprochen. Meistens grüßten sie sich nur. Doch jetzt parkte sein orangefarbener Wagen neben ihrem. Gerade warf er seinen Rucksack auf den Beifahrersitz und schritt um sein Auto herum. Da bemerkte er sie. Wie vom Blitz getroffen, blieb er stehen. Erwartungsvoll sah er sie über sein Fahrzeug hinweg an.

Verlegen hielt sie die Ethno-Handtasche vor ihr Wickelkleid, das entfernt an einen himmelblauen Sari mit goldener Bordüre erinnerte. »Was für eine Woche!«

»Du sagst es.« Er trommelte auf dem Wagendach herum.

Sollte sie ihn auf seine dunkelbraun gefärbten Haare ansprechen? Besser nicht, denn die neue Farbe machte ihn noch blasser. »Aber morgen haben wir ja zum Glück frei.«

»Hast du Pläne für den Sonntag?«

Hoffentlich wollte er sich nicht mit ihr verabreden, oder doch? Rasch nickte sie und tat dies als Notlüge ab. Genau genommen hatte Alessandro sie bloß für den Abend eingeladen. Aber wer wusste schon, wohin das führen würde? Möglicherweise würde sie bei ihm übernachten. Jedenfalls wollte sie sich diese Option offenhalten. »Du auch?«

Er schüttelte den Kopf. »Ich vermisse unsere gemeinsamen Mittagessen.«

Was sollte sie darauf antworten? Wohl kaum, dass sie sich den alten Jimmy zurückwünschte, den Freund, der nicht in sie verknallt war. Aber womöglich hatte es den nie gegeben. »Das sollten wir irgendwann mal wiederholen.«

»Irgendwann, schon klar«, murmelte er und hob die Hand zum Abschiedsgruß. »Dann viel Spaß morgen.«

Sie beobachtete, wie er einstieg. Er fuhr jedoch nicht

los, sondern holte sein Handy aus der Tasche und tippte darauf herum. Bestenfalls lud er gerade eine andere Frau für den morgigen Tag zu einem Ausflug an den Massabesic Lake oder einen Spaziergang durch den Bear Brook State Park ein.

Sie entspannte sich und atmete tief durch. Das Gespräch war leichter gewesen, als sie befürchtet hatte.

Als sie den Motor startete, tat Jimmy es ihr gleich. Er scherte kurz hinter ihr aus der Parkbucht aus und reihte sich in den fließenden Verkehr hinter ihr ein. Die erste Kreuzung passierte sie gerade noch bei Gelb, er musste allerdings anhalten. Sie winkte ihm zum Abschied.

Während sie ihren Wagen auf den Highway lenkte, glaubte sie erneut, ihn hinter sich zu sehen, aber da drei Autos zwischen ihnen waren, konnte sie das nicht mit Sicherheit sagen. Wahrscheinlich handelte es sich nur um ein ähnliches Fahrzeug.

Sie hatte sich bereits während der Arbeitszeit frisch gemacht und umgezogen, daher hatte sie pünktlich zum Feierabend nach Manchester aufbrechen können. Immer wieder ertappte sie sich dabei, wie sie in den Rückspiegel sah. Ständig meinte sie, Jimmys Wagen zu erspähen, war sich aber nie wirklich sicher. Sie fühlte sich verfolgt.

Darum war sie froh, als sie bei Alessandros Adresse ankam. Sie stellte ihr Fahrzeug ab und schaute sich um, ob sie Jimmy erblickte. Tatsächlich blitzte es auf der Querstraße in der Junisonne orangefarben auf. Doch bevor sie Automarke oder Fahrer erkennen konnte, war das Kraftfahrzeug auch schon weitergefahren. Wurde sie paranoid, oder stalkte Jimmy sie etwa?

Das fünfstöckige Hochhaus, in dem Alessandro wohnte, enttäuschte Lola ebenso wie sein Apartment im Dachgeschoss. Sie hatte erwartet, dass er sich eine besondere Adresse ausgesucht hatte, aber das Gebäude war nur ein weiteres im Stadtdschungel und austauschbar.

Alessandro lebte recht einfach und war zweckmäßig eingerichtet. Keine Extravaganzen. Was seine vier Wände betraf, hegte er keine Ansprüche, weil er sich zum einen ohnehin selten zu Hause aufhielt und zweitens nicht vorhatte, dort ewig zu wohnen, wie er sagte.

Als er Lola jedoch in seinen Dachgarten führte, verschlug der Anblick ihr im ersten Moment die Sprache. Die Terrasse war üppig dekoriert mit Blumen, Kübelpflanzen und sogar Sträuchern. In einer Ecke bildeten Rankgitter – drei an den Seiten und eins als Dach – eine Art Laube. Sie waren mit Prunkwinden bewachsen, die purpurfarbene Blüten hervorbrachten. In einem Miniteich in einem Holzfass wuchs eine weiße Seerose, und ein Wasserspiel plätscherte sanft vor sich hin.

Lola konnte sich nicht sattsehen. »Das ist ja traumhaft schön.«

»Hat Loretta für mich entworfen.« Sanft nahm er ihr die Tasche ab und hängte sie an die Klinke der Tür, hinter der das Treppenhaus lag.

»Ausgerechnet«, murmelte sie, stützte sich auf dem schmiedeeisernen Geländer ab und schaute in die Tiefe. Ein orangefarbenes Fahrzeug fiel ihr in der Straße nicht auf.

Er öffnete einen weiteren Knopf an seinem anthrazitfarbenen Designerhemd und fragte: »Wie bitte?«

»Ach nichts.« Um abzulenken, spähte sie über die

Dächer von Manchester zum Horizont, wo die Sonne gerade unterging und den Himmel rot färbte. »Schau nur!«

»Sie ist Landschaftsarchitektin.« Er legte eine Hand an Lolas Rücken und schob sie sachte weiter.

Sarkastisch raunte sie: »Wow.«

»Ich habe ihr das eine oder andere Projekt vermittelt, und mit der Begrünung meiner Terrasse hat sie sich bei mir revanchiert«, erklärte er, wobei er sich hinhockte und mit Spucke einen Fleck von seinen glänzenden schwarzen Lackschuhen entfernte.

Sie biss sich auf die Zunge, aber die spöttischen Worte drangen am Ende doch über ihre Lippen: »Wie liebenswürdig von ihr!«

»Das ist sie wirklich.« In einer fließenden Bewegung richtete er sich wieder auf.

Während sie ein Flugzeug beobachtete, das ein Banner mit dem Aufdruck *Willst du mich heiraten, Louise?* hinter sich herzog, sagte sie betont beiläufig: »Seitdem kommt sie dich bestimmt oft besuchen, natürlich nur um nach den Pflanzen zu sehen.«

Plötzlich lachte er schallend. »Deine Eifersucht ist süß.«

»Ich bin nicht eifersüchtig.« Wie attraktiv er im sanften Licht der Dämmerung aussah! Er hatte sich chic angezogen, obwohl sie sein einziger Gast war. Sie nahm das als Kompliment. »Mein Geständnis in deinem Büro war erzwungen und hat daher keine Gültigkeit.«

»Du bist genauso wenig eifersüchtig, wie ich scharf darauf bin, dich später am Abend genau hier oben zu vögeln.« Eng drückte er sie an sich und ließ sie seine Erektion spüren.

Sie wurde sofort feucht. »Nicht Loretta?«

»Niemals Loretta«, flüsterte er sinnlich und gab ihr einen langen Zungenkuss. »Sie ist gar nicht mein Typ. Viel zu steif. Hör auf, dir ihretwegen Sorgen zu machen!«

Sie glaubte ihm und nahm sich vor, die rassige Schönheit ab sofort nicht mehr als Konkurrentin zu betrachten. Alessandro gehörte ihr ja auch nicht. Sie hatte kein Recht auf ihn. Dennoch musste sie unbedingt ein Detail in Erfahrung bringen. »Hast du eine Freundin?«

Seine Brauen schnellten hoch. Er ließ sie los, als wäre sie plötzlich hochgradig ansteckend.

»Das ist keine Anmache.« Hitze stieg in Lolas Wangen. Sie roch an den rosafarbenen Blüten des Zwergduftflieders, zupfte eine verwelkte Dolde an und warf sie in die Tiefe. »Ich möchte nur wissen ...«

»Ob ich die ganze Zeit mit ihr fremdgehe«, vervollständigte er ihren Satz. Er stand dicht hinter ihr.

Ja, denn das hätte sie enttäuscht. »Mir geht es bloß darum ... Dürfen wir zusammen gesehen werden, oder würde dich das in eine prekäre Lage bringen?«

»Wenn ich liiert wäre«, sagte er, packte sie an den Schultern und drehte sie zu sich herum, »hätte ich dich dann mit zu meiner Familie genommen?«

»Nun, sie scheinen nicht viel von dir zu wissen.« Oder bezog sich das ausschließlich auf Berufliches?

»Da *papà* ständig meckert, lasse ich mich nur noch selten bei meinen Eltern blicken. Er möchte, dass ich Karriere mache wie meine Geschwister, und meine Mutter wartet sehnsüchtig darauf, dass ich endlich heirate und ihr Enkel schenke. Der Druck, den sie auf mich ausüben, wächst von Jahr zu Jahr.« Galant hielt er ihr seinen Arm hin.

Sie hakte sich bei ihm ein. »War das auch der Grund, warum Agostino den Kontakt abbrach? Weil er anders leben wollte, als die Familie es sich für ihn wünschte?«

Mit ernster Miene nickte er, dann führte er sie weiter herum. »Seine Eltern waren genauso wie meine. Aber während mein Vater sich den Wünschen meiner Großeltern beugte, rebellierte sein Bruder. Die Di Marinos wollten schon immer, dass ihre Kinder sie stolz machten.« Er seufzte.

»Und nun begehrst du gegen deinen Dad auf und schaust immer seltener bei ihm und deiner Mom vorbei. So fing es bestimmt auch bei Agostino an. Die Geschichte wiederholt sich.«

»Verdammt, du hast recht.« Abrupt blieb er stehen. »Ich entwickle mich in dieselbe Richtung wie mein Onkel, dabei möchte ich das gar nicht. Ich liebe meine Mutter, meine Brüder und meine Schwester, selbst meinen Vater, allerdings macht er es mir wirklich schwer.«

Lächelnd strich sie über seinen Oberkörper. »Du machst es ihm aber auch nicht gerade leicht.«

»Ich?« Er zog die Augenbrauen hoch.

»Denk nur an den Memorial Day«, sagte sie und zwinkerte. »Du bist schon mit dem Vorhaben, Krawall zu machen, hingefahren.«

Einen Moment lang war er in Gedanken versunken. Dann machte er ein zerknirschtes Gesicht und rieb sich über die geschlossenen Augenlider. »Lass uns das Thema wechseln.«

Er führte sie zur Laube. Lola nahm auf dem Gartensofa aus schiefergrauem Polyrattan Platz, das auf den Sonnenuntergang ausgerichtet war, und staunte nicht schlecht über die zahlreichen Speisen, die Alessandro aufgefahren hatte. *Als hätte er eine Fußballmannschaft erwartet.*

Er musste verdammt viel Geld in einem Feinkostgeschäft gelassen haben, denn neben einfachem, aber köstlichem Caprese und Bruschetta gab es in Kräuteröl mariniertes Gemüse, hauchdünn geschnittenen Parmaschinken, mit Schafskäse gefüllte Oliven im Teigmantel, feinstes Thunfisch-Carpaccio und Krabbencocktail. Sie aßen im Ofen gebratenes Lamm und Zabaglione, beides hatte er selbst zubereitet. Überall standen weiße Stumpenkerzen, die immer heller zu flackern schienen, je weiter die Sonne hinter den Häusern versank und der Tag der Nacht wich.

Wie romantisch die Stimmung doch ist, dachte Lola glückselig und trank ihren zuckersüßen Milchkaffee. Alessandro hatte sich sehr viel Mühe gegeben, alles herzurichten. Aber diesmal machte sie nicht den Fehler, die Verabredung mit einem Date zu verwechseln. Das hatte sie getan, als er sie seiner Familie vorgestellt hatte, am Ende hatte er sie jedoch nur benutzen wollen, um seinen Vater zu ärgern. Das Essen heute war bloß das Vorspiel, es ging allein um Sex.

Trotzdem konnte sie sich nicht gegen die schwärmerischen Gefühle für ihn, die dieses Dinner in ihr hervorrief, wehren. Erst recht nicht, als Alessandro ihr ein Glas Rosé reichte, sie in seine Arme zog und sie schweigend das letzte Rot am Himmel verabschiedeten.

Was denkt er sich nur dabei, mich erneut so durcheinanderzubringen?, fragte sie sich und legte den Kopf auf seine Schulter. Die Einladung in sein privates Reich, die Mühe, die er sich mit dem Abend gab und damit diese paradiesische Atmosphäre zu zaubern – das alles sprach ihr Herz an. Dieses Treffen hatte bisher rein gar nichts mit ihrer delikaten Vereinbarung zu tun.

Um ihn aus der Reserve zu locken, fragte sie kess: »Ficken wir jetzt?«

Prustend spuckte er den Schluck Wein, den er im Mund hatte, ins Glas zurück. »Ich dachte, du genießt den Moment genauso sehr wie ich, aber offenbar hast du es eilig.«

»Darum hast du mich doch zu dir bestellt, um zu vögeln, oder etwa nicht?« *Bitte sag, dass du heute bloß kuscheln willst.* Denn das würde bedeuten, dass er mehr für sie empfand als reines sexuelles Verlangen. Sosehr sie auch körperlich von ihm begehrt werden wollte, sie sehnte sich nach mehr. Vom ersten Augenblick an hatte sie sich zu ihm hingezogen gefühlt. Inzwischen war diese zarte Empfindung zu einer Verliebtheit herangewachsen.

Mit ernster Miene stellte er sein Glas ab. »Ja, schon.«

»Aber?« Sie drehte sich ihm zu.

»Später.« Zärtlich streichelte er ihre Handfläche. »Erst muss ich noch etwas mit dir besprechen.«

Würde er ihr sagen, dass er sich in sie verguckt hatte? Hoffnungsvoll strahlte sie ihn an. »Jetzt hast du mich neugierig gemacht.«

»Vielleicht willst du danach keinen Sex mehr«, mit dem Zeigefinger zeichnete er ihre Lebenslinie nach, »sondern lieber gehen.«

Ihr Lächeln fiel in sich zusammen. Wollte er sie etwa aus dem Übereinkommen entlassen? Wenn das der Fall gewesen wäre, hätte er sie doch nicht zu sich nach Hause bestellt. Nein, das konnte nicht zutreffen. Was war es dann, das er mit ihr zu bereden hatte? Worauf wartete er denn noch? »Nun sprich es schon aus!«

»Also«, er schaute zum Nachthimmel auf, wo die ersten Sterne funkelten, als würde er dort oben die passenden Worte ablesen können, »ich weiß nicht, wie ich es vorsichtig formulieren soll, daher sage ich es geradeheraus.«

Unruhig rutschte sie auf dem Gartensofa herum. Der abwaschbare graue Bezug knarzte.

Alessandro wischte sich eine Schweißperle von der Stirn. »Ein Gastronom hat Interesse an Agostinos Gebäude.«

Sie entzog ihm ihre Hand. In ihrem Kopf wirbelte alles durcheinander, sodass sie kaum klar denken konnte. Nachdem sie den Wein abgestellt hatte, tunkte sie ihre Stoffserviette in ihr Wasserglas und betupfte ihre Schläfen. »Du hast behauptet, du würdest nicht nach einem Käufer suchen.«

»Habe ich auch nicht.« Sachte berührte er ihre Schulter.

Sie schüttelte seine Hand unwirsch ab. »Das war Teil unseres Abkommens.«

»Ich weiß«, sagte er kleinlaut, »und ich habe mich daran gehalten.«

Verstimmt sprang sie auf und schritt zur Brüstung. Mit verschränkten Armen stand sie stocksteif da, aber ihre Gedanken blieben in Aufruhr. »Das kann ja wohl kaum stimmen.«

»Ich sage die Wahrheit.« Seine Stimme kam näher, bis

sie schließlich unmittelbar hinter ihr erklang. »Ich hatte dir doch erzählt, dass ich mich mit einem Immobilienmakler getroffen habe, um ein lockeres Vorgespräch zu führen.«

»Loretta hatte euch bekannt gemacht, ich erinnere mich«, zischte sie giftig und beobachtete eine Spinne, die sich von einer noch winzigen Hibiskusknospe abseilte. »Offenbar hast du ihn doch heimlich beauftragt, einen Käufer zu suchen.«

»Danach hatten wir keinerlei Kontakt mehr, das musst du mir glauben.«

»Aber?«, fragte sie, brach einen abgestorbenen Zweig vom Eibisch ab und kratzte damit den Vogelkot vom Geländer.

Hinter ihr seufzte Alessandro. »Der Gastronom führt das *Happiness in a bowl* in Manchester. Er möchte expandieren und hat den Makler damit beauftragt, eine Location zu finden. Dieser erinnerte sich an mich, und so kam eins zum anderen.«

»Der Wirt sucht ja wohl kaum ein Kaufobjekt.« Sie drehte sich zu ihm um und sah ihn so vorwurfsvoll an, wie sie konnte.

»Zum einen hat er in den letzten Jahren gut verdient und möchte nun investieren, zum anderen hat er schlechte Erfahrungen damit gemacht, ein Restaurant zu mieten. Ihm wurde schon mehrmals gekündigt, oder die Miete wurde drastisch erhöht, oder er hatte monatelang mit Baulärm in den Stockwerken über seinem Laden zu kämpfen. Nun will er sein eigener Herr sein.«

»Aber er kennt die Räumlichkeiten doch gar nicht.«

Alessandro stützte sich auf der Balustrade ab und spähte

hinab in die von Laternen beleuchtete Straßenschlucht.

»Das stimmt nicht ganz. Er hat sie sich angeschaut, zumindest den Verkaufsraum.«

»Er war im *Toyland?*« Lola konnte es kaum fassen. Aufgebracht ging sie auf und ab. Der Feind hatte sich unbemerkt angeschlichen und sie ausspioniert.

»Ohne mein Wissen«, stellte er klar. Er stieß sich von der Brüstung ab und richtete sich wieder auf. »Kannst du dich vielleicht an jemanden erinnern, der sich merkwürdig verhalten hat?«

»Nein.« Sie stockte und blieb stehen. Nachdenklich knetete sie ihre Unterlippe. »Oder ...? Unter Umständen doch. Mitte der Woche hat sich ein Mann lange umgesehen, aber nichts gekauft. Ich habe mir nichts dabei gedacht. Einige Leute kommen nur rein, um die Ware auszuprobieren, und gucken später im Internet, ob sie sie in Onlineshops preisgünstiger erwerben können. Ärgerlich, aber es kommt vor. Ich dachte, das wäre so einer.«

»Möglicherweise handelte es sich dabei um den Restaurantbesitzer.« Alessandro streckte sich und bewegte den Kopf hin und her, als hätte er Verspannungen. »Inzwischen hat er sich über den Immobilienmakler bei mir gemeldet und würde sich gerne die Privaträume anschauen, um herauszufinden, ob sie für seine Zwecke groß genug sind und er sie umbauen lassen könnte. Er glaubt, dass das Geschäft am Ende der Hauptstraße in Birdsville eine Goldgrube für ihn sein könnte, das hat er dem Makler natürlich im Vertrauen gesagt. Ich kann daher davon ausgehen, dass er bereit dazu ist, eine beträchtliche Summe zu zahlen.«

Sie schnaubte. »Essen aus Bowls mag gerade der Hit

sein, aber Trends verschwinden genauso schnell, wie sie gekommen sind. Für Erotik allerdings interessieren sich die Menschen immer.«

»Tut mir leid, wenn ich das so offen sage«, bemerkte er sachlich, »aber was der neue Eigentümer mit dem Haus macht, geht mich dann nichts mehr an.«

»Das klingt, als hättest du dich bereits entschieden.« Ihr rutschte das Herz in den Slip. Offenbar hielt er weiterhin an seinem Vorhaben, Agostinos Erbe abzustoßen, fest. *Ich war nicht überzeugend genug. Das muss ich ändern. Falls nicht schon alles verloren ist.*

Er schob die Hände in die Hosentaschen und wandte sich ab. »Ich habe ja bisher nicht einmal mit dem Gastronomen persönlich gesprochen.«

»Das wirst du aber bald, nicht wahr?«

»Ich weiß es noch nicht.«

»Lüg mich nicht an!«, schrie sie.

»Na gut, ich gebe es zu.« Schwungvoll drehte er sich wieder zu ihr. »Ich habe keinesfalls vor, ihm das Haus heimlich zu zeigen, wenn du nicht da bist.«

Weil er dabei Gefahr lief, sie nach Feierabend noch dort anzutreffen? »Also doch.«

»Möglicherweise passen gar keine Küche, Kühl- und Lagerräume in die hinteren Zimmer. Was weiß ich?« Ungehalten verscheuchte er eine Fliege, die vor seinem Gesicht herumschwirrte. »Jedenfalls bedeutet eine Begehung noch nicht, dass er mir ein Angebot machen wird. Und falls er mir eins unterbreiten wird, muss ich es nicht zwingend annehmen. Aber ich wollte, dass du Bescheid weißt. Das war mir wichtig.«

»Darum hast du dir solch eine Mühe mit diesem Abend gemacht.« Nicht weil er in sie verschossen war. Vermutlich wollte er sie sich lediglich als Fickpartnerin warmhalten, so gut wie sie auf sexueller Basis zusammenpassten. Sie konnte ihre Enttäuschung nicht verbergen.

»Ja, verdammt«, sagte er harsch. Dann atmete er tief durch und legte die Handflächen an ihre Wange. Er fuhr ruhiger fort: »Ich wollte dich nicht vor vollendete Tatsachen stellen, als wären wir zwei Fremde, sondern es dir schonend beibringen.«

Ironisch erwiderte sie: »Besten Dank auch.«

»Noch ist gar nichts beschlossen.«

»Damit ist unser unmoralischer Deal wohl hinfällig.« Sie griff seine Handgelenke und wollte sie wegziehen, doch er ließ das nicht zu.

»Gott bewahre, nein! Wie kommst du denn darauf?« Sanft küsste er ihre Stirn, ihre Wangen und ihr Kinn. »Deine Chancen stehen besser denn je.«

»Das verstehe ich nicht«, murmelte sie in seinen Mund hinein, denn seine Lippen schwebten leicht geöffnet dicht vor ihren. »Du bringst mich total durcheinander.«

»Und du mich erst.«

Überrascht blickte sie in seine zimtfarbenen Augen. Sie meinte Zuneigung und aufrichtiges Bedauern zu erkennen. Aber vielleicht war das auch nur Wunschdenken.

»Willst du weiter streiten oder mich davon überzeugen, dass ich dem Betreiber des *Happiness in a bowl* absagen sollte?« Er wartete ihre Antwort nicht ab, sondern schob seine Zunge sanft in sie hinein.

13

Wie konnte er ihr erst einen metaphorischen Dolchstoß verpassen und dann Sex erwarten? Ihre erste Reaktion wäre beinahe gewesen, ihn wegzustoßen und zu fragen, ob er noch ganz bei Verstand war. Im letzten Moment hielt sie sich jedoch davon zurück, denn es war cleverer, auf sein Verlangen einzugehen und es gegen ihn zu verwenden.

Sie musste ihn nicht nur süchtig nach den erotischen Spielen mit ihr machen, sondern ihm auch den Kopf verdrehen. Vielleicht war sie bereits auf dem Weg, das zu schaffen, immerhin hatte er gesagt, sie würde ihn verwirren.

Forsch glitten ihre Hände über seinen Oberkörper. Lola knöpfte sein Hemd auf, schob die Finger unter den Stoff und rieb Alessandros Brustwarzen mit den Daumen. Während sie die Lippen weit für ihn öffnete, zwirbelte sie seine Nippel und stöhnte obszön in seinen Mund hinein. Alessandro züngelte immer stürmischer mit ihr, je fester und schneller sie ihn stimulierte.

Als er nach Atem rang, machte sie die Knöpfe an seiner Jeans auf und drang beherzt darunter. Begehrlich und besitzergreifend schlang sie die Hand eng um seinen erigierten Schwanz. Er fühlte sich wundervoll an, so hart mit einer Haut weich wie Samt. Lola bekam nicht genug von ihm. Gierig massierte sie den prachtvollen Schaft.

Obwohl Alessandro vor Lust wimmerte, packte er ihren Arm und schob ihn von sich fort. Zärtlich strich er über ihre Stirn. »Mach langsam und sinnlich! Warum die Eile? Wir haben die ganze Nacht.«

Er hatte gut reden. Ihr lief die Zeit davon. Seine Worte klangen ja, als wollte er nicht vögeln, sondern Liebe machen und sie zum Frühstück einladen. Traf das etwa zu? Sie konnte nicht anders, als ihn anzuschmachten, auch wenn sie Gefahr lief, zu viel in seine Worte hineinzuinterpretieren.

Es fiel ihr nicht leicht, einen Gang runterzuschalten. Zum einen feuerte die Verzweiflung sie an, auf der anderen ihr eigener Hunger. Aber sie nahm die Herausforderung an, führte Alessandro zu der Sonnenliege aus Akazienholz, die in einer luftigen Ecke des Dachgartens stand, und drückte ihn sachte auf die graphitfarbene Auflage nieder.

Als er mit dem Rücken darauf lag, sagte sie in einem frivolen Ton: »Warte! Ich werde dir helfen, es dir bequem zu machen«, und zog ihm Hose und Slip aus.

Kaum hatte er sein Hemd von den Schultern gestreift, lag er in seiner ganzen Schönheit vor ihr. Die Natur hatte es ausgesprochen gut mit ihm gemeint. Wie er ihr einmal mit schlechtem Gewissen gestanden hatte, ging er nicht einmal joggen. Trotzdem war er unglaublich attraktiv. Sein Körperfettanteil liegt auf jeden Fall weit unter meinem, dachte Lola und sabberte in Gedanken. Seiner Aussage nach vergaß er beim Arbeiten oft zu essen. Als Hungerhaken konnte man ihn dennoch nicht bezeichnen. Dafür hatten seine guten Gene gesorgt.

Seine Brustmuskulatur wölbte sich leicht vor, sein

Bauch war flach, und seine Hüftknochen standen hervor. Letzteres machte Lola am meisten an, denn die erhabenen Linien bildeten ein V, das auf obszöne Weise den Blick auf sein Geschlecht lenkte, oder zumindest bildete Lola sich das in ihrer schmutzigen Fantasie ein. Ihr lief jedes Mal, wenn sie seine Leisten sah, aufs Neue das Wasser im Mund zusammen. So auch jetzt.

Ihre Kleidung war ihr plötzlich zu heiß. Sie hatte noch nie für einen Mann gestrippt. Alessandro war der Erste, der in diesen Genuss kam. Zumindest hoffte sie, dass es ein Genuss war, denn sie bemühte sich redlich, eine geile Show abzuziehen. Während sie ihn verrucht ansah, löste sie die Schleife an ihrem Wickelkleid, zog den Stoff gemächlich auseinander und zeigte Alessandro ihr Höschen aus transparentem Tüll, einem weißen Hauch von nahezu Nichts.

Seine Augen weiteten sich und funkelten nicht nur durch den Schein der Kerzen um sie herum. Neckend verhüllte sie sich wieder, worauf er ein empörtes »Hey« von sich gab und sich aufrichten wollte. Doch Lola hinderte ihn daran, indem sie ihre Schuhe auszog, einen Fuß gegen die Kopflehne stemmte und ihm einen delikaten Ausblick auf ihre Mitte gönnte.

Lachend nahm sie das Bein herunter. Sie stieg aus ihrem Kleid und schleuderte es in hohem Bogen fort. Mit nach oben gestreckten Armen drehte sie sich einmal im Kreis, um ihm zu präsentieren, worauf er sich freuen durfte, und dass er das tat, bewies sein Schwanz, der noch strammer wurde.

Lola drehte Alessandro den Rücken zu, beugte sich vor,

sodass er unweigerlich seinen Fokus auf ihren Hintern richten musste, und schob ihr Höschen über die gestreckten Beine nach unten. Lasziv spreizte sie die Schenkel, damit er ihre prallen Schamlippen sehen konnte.

Als sie an sich vorbei nach hinten schaute, starrte er ihre Möse wie gebannt an und leckte sich gerade über die Mundwinkel. Auch sie selbst ließ der Striptease nicht kalt. War das Kerzenlicht hell genug, um zu entlarven, dass sie feucht war?

Nachdem sie sich wieder aufgerichtet hatte, warf sie ihm ihren Slip zu. Er fing ihn auf, hielt ihn vor die Nase und inhalierte ihren Intimduft. Lola keuchte. Dieser Mann machte sie wahnsinnig!

In einer fließenden Bewegung wandte sie sich wieder zu ihm um. Sie hakte den Verschluss ihres ebenfalls transparenten Büstenhalters aus und tat so, als würde sie ihn abstreifen, doch im letzten Moment schloss sie ihn wieder. Alessandro knurrte und zwackte seine Hoden, wahrscheinlich um seine Lust im Zaum zu halten, erreichte allerdings das Gegenteil. Das Glied schälte sich nämlich weiter aus der Vorhaut heraus.

Lola konnte sich ein Kichern nicht verkneifen, obwohl das nicht zu der *Femme fatale*, die sie versuchte zu spielen, passte. Anstößig grinsend neigte sie sich zu Alessandro. Sie öffnete ihren BH, hielt ihn so lange fest, bis sich Alessandros Miene wohl vor Ungeduld verfinsterte, und ließ ihn dann fallen. Nun hingen ihre Brüste ein wenig, was er wie erhofft appetitlich fand, denn sein Mund zuckte, als würde er in seiner Fantasie an ihren Nippeln saugen.

Das Licht in einer der Wohnungen im Gebäude auf der

anderen Straßenseite ging an. Plötzlich wurde sich Lola bewusst, dass einige der Nachbarn sie womöglich sehen konnten. Zwar war es inzwischen dunkel, aber im Dachgarten brannten überall Kerzen.

Aus Verlegenheit wollte sie sich bedecken. Doch dann wurde sie von einem heißkalten Kribbeln erfasst, das durchaus erregend war, und ließ es bleiben. Außerdem wollte sie keinesfalls schamhaft auf Alessandro wirken.

Ganz die Verführerin, kroch sie über ihn. Sie hockte sich zwischen seine Beine und küsste seinen Penis gefühlvoll. Ob die Nachbarn sie jetzt immer noch beobachten konnten? Oder wurden Alessandro und sie von den Kübelpflanzen vor fremden Blicken geschützt? Ein Restrisiko blieb. Das gab Lola einen zusätzlichen Kick.

Sie liebte Sex im Freien, denn für sie war Vögeln etwas vollkommen Natürliches, und in der Natur konnte sie eine starke Verbindung zu ihrer animalischen Seite herstellen. Draußen fühlte sie sich frei und hemmungslos. Der Lust schienen keine Grenzen gesetzt. Darum konnte sie sich auch so richtig versaut geben, während sie Alessandro den Blowjob seines Lebens gab.

Lasziv speichelte sie den Schaft ein und achtete darauf, dass Alessandro jedes Detail mitbekam. Sie streckte die Zunge weit heraus und strich über den harten Penis. Während sie Alessandro ansah, hinterließ sie eine heiße Spur auf seinem Unterbauch. Sie leckte über seinen rasierten Intimbereich nach unten, schaffte es, zumindest die Zungenspitze unter die Vorhaut zu schieben, sodass sich diese noch etwas enger um seinen Schwanz spannte.

Sein Seufzen war Musik in ihren Ohren. Sie lächelte

glückselig. Was für ein schöner Fick das doch jetzt schon war! Dabei befanden sie sich noch ganz am Anfang.

Damit sich das Blut noch mehr staute, schlang sie Daumen und Zeigefinger um die Peniswurzel und drückte zu, worauf eine dicke Ader seitlich am Glied hervortrat. Das machte Lola scharf, weil sein Schwengel dadurch noch kraftvoller und potenter aussah.

Zärtlich lutschte sie an der Eichel und genoss ihre Macht über Alessandro, denn er wurde immer unruhiger vor wachsender Erregung. Stöhnend wand er sich auf der Liege und ließ Lola nicht aus den Augen.

Lola kitzelte seine Hoden. Sanft massierte sie sie und saugte gleichzeitig behutsam an seiner Penisspitze. Alessandro rang nach Atem. Er hatte sichtlich Mühe, die Augen offen zu halten.

Aus purem Necken hörte Lola auf, ihn zu stimulieren. Erst als er wieder Luft bekam und sie fragend anblickte, lachte sie frivol und nahm seine Latte so tief in ihren Mund auf, wie sie nur konnte. Sie drückte die Lippen darauf, zog sich bis zum oberen Ende zurück und schob den Kopf sogleich wieder nach vorne, sodass ihr Mund fest über die ganze Länge des harten Stamms rieb.

Das Glied zuckte in ihrem Mund. Sie nahm eine salzige Note wahr, saugte gierig an der Spitze und erregte sich daran, Alessandro so intensiv und intim zu schmecken.

Ihr Speichel glänzte auf seinem Schwanz. Ihre Lippen waren nass, und einige Tropfen rannen ihr über das Kinn. Für das, was sie vorhatte, musste Alessandros prächtige Rute seifig sein. Als sie zufrieden war und Alessandro bereits kehlige Laute von sich gab, zog sie sich zurück.

Überrascht stieß er aus: »Nicht doch! Mach weiter, ich bitte dich. Du bist so verdammt gut darin.«

Obszön leckte sie die Feuchtigkeit von ihrem Mund. Sie stand auf, schloss Alessandros Beine und setzte sich auf seine Knie, wobei sie Letzteres sehr langsam machte, damit Alessandro ihre weit aufklaffende Möse betrachten konnte.

Mit einem schlüpfrigen Grinsen auf dem Gesicht neigte sie sich vor. Sie nahm den Penis zwischen ihre Brüste, quetschte ihn förmlich mit ihrem heißen weichen Fleisch ein und bewegte den Oberkörper auf und ab. Es schien, als würde der Kolben von unten zwischen ihre Brüste stoßen. Neckisch lugte die Eichel immer wieder hervor. Es war geil anzuschauen.

Alessandro gab Geräusche von sich, die irgendwo zwischen Knurren und Schnurren lagen. Sein Blick war von Wollust getrübt. Staunend verfolgte er das Spektakel, das Lola ihm bot. Die Muskeln an seinem Körper spannten sich an. Schweißperlen glänzten auf seiner Stirn. Er rang nach Luft, hielt sich an der Liege fest und lächelte. Wie er so unter Lola lag, wirkte er auf sie wie ein Ertrinkender, der nicht gerettet werden wollte. Erneut hörte sie auf.

»Das ist … Das …«, sagte er außer Puste und guckte ganz elendig. »Das, was du da mit mir machst, ist teuflisch.«

Sie lachte heimtückisch. Da sich seine Miene verfinsterte und er die Hände nach ihr ausstreckte, um sie zu packen, rutschte sie schnell höher und ließ sich auf seinem Geschlecht nieder.

Mit einem kräftigen Ruck fuhr sein Schwanz in ihre

Möse hinein. Diese war sehr feucht, ohne geleckt worden zu sein, aber Alessandro so schamlos einzuheizen hatte auch Lola scharfgemacht.

Er gab einen heiseren Schrei von sich. Seine Arme fielen auf die Auflage, als hätten sie jäh vergessen, dass sie noch einen Moment zuvor Lola hatten ergreifen wollen. Kurz hoben seine Schultern vom Polster ab, weil er vor Ekstase den Kopf in den Nacken schob, dann legte er sich wieder flach hin. Sein Körper bebte.

Erneut dachte Lola daran, dass einige der Nachbarn in den umliegenden Hochhäusern unter Umständen mitbekamen, was sie hier oben auf dem Dach trieben. Doch es gab längst kein Zurück mehr. Alessandro hätte sie vermutlich geteert und gefedert, wenn sie das enthemmte Spiel jetzt abgebrochen hätte, und auch sie wollte nichts sehnlicher, als endlich zu kommen.

Sanft ritt sie ihn, schließlich hatte er ihr vorhin gesagt, sie hätten alle Zeit der Welt. Bestimmt sah er das inzwischen anders, denn er versuchte, die Kontrolle zu übernehmen, und hob und senkte seine Lenden hastig.

Demonstrativ blieb sie einige Sekunden lang auf ihm sitzen und zwang ihn zur Ruhe. Dann fuhr sie gemächlich fort, ihn zu vögeln, bis sie es selbst nicht mehr aushielt und schneller auf seinem Schaft auf und ab glitt.

Ihre Körpertemperatur stieg an. Ihr Puls jagte. Die Welt um sie herum verschwamm. Schließlich machte sie die Augen zu und ließ sich fallen.

Zügellos fickte sie Alessandro, der ihre raschen Bewegungen mit seinem Keuchen untermalte. Er gab sich nun ihrem Rhythmus hin. Lola selbst stöhnte kehlig. Sie hatte seinen Joystick, wie sie ihn ebenso liebevoll wie neckisch nannte, gut geölt, sodass sie sich jetzt wild auf ihm aufspießen konnte. Immer wieder ließ sie ihren Unterleib auf ihn fallen, sodass er vollkommen in ihrer Möse verschwand. Ihre Bewegungen wurden stürmischer. Sie nahm Alessandro hart ran und sich selbst somit auch.

Als sie kam, schrie sie ihre Lust heraus. Im nächsten Moment erinnerte sie sich daran, dass sie sich in einem Dachgarten befand und man sie womöglich gehört hatte. Hitze schoss ihr in die Wangen. Sie lachte verlegen und gleichsam amüsiert, vögelte Alessandro noch einige Male, bis auch ihn der Orgasmus überwältigte, und blieb dann erschöpft auf seinem Oberkörper liegen.

Liebevoll hielt er sie fest und streichelte ihren Rücken, wovon sie eine angenehme Gänsehaut bekam. Er keuchte noch immer, als wäre er soeben einen Marathon gelaufen. Sein Schwanz in ihr erschlaffte und rutschte aus ihr heraus, während Alessandro unentwegt ihre Dreadlocks küsste.

Nach einer Weile hörte er damit auf. Inzwischen atmete er gleichmäßig. Als Lola zu ihm aufsah, war er eingeschlafen. Glückselig legte sie die Wange wieder auf seinem Brustkorb ab und schloss die Augen. Wohlig seufzte sie.

14

Lola wurde von Stimmen geweckt.

Erschreckt setzte sie sich aufrecht im Bett hin. Sie lauschte angestrengt. Im Nachbarzimmer stritten eindeutig zwei Männer. Ihr Puls beschleunigte sich. Hatte sich etwa jemand Zugang zu ihrem Apartment verschafft?

Aber eine nachtblaue Bettwäsche besaß sie überhaupt nicht, weil sie es farbenfroh mochte. Die Möbel kamen ihr auch unbekannt vor, und wenn sie aus dem Fenster schaute, sah sie gar nicht schräg auf das Haus, in dem dieser verbohrte Ezekiel Goodman wohnte, sondern auf den strahlend blauen Junihimmel.

Verwirrt rieb sie sich mit der Bettdecke übers Gesicht. Das Plumeau roch wundervoll nach Alessandro. Da fiel es ihr wieder ein.

Nachdem sie ihn im Dachgarten geritten hatte, hatten sie eine Weile auf der Liege gedöst. Dann hatten sie sich, nackt wie sie waren, auf das Gartensofa gesetzt, gekuschelt und noch das ein oder andere Glas Wein getrunken. Als sie müde geworden waren, hatte er sie in sein Schlafzimmer geführt. Dort hatten sie sich erneut geliebt und waren in Löffelchenstellung eingeschlafen.

Lola lächelte glücklich, obwohl es hinter ihren Schläfen pochte. Offenbar hatte sie zu viel Alkohol konsumiert, wenn sie sich im ersten Moment nicht mehr erinnert hatte, in wessen Bett sie die Nacht verbracht hatte.

Alessandro lag nicht mehr neben ihr. Er musste einen Besucher hereingelassen haben. Lola konnte nicht hören, was die Männer erzählten, aber freundlich klang die Unterhaltung nicht.

War gerade ihr Name gefallen? Sie war keine Person, die hinter den Gardinen stand und die Nachbarn beobachtete oder Fremde im Supermarkt belauschte, aber in diesem Fall siegte ihre Neugier. Sie konnte nicht anders als aufzuspringen.

Der kühle Luftzug, der samt Verkehrslärm durch das geöffnete Fenster drang, erinnerte sie daran, dass sie immer noch das Evakostüm trug. Schnell griff sie das anthrazitfarbene Hemd, das Alessandro beim Dinner getragen hatte, und zog es über. Der edle Stoff duftete nach ihm und glitt sanft über ihre Haut. Es war fast so, als würde Alessandro sie streicheln.

Mit einem Lächeln auf den Lippen schlich sie zur Tür, die einen Spaltbreit offen stand. Je näher sie kam, desto intensiver wurde der Kaffeegeruch. Der Teppichboden fühlte sich wundervoll weich an ihren Fußsohlen an und ermöglichte es ihr, sich lautlos fortzubewegen.

Vorsichtig linste sie ins Wohnzimmer. Emilio Di Marino stand neben der Couch, stocksteif und grimmig wie ein Monument von Abraham Lincoln. Er hatte die Arme vor dem Oberkörper verschränkt und machte eine sauertöpfische Miene, während Alessandro unruhig zwischen ihm und der Küche hin und her lief und Lola an einen Löwen in einem Käfig erinnerte.

Rasch zog sie sich zurück. Hatte Alessandro sie bemerkt? Immerhin hatte er in ihre Richtung geschaut. Ihr Herz pochte heftig.

»Was machst du hier?«, hörte sie ihn fragen und befürchtete im ersten Moment, er hätte sie gemeint.

Emilio schnaubte. »Darf ich meinen Sohn etwa nicht besuchen?«

»Seit meiner Einweihungsfeier warst du nicht mehr bei mir, *papà*.«

»Du kommst ja nicht zu uns, Sandro. Also musste ich zu dir kommen.«

Erneut spähte Lola durch den Schlitz und verfolgte, wie Alessandro in die Küche ging. Entweder hatte sie sich rechtzeitig versteckt und er sie nicht gesehen, oder er hatte beschlossen, sie nicht vor seinem Vater bloßzustellen.

Er kehrte mit einem Becher zurück und hielt ihn seinem Besucher hin. »Willst du wirklich keinen Kaffee? Ich habe ihn frisch aufgebrüht.«

»Du weißt genau, dass ich nur Espresso trinke.« Unwirsch winkte Emilio Di Marino ab.

»Und du weißt, dass ich keine Espresso-Maschine habe.« Alessandro nippte an dem Heißgetränk, verzog das Gesicht und zog scharf die Luft ein.

Lola vermutete, dass er sich die Zunge verbrannt hatte, und unterdrückte ein Kichern. Offenbar hatten sich die zwei Streithähne immer noch nicht beruhigt. Das stimmte sie traurig.

Sie selbst hatte stets ein gutes Verhältnis zu ihren Eltern gehabt. Sicherlich war das Miteinander nicht immer einfach gewesen, besonders nicht, als sie in die Pubertät gekommen war. Aber die Familie gab ihr Halt, sie war ihr Netz und doppelter Boden. Obwohl ein Ozean zwischen ihnen lag, so wusste sie doch, dass sie geliebt wurde, dass sie nicht allein auf der Welt war und jederzeit nach Hause zurückkehren konnte, wo man sie auffangen und ihr sagen würde, dass alles wieder gut werden würde. Selbstverständlich war sie ebenso für ihre Eltern da.

»Seit dem Memorial Day hast du dich nicht mehr bei uns gemeldet.« Emilio setzte sich auf die Rückenlehne des Sofas, die bedrohlich nachgab, und sprang sofort wieder auf. »Deine *mamma* war völlig außer sich.«

»Das trifft wohl eher auf dich zu«, sagte Alessandro über den Rand des Bechers hinweg.

Anklagend zeigte sein Vater auf ihn. »Du hättest dich bei ihr für den Eklat entschuldigen müssen.«

In Seelenruhe blies Alessandro in sein Getränk und antwortete dann: »Ich habe längst mit ihr telefoniert.«

»Ach ja?« Emilio rümpfte die Nase. »Warum hat sie mir nichts davon erzählt?«

»Weil sie Angst hat, mich dir gegenüber zu erwähnen.« In zur Schau gestellter Lässigkeit lehnte sich Alessandro gegen die Wand. »Du flippst ja immer gleich wegen allem, was mich betrifft, aus.«

»Red keinen Unsinn! Deine Mutter fürchtet sich doch nicht vor mir.« Emilio wirkte betroffen, er ließ die Schultern hängen und drehte sich zum Fenster. Dann ballte er die Hände zu Fäusten und wandte sich wieder zu ihm um. »Was um Himmels willen hast du dir nur dabei gedacht, an unserem Familientag mit dieser Schlampe aufzutauchen?«

Lola spürte einen Stich im Herzen. Sie schlang die Arme um ihren Körper und wollte sich schon ins Badezimmer flüchten, um ihre Wunden zu lecken, als Alessandro die Stimme erhob und zischte: »Wie kannst du meine Freundin so nennen? Wenn du noch ein einziges Mal so von ihr sprichst, werfe ich dich raus. Habe ich mich klar ausgedrückt, *papà*?«

Überrascht horchte Lola auf. Sie wagte kaum zu atmen. Hatte er das gerade wirklich gesagt? Ja, hatte er. Aber meinte er seine Worte auch ernst, oder wollte er seinen Vater bloß wieder einmal verärgern? Während sie vergeblich versuchte, die Schmetterlinge in ihrem Bauch einzufangen, weil sie nicht voreilig sein und enttäuscht werden wollte, lehnte sie sich wieder vor, um die beiden Männer durch den Spalt sehen zu können.

Mit dem Handrücken wischte sich Emilio über den Mund. »Früher hattest du einen besseren Geschmack.«

»Lola ist eine tolle Frau.« Geräuschvoll stellte Alessandro seinen Becher auf dem Sideboard ab. »Sie ist selbstbewusst, leidenschaftlich in allem, was sie tut, und eine ambitionierte Geschäftsfrau.«

Sein Vater schnaubte. »Sie trägt nicht einmal Unterwäsche.«

Hinter der Tür errötete Lola. Wenn ihm dieser Fauxpas aufgefallen war, hatten es auch alle mitbekommen. Wie peinlich! Das war nicht der erste Eindruck, den sie bei den Di Marinos hatte hinterlassen wollen. Aber dann wischte ein anderer Gedanke ihre Verlegenheit fort.

Alessandro schwärmt ja regelrecht von mir. Ich werd' verrückt! Sie wagte zu hoffen, dass er sich ebenso in sie verguckt hatte wie sie sich in ihn, er darum die Immobilie in Birdsville behalten würde und das *Toyland* bleiben durfte. Sie bekam ganz weiche Knie. Alle ihre Wünsche schienen zum Greifen nah.

»Diese Felicia war ein ganz anderes Kaliber. Eine Frau mit Klasse, ein Volltreffer, eine Venus.« Emilio gab seinem Sohn ein »Daumen hoch«.

Ohne eine Miene zu verziehen, erwiderte Alessandro: »Im Bett war sie kalt wie ein Fisch.«

»Sie ist Model, nicht wahr?«

»Nicht mehr.« Gähnend rieb sich Alessandro die Augenlider. »Inzwischen arbeitet sie als *Locationscout* für Fotoshootings und Filmdrehs.«

»Sie bleibt trotzdem so attraktiv wie eine Göttin und würde dir wunderschöne Kinder schenken.«

»Sie will Karriere machen. Nachwuchs ist da nicht vorgesehen. Übrigens war das ein Streitpunkt zwischen uns.«

»Ihr wart ein Paar, nach dem sich alle umgedreht haben.« Emilio ging umher und schaute sich die wenigen Fotografien in Alessandros Wohnzimmer an, als würde er einen Schnappschuss von Felicia und seinem Sohn suchen. »Sie wäre immer noch eine repräsentable Ehefrau für einen aufstrebenden Architekten.«

»Degradiere sie nicht zu einem Accessoire, *papà*! Das hat Felicia nicht verdient. Außerdem liebe ich sie nicht mehr.«

»Gefühle können wiederkommen.«

»Sie ist Vergangenheit.«

»Noch nicht ganz, wenn ich auf dem aktuellen Stand der Dinge bin, nicht wahr, Sandro?«, fragte sein Vater und lächelte süffisant.

Alessandro schaute zum Schlafzimmer herüber und wirkte verunsichert. Blitzschnell wich Lola zurück. Sie presste eine Hand auf den Mund und ließ sich zu Boden gleiten. Was hatte Emilios Bemerkung zu bedeuten?

Offenbar hielt Alessandro noch Kontakt zu seiner Ex. Warum sollte er das tun, wenn er nichts mehr für sie empfand? War Lola auf die falsche Frau in Alessandros Leben eifersüchtig gewesen? War nicht Loretta die Gefahr, sondern diese ominöse Felicia?

Es klang, als würde Emilio seinem Sohn auf die Schulter klopfen. »Wohnt sie immer noch in Manchester?«

»Ja, aber ...«

»Du könntest sie zu uns einladen«, forderte Emilio ihn mit einem Lächeln in der Stimme auf. »Wir würden uns freuen, sie wieder einmal zu treffen.«

Alessandro murmelte etwas, das Lola nicht verstand. Ihre Gedanken dröhnten in ihrem Kopf. Alessandros Exfreundin. Ein Prachtweib. Ganz in der Nähe. Emilio Di Marino versuchte, sie seinem Sohn schmackhaft zu machen, damit dieser von ihr – Lola – abließ. Sie fühlte sich verletzt. Zudem hatte sie Angst, dass Alessandro doch wieder schwach werden könnte.

Als Beauty konnte man sie nicht gerade bezeichnen. Durch ihre Dreadlocks, ihre farbenfrohe Kleidung und ihr Erotiklädchen war sie eine Exotin. Unglücklicherweise war Alessandros Vater eher der konservative Typ. Würde sich Alessandro von ihm beeinflussen lassen, wenn dieser fortfuhr, Felicias Vorzüge hervorzuheben?

»Überleg doch mal!«, sagte Emilio enthusiastisch. »Sie könnte dir helfen, neue Kunden zu werben.«

»Ich brauche keine Hilfe.«

»Das sehe ich anders, Sandro. Schau nur, wo du wohnst. In einem Hochhaus.«

»Das ist keine Schande, *papà*. Ich komme gut über die Runden.«

Vorsichtig linste Lola, die auf dem Boden kniete, wieder ins Wohnzimmer hinüber. Alessandro brachte gerade seinen Becher in die Küche. Dann lehnte er sich gegen den Türrahmen, als würde ihn das Gespräch erschöpfen.

»Deine Mutter hat mir neulich einen Prospekt von deinem Steckenpferd gezeigt. Mensch, Junge! Man verdient doch kein Geld, indem man Häuser für Ameisen baut. Je größer das Gebäude, desto mehr Dollars fließen. Eine einfache Rechnung, aber du scheinst nicht gut in Mathe zu sein.« Sein Vater gestikulierte so heftig, dass er einen gerahmten Kunstdruck von der Wand fegte.

Blitzschnell fing Alessandro das Bild auf. Er hängte es zurück an den Haken und zischte: »Es tut mir nicht leid, dass meine Ambitionen in eine andere Richtung gehen, als du dir wünschst. Mir liegt eben daran, den sozialen Wohnungsbau zu revolutionieren und bezahlbaren Wohnraum für Geringverdiener zu schaffen. Manchester ist ein teures Pflaster geworden, aber die Menschen verdienen immer weniger. Ich biete eine neuartige Alternative, um diesem Problem entgegenzuwirken. Denn es ist doch so, wenn wir nichts dagegen unternehmen, wird sich die Situation weiter verschlechtern, die Menschen werden immer unzufriedener werden, und das bietet Nährboden für Gewalt.«

Wow, wie leidenschaftlich!, dachte Lola fasziniert und

himmelte ihn an. Auch wenn sie nicht wusste, welches Ziel genau er verfolgte, so schien es doch ein achtbares zu sein, für das er viel opferte wie Erfolg, hohe Honorare, ein Büro für sich allein und ein Wohnadresse in einer guten Lage. Sie verfiel Alessandro noch ein Stück mehr, nicht dem Sexgott, der hatte sie vom ersten Moment an überzeugt, sondern dem Mann, der er im Alltag war. Wenn sie nicht aufpasste, wurde aus ihrer zarten Verliebtheit bald echte Liebe, bevor sie erfuhr, was er für sie fühlte und wie er sich in Bezug auf das *Toyland* entscheiden würde.

Aufbrausend klatschte sein Vater, als hätte er eine lästige Fliege zwischen seinen Handflächen totgeschlagen. »Man wird nicht Architekt, um die Welt zu verbessern.«

»Manche von uns doch.« Alessandro baute sich vor ihm auf.

»Die Zielgruppe, die du anvisierst, ist aber nicht zahlungskräftig. Du verschwendest dein Studium an kleine und nur wenig profitable Projekte.« Emilios Faust donnerte auf das Sideboard, sodass die silberne Tischuhr darauf wackelte. »Wie willst du damit jemals eine Familie ernähren?«

»Ilaria, Samuele und Michele haben doch schon Karriere gemacht. Warum willst du unbedingt, dass ich nachziehe?«

»Weil du mein Sohn bist.«

»Ich soll dich stolz machen. Ist es das, worum es dir geht? Nicht mein Glück steht im Vordergrund«, anklagend zeigte er auf seinen Vater, »sondern deine Ehre?«

Emilio schlug Alessandros Finger weg. »Ich kann einfach nicht nachvollziehen, dass du anders darüber denkst als ich.«

»Mir ist es wichtig, mich sozial zu engagieren.«

»Mach das in deiner Freizeit, verdammt noch mal«, brüllte sein Vater.

»Du wirst mich nie verstehen. Wozu reden wir überhaupt noch darüber?« Alessandro breitete die Arme aus, eine Geste der Ratlosigkeit.

»Warum reden wir überhaupt noch miteinander?« Postwendend stapfte sein Vater aus dem Apartment und schlug die Wohnungstür hinter sich zu.

Lola verdrehte die Augen und schüttelte den Kopf. So, wie die beiden Männer miteinander sprachen, würden sie sich nie annähern. Die Fronten schienen verhärtet.

Auch ihre Eltern hatten sich erst mit dem Gedanken anfreunden müssen, dass ihre Tochter ihren Unterhalt mit einem Sextoyshop verdiente. Aber sie hatten diese Tatsache nicht vor Freunden und Bekannten verschwiegen und ihr auch niemals eine Szene gemacht. In Gedanken schickte Lola ihnen ein herzliches Dankeschön. Sie konnte sich wirklich glücklich schätzen. Leise erhob sie sich.

»Du kannst jetzt rauskommen«, rief Alessandro.

Mist! Er hat mich also doch bemerkt. Zögerlich und verlegen trat sie ins Wohnzimmer. »Ich habe nicht gelauscht.«

»Natürlich nicht«, meinte er ironisch. »Das war ja auch nicht schwer. *Papà* und ich haben nicht gerade leise geredet.«

Energisch ging sie zu ihm, spreizte Daumen und Zeigefinger ab und hielt ihre Hand wie eine Pistole an seinen Bauch. »Wer ist Felicia?«

15

»Wahrlich, du hast uns nicht belauscht.« Er lachte. »Komm her! Ich brauche jetzt eine Umarmung.«

Lola wehrte sich nicht, als er sie an sich zog. Eng schmiegte sie sich an ihn. Auf keinen Fall wollte sie ihn verlieren, so wie Kai damals in Deutschland, den sie mit ihrer Eifersucht vertrieben hatte, aber sie musste mehr erfahren, um ihr Territorium abzustecken und sich selbst zu beruhigen. »Du schuldest mir noch eine Antwort.«

»Du bist ja ganz schön hartnäckig und neugierig.« Sachte stupste er ihre Nasenspitze an. »Du hast doch mitbekommen, was ich zu *papà* gesagt habe. Felicia und ich waren mal ein Paar. Wir haben uns vor zehn Monaten getrennt und kaum noch Kontakt.«

»Definiere kaum!« Halt dich zurück, Lola!, schalt sie sich selbst. »Bitte.«

»Wir rufen den anderen an, wenn er Geburtstag hat oder Weihnachten ist.« Zärtlich strich er über ihre Stirn. »Manchmal treffen wir uns zufällig in Cafés und Restaurants, weil wir dieselben Orte mögen. Dann reden wir kurz miteinander und gehen auseinander wie gute alte Bekannte.«

Ihre eigene Skepsis ärgerte sie. »Ohne Wehmut?«

»Wir haben beide mit unserer damaligen Beziehung abgeschlossen, das macht es einfach.« Offenbar fiel ihm jetzt erst auf, dass sie sein Hemd trug, denn er trat einen Schritt zurück und betrachtete sie schmunzelnd. »In der Zwischenzeit hatte sie auch wieder jemanden an ihrer Seite, aber die Beziehung hielt wohl nicht lange, da sie beruflich viel auf Reisen ist.«

»Also ist sie wieder frei?« Oh, oh, dachte sie. Ihre Alarmglocken schrillten. *Ach, Lola, halt doch den Mund.*

»Frei für einen neuen Mann«, fest packte er ihren Hintern und presste ihn gegen seinen Unterleib, »nicht für einen, den sie schon hatte.«

»Dann ist es ja gut.« Ihre Mitte kribbelte.

Er drückte ihr Kinn hoch und sah sie herausfordernd an. »Das hört sich ja an, als hättest du ein Anrecht auf mich.«

»Das hat keiner auf niemanden«, entgegnete sie ausweichend.

Sanft strich er durch die Furche unter ihren Lippen. »Als hätten wir mehr als bloß einen unmoralischen Deal.«

»Das entscheide nicht ich alleine.« Ihr Puls beschleunigte sich. Hatte sie sich zu weit vorgewagt? Würde er ihr womöglich nach ihrem dezenten Vorstoß seine Gefühle gestehen?

Er kam so dicht an sie heran, dass sein Atem sie liebkoste. Seine Stimme klang rau und sinnlich. »Aber du hast schon eine klare Meinung dazu, wie mir scheint.«

»Willst du nach deinem Vater auch mit mir diskutieren?«, fragte sie mit geröteten Wangen und küsste ihn temperamentvoll, damit er vergaß, worüber sie soeben gesprochen hatten. Denn das hätte zu nichts geführt. Solange er ihr nicht mitteilte, dass das *Toyland* bleiben durfte, wo es war, wollte sie ihm nicht ihr Herz schenken.

Sanft, aber bestimmt schob er sie von sich fort und wischte sich grinsend die Feuchtigkeit aus den Mundwinkeln. »Warum sollte ich Felicia gegen dich eintauschen? Wenn sie eine Eisscholle ist, bist du ein Vulkan.«

Lola lachte über den Vergleich und fühlte sich geschmeichelt. Dennoch versetzte es ihr einen Stich, dass er ihre Beziehung anscheinend auf das Sexuelle reduzierte. Wahrscheinlich war sie eine Närrin, wenn sie sich Hoffnungen darauf machte, dass ein Mann wie Alessandro, der Hochglanzmagazin-Cover zieren und Laufstege erobern könnte, sich in einen schrillen Papagei wie sie verlieben könnte.

»Warum sollte ich irgendwen gegen dich eintauschen?«, fragte er mit weicher Stimme und fuhr ihr mit gespreizten Fingern durch die Dreadlocks.

Sie machte sich von ihm los, ging zum Küchenfenster und spähte hinab in die Straße, in der reger Verkehr herrschte. »Es tut mir leid.«

»Was tut dir leid?« Seine nackten Füße tapsten über die Bodenfliesen, als er ihr folgte.

»Meine Eifersucht.« Nirgends parkte ein orangefarbenes Auto wie das von Jimmy. Falls er ihr nach Manchester gefolgt war, hatte er nicht vor der Tür geparkt und in seinem Wagen übernachtet, um zu erfahren, wann sie das fremde Haus wieder verließ. »Ich gelobe hoch und heilig, dass ich mich bessern werde.«

Alessandro legte ihr von hinten die Hände auf die Schultern. »Eine attraktive Frau wie du hat es gar nicht nötig, eifersüchtig zu sein.«

»Danke.« Seit Jahren kämpfte sie erfolglos gegen diese Schwäche an. Möglicherweise war bisher der Anreiz, sich ihr endgültig zu stellen und sie zu besiegen, nicht groß genug gewesen, doch nun war Alessandro in ihr Leben getreten. Keinesfalls wollte sie ihn vergraulen, und das hatte nichts mit dem *Toyland* zu tun.

»Meine erste lange Beziehung endete mit einem Knall«, begann sie zu erzählen. »Ist schon lange her, damals war ich noch ein Teenager. Mein Freund hieß Maximilian, aber seine Kumpels riefen ihn Fuchs, weil er rotbraune Haare hatte. Max und ich, wir waren anderthalb Jahre zusammen. Die letzten vier Monate betrog er mich mit meiner Cousine, wie ich zu spät herausfand. Das hat mich paranoid werden lassen, was Treue betrifft. Fuchs war meine erste große Liebe.« *Seinetwegen könnte ich mich niemals in Jimmy verknallen.*

Er drehte sie zu sich herum, drückte sie ganz fest an sich und hielt ihre Dreadlocks beiseite. Während er immer wieder ihren Nacken küsste, flüsterte er zwischendurch: »Das ist Geschichte ... Ich bin anders als Max ... Felicia interessiert mich nicht mehr ... Loretta hat mich nie interessiert ... Aber du interessierst mich brennend, Eleonore Weingold.«

Ach du Schreck! Er hat sich meinen vollen Namen gemerkt. Sie fühlte sich geschmeichelt, sagte jedoch: »Wehe, du nennst mich noch einmal so!«

»Was dann?«, fragte er provokant und blinzelte sie an.

»Dann werde ich dich bestrafen müssen.« Neckend biss sie ihm in die Unterlippe.

»Autsch.«

»Ein kleiner Vorgeschmack.«

Lachend warf er den Kopf zurück. Sein Schwanz zuckte, Lola spürte es an ihrem Venushügel.

Alessandro hob sie blitzschnell hoch und setzte sie auf die Fensterbank. Mit einem Ruck spreizte er ihre Beine und stellte sich dazwischen. Das Hemd, das Lola trug, rutschte hoch und entlarvte, dass sie darunter nackt war. Ein heißes Prickeln durchströmte ihre Möse.

Erotisch grollte Alessandro: »Du kleine sexy Hexe, pass ja auf! Sonst treibe ich dir die Flause, du könntest mich dominieren, gleich hier und jetzt aus.«

»Ich hätte nichts dagegen.« Kess lehnte sie sich gegen die Scheibe, zog die Schultern zurück und schob somit ihre Oberweite vor. Ihre Brustspitzen malten sich auf dem anthrazitfarbenen Stoff ab.

Seine Augen funkelten. »Wenn das so ist ...«

Plötzlich ergriff Lola seine Hände, die lasziv über ihre Oberschenkel in Richtung ihrer Mitte glitten. »Aber erst muss ich dir unbedingt noch sagen, wie toll ich dein soziales Engagement finde. Es gibt nicht viele Menschen, die auf eine gute Bezahlung verzichten und etwas für die Gemeinschaft tun.«

Das Leuchten auf seinem Gesicht verblasste. Er trat von ihr zurück, nahm einen Porzellanbecher aus dem Hängeschrank und sagte, ohne Lola anzusehen: »Ich bin ein schlechter Gastgeber, denn ich habe dir heute Morgen noch nichts zu trinken angeboten. Du musst ja am Verdursten sein. Möchtest du Kaffee, Tee, Wasser oder lieber Orangensaft?«

»Das Erste«, brachte Lola, irritiert über den abrupten Stimmungswechsel, hervor.

»Es gibt nur welchen aus der Thermoskanne. Ich halte nichts von diesen Vollautomaten, die aus einer Bohnensorte alle möglichen Kaffeesorten zubereiten. Das ist eine Sünde, und außerdem«, etwas von der heißen braunen Flüssigkeit rann ihm über den Handrücken, worauf er lauthals fluchte, »kann ich sie mir nicht leisten.«

»Schon okay.« Verunsichert glitt sie von der Fensterbank herunter. Sie nahm ihm das Getränk ab, damit er sich kaltes Wasser über die schmerzende Stelle laufen lassen konnte. Die Atmosphäre war mit einem Mal angespannt.

»Hier sind Milch und Zucker für dich.« Nachdem er seine Haut trocken getupft hatte, stellte er beides auf die Arbeitsplatte der Küchenzeile, damit sich Lola bedienen konnte. »Selbst bei *caffè*«, er sprach das Wort italienisch aus, was sexy klang, »schöpfst du aus dem Vollen, das gefällt mir. Ich finde es furchtbar, wenn Frauen alles Süße verteufeln und jegliches Fett meiden. Das macht sie sauertöpfisch. Wo bleiben Genuss und *dolce vita*?«

»Warum reden wir auf einmal über Kaffee und all das? Eben erst standen wir kurz davor, wild übereinander herzufallen.« Sie merkte ihm an, dass ihre entwaffnende Ehrlichkeit und die direkte Konfrontation ihn kalt erwischten.

Seufzend massierte er seine Lider. »Ich danke dir für dein Kompliment zu meinem Job, aber mein Vater hat recht, was ich ihm gegenüber niemals zugeben würde. Die satten Honorare verdienen die anderen Architekten.«

»Willst du damit andeuten, dass du besser bezahlte Aufträge annehmen würdest, es aber nur nicht tust, weil es das ist, was dein Dad möchte?«, hakte sie empört nach.

»Gotte bewahre, nein! Ich stehe voll hinter dem, was ich tue.«

»Aber?« Neugierig schaute sie ihn über ihr Heißgetränk an und blies sanft in die dampfende Flüssigkeit.

Seine Mundwinkel hingen herab. »Ich komme gerade so über die Runden.«

»So geht es mir auch, und ich freue mich darüber, es überhaupt so weit geschafft zu haben«, schoss es euphorisch aus ihr heraus, wie immer, wenn sie von ihrem Lebenstraum erzählte. »Was ich meine, ist, dass ich froh bin, mit dem *Toyland* schwarze Zahlen zu schreiben.«

Als sie ihren Laden erwähnte, wurde er blass um die Nase. Er leerte seinen Becher in den Ausguss und schritt ins Wohnzimmer. »Es reicht, solange nichts Unvorhergesehenes passiert.«

»Steckst du etwa in finanziellen Schwierigkeiten?« Aufgewühlt folgte sie ihm. Geldsorgen konnten einen auffressen, das wusste sie aus eigener Erfahrung.

Er huschte im Raum umher wie ein Feldhase auf der Flucht. Schließlich öffnete er ein Fenster weit und atmete tief ein. Eine Weile starrte er hinaus, dann sagte er: »Als Geschäftsmann oder Geschäftsfrau muss man dann und wann ein Risiko eingehen, wenn man vorwärtskommen will.«

»Allein den Sextoyshop zu eröffnen war eins«, warf sie ein und lachte, ihre Fröhlichkeit steckte Alessandro allerdings nicht an. Hatte sein Problem womöglich im weitesten Sinne mit ihr zu tun? Rückte er darum nicht sofort mit der Sprache heraus? Nachdenklich und besorgt nippte sie an ihrem Kaffee. Er schmeckte bitter. *Ich hätte mehr*

Milch und Zucker hineingeben sollen. Doch sie wollte jetzt nicht in die Küche gehen.

Als Alessandro sich zu ihr umwandte, trug er eine Leichenbittermiene. Etwas musste ihn sehr belasten. »Manchmal fasst man die falschen Entscheidungen, manchmal sind es auch die richtigen, aber am Ende zahlen sie sich nicht aus. Ich habe noch nicht herausgefunden, was auf mich zutrifft.«

Sie konnte sich keinen Reim auf seine kryptischen Andeutungen machen. Ihre Nervosität stieg. Unentwegt drehte sie den Becher in den Händen. »Klingt kompliziert.«

»Das ist es auch in meinem Fall. Ich bin absolut überzeugt von meiner Geschäftsidee«, sagte er nachdrücklich, schüttelte ein Kissen auf der Couch aus und legte es zurück, »nur konnte ich bisher niemanden dazu bringen, das ebenso zu sehen.«

»Darf ich fragen, worum es geht, oder möchtest du nicht darüber sprechen?«

»Oh, ich rede gerne darüber. Ich verfolge dieses Projekt genauso leidenschaftlich, wie du das *Toyland* führst. Bloß in letzter Zeit schweige ich lieber, weil meine Freunde mich belächeln«, konzentriert richtete er eine gerahmte Bleistiftskizze an der Wand gerade aus, als wäre das gerade ungemein wichtig, »und wie mein *papà* darüber denkt, hast du ja gehört.«

»Womöglich hast du dich nur mit den falschen Leuten darüber ausgetauscht.« Sie ging zu ihm hin, legte ihre Hand auf seinen Oberkörper und ließ sie dort.

Sein Blick wurde weich. »Die Idee allein hätte mich

nicht in Schwierigkeiten gebracht, aber ich konnte ja nicht warten.«

»Eins nach dem anderen, bitte.«

»Ich nenne mein Projekt *CosyCubes*.«

»Klingt niedlich und gemütlich.«

»Genau so sollen sie sein, meine Wohnwürfel.«

Lola runzelte die Stirn. »Deine was?«

16

»Minihäuser.« Diesen Begriff warf er wie einen Köder aus und wartete mit seiner Erklärung, wohl um Lolas Neugier zu schüren, womit er erfolgreich war.

Sie stellte ihren Becher auf dem Sideboard ab, lehnte sich mit dem Hintern dagegen und verschränkte die Arme. Erwartungsvoll sah sie ihn an.

»Mein Ziel ist es, bezahlbaren und umweltverträglichen Wohnraum für Alleinerziehende, Paare ohne Kinder oder ältere Singles zu schaffen. Ganz besonders interessant wird es für den sozialen Wohnungsbau, den ich verbessern möchte. Die Stadt Manchester könnte Sozialhilfeempfängern und Geringverdienern subventionierte würdige Unterkünfte anbieten.« Seine Wangen leuchteten rot, wohl vor Aufregung und Begeisterung.

Wie süß!, dachte Lola. Kaum sprach er über sein Steckenpferd, besserte sich seine Laune.

»Auf vierzig bis sechzig Quadratmetern findet man alles, was man zum Leben braucht, allerdings ist die Einrichtung variabel, je nach Wunsch und Größe der Würfel. Dabei handelt es sich entweder um fixe gemauerte Bauten oder um Holzhäuser auf Hängern, die örtlich flexibel sind.«

»Hört sich vielfältig an, sowohl in Bezug auf das Design als auch auf die Einsatzmöglichkeiten.«

»Falls es dich interessiert, kann ich dir meine Broschüre zeigen.« Er wartete ihre Antwort nicht ab, sondern öffnete eine Schublade des Sideboards und entnahm ein DIN-A4-Heft. Energisch griff er Lolas Hand und führte sie zum Wohnzimmertisch. Er setzte sich aufs Sofa, zog sie mit sich runter und breitete den Katalog vor ihr aus.

Was sie sah, gefiel ihr sehr gut. Es gab neben schriftlichen Erklärungen auch Skizzen von möglichen Varianten und zusätzlich Fotos, die die Lust weckten, sofort in eines der Minihäuser einzuziehen. Lola tippte auf die Aufnahme eines kleinen Blockhauses, das sie besonders einladend fand. »Also gibt es sie schon, deine *CosyCubes*, ja? Dein Projekt scheint mehr als bloß eine Idee zu sein.«

»Ich glaube daran. Nur bin ich der Einzige.« Er schloss die Broschüre und schob sie fort. »Ganz am Anfang hatte ich der Stadt meine Entwürfe gezeigt und ihnen meine Pläne erläutert, aber man wollte nichts davon wissen. Immer und immer wieder bin ich hingefahren, habe mit den verschiedenen Stellen im Rathaus und sogar mit dem Bürgermeister höchstpersönlich gesprochen, doch die Verwaltung weigerte sich, Kuben in Auftrag zu geben. Sie hätten schon genug für den sozialen Wohnungsbau getan, die Kassen seien leer, und die Würfel würden nur dann etwas taugen, wenn man sie zu einem Hochhaus stapeln könnte.«

»Das ist das Gegenteil von dem, was du erreichen möchtest, nicht wahr? Nämlich mehr Lebensqualität für die untere Bevölkerungsschicht.« Zärtlich streichelte sie seine Schulter. »Das tut mir leid.«

»Also habe ich meine Konten geplündert, Geld bei der Bank aufgenommen und einige Minihäuser als Anschauungsobjekte anfertigen lassen. Vielleicht fehlte es den Verantwortlichen an Vorstellungskraft und ich könnte sie überzeugen, wenn sie erst mehrere *CosyCubes* begehen könnten, so wie es manche Kunden dazu bringt, ein Produkt zu kaufen, wenn sie es erst in der Hand halten.«

Sie küsste ihn auf die Wange und schmiegte das Gesicht in seine Halsbeuge. Wie gut er duftete! »Es hat nicht funktioniert, vermute ich.«

»Mein Mut zahlte sich nicht aus. Die Stadt erkannte den Mehrwert nicht. Am Ende zählte bloß der schnöde Mammon, nicht die Zufriedenheit und das Wohlbefinden der Bürger. Dabei führt das zu weniger Gewalt und Kriminalität, wie Untersuchungen bestätigen. Bestenfalls würden die *CosyCube*-Bewohner erkennen, dass sie doch noch eine Chance haben, der Armut zu entfliehen, weil sie sehen, dass die Gemeinde sie nicht bereits aufgegeben hat.« Er ballte eine Faust und wollte sie in ein Kissen donnern, tat es dann aber nicht. »Trotz der Tiefschläge konnte ich meine Idee einfach nicht begraben, daher suchte ich Investoren, fand allerdings keine, da keine großen Renditen zu erwarten sind.«

»Mein armer Schatz«, hauchte sie mitfühlend.

Plötzlich sprang er auf. »Sag so etwas nicht!«

»Es tut mir leid. Ich wollte nicht … Ich dachte nur … Ich hätte nicht …« Aus Scham wollte sie bloß noch weg. Sie erhob sich, um ins Schlafzimmer zu eilen, sich anzuziehen und so schnell wie möglich abzuhauen, doch Alessandro hielt sie auf. Er drückte sie an sich und küsste sie so gefühlvoll, dass sie vollends durcheinander war.

»Es liegt nicht an dir, sondern an mir«, sagte er, nachdem er sich von ihr gelöst hatte, und ließ dann den Kopf hängen. »Der Misserfolg belastet mich, nicht weil ich gescheitert bin, sondern weil dieses Projekt, das mir am Herzen liegt, niemals Realität werden wird. Nun sitze ich auf einem Berg Schulden, wovon niemand weiß, auch nicht meine Familie.« Eindringlich sah er sie an. »Bitte, behalte es für dich. Du bist die Einzige, die Bescheid weiß.«

Ihre Augen weiteten sich. Was für ein Vertrauensbeweis! Erneut schleuderte die Gefühlsachterbahn, auf der sie saß, seitdem sie Alessandro kennengelernt hatte, sie umher. Lange würde sie das nicht mehr ertragen können. »Keine Sorge.«

»Ich bin ruiniert, es sei denn …« Seine Schultern hingen herab, als würden sie von einer schweren Last niedergedrückt werden.

Aufmunternd drückte sie seine Oberarme. »Was?«

»Es gibt eine Möglichkeit«, er wandte sich von ihr ab, »den Bankrott abzuwenden.«

»Das ist doch super!« Warum wirkte er dann so niedergeschlagen? Lola schwante Übles.

Seine Stimme klang kraftlos. »Ist es nicht.«

»Das verstehe ich nicht.« Verwirrt zuckte sie mit den Achseln.

»Wenn ich diese Reißleine ziehe, muss ich gleichzeitig jemandem wehtun, der mir sehr ans Herz gewachsen ist. Die berühmte Entscheidung zwischen Pest und Cholera.« Er krümmte sich, als würde er körperliche Schmerzen leiden.

Wer war damit gemeint? *Etwa ich? Wenn er doch nur aufhören würde, ständig um den heißen Brei herumzureden!*

Sie zwinkerte und fragte fröhlicher, als ihr zumute war: »Ist das nicht zu melodramatisch?«

»Lola«, keuchte er, »mein Erbe.«

»Wie bitte?« Ihr wurde angst und bange.

Verstohlen sah er sie von der Seite an. »Agostinos Immobilie.«

Da begriff sie endlich. Wenn er das Gebäude verkaufen würde, könnte er seine Schulden mit einem Schlag tilgen. Aber um das Haus leichter und gewinnbringender loszuwerden, musste das Erotiklädchen verschwinden. Sonst würde die Kaufsumme womöglich nicht reichen, um seinen Kredit zu tilgen. Das *Toyland* war von Anfang an verloren gewesen. Lola war starr vor Entsetzen. »Die ganze Zeit über hast du dich über mich lustig gemacht.«

»Ich verstehe nicht.« Langsam drehte er sich zu ihr. Er hatte die Stirn in Falten gelegt.

»Der unmoralische Deal«, Lola rang mit den Tränen, »er war nichts als eine Farce.«

»Das stimmt nicht! Fieberhaft suche ich nach einem Ausweg, damit du dein Geschäft behalten kannst, aber mir fällt keine Lösung ein, noch nicht.« Er faltete die Hände und hielt sie ihr hin. »Ich bitte dich, du musst mir glauben.«

Sagte er die Wahrheit? Eingebend betrachtete sie ihn. Er sah aufrichtig betroffen aus. Warum sollte er jetzt, da die Katze aus dem Sack war, noch lügen? Dennoch blieb sie auf der Hut. »Ich weiß nicht.«

»Unentwegt grüble ich über eine Alternative nach.« Für einen kurzen Moment presste er die Handballen auf seine Lider. »Und in der Zwischenzeit stapeln sich die Zinsen,

die meine Bank verlangt, und die Summe, die ich zurück-
zahlen muss, wächst.«

Ihre Tränen trockneten ungeweint. »Warum hast du
dann nicht längst den Verkauf in die Wege geleitet?«

»Als ich von meiner Erbschaft hörte, habe ich abends
mit Freunden gefeiert, weil ich dachte, dass nun alles gut
werden würde. Sie war ein Segen, jetzt entwickelt sie sich
allerdings zum Fluch.« Sein Blick flackerte. »Denn ich traf
dich, und alles änderte sich.«

»Mich? Alles?« Herrje, was faselte sie denn da?

»Ach, Lola.« Sein Schmunzeln war voller Wärme. Zärtlich strich er an ihrem Arm auf und ab. »Du weißt genau,
was ich für dich empfinde.«

Ihr Puls stieg an, und sie bekam eine Gänsehaut. »Tue
ich nicht.«

»Ich bin nicht gut darin, über Gefühle zu reden«, in
einer Geste der Verlegenheit fuhr er sich durchs Haar,
»wie viele Männer.«

»Tja, da musst du jetzt durch«, sagte sie amüsiert. Sie
war angespannt, voller Erwartungen und Hoffnungen, die
jeden Moment erfüllt werden konnten. Aber sie musste
aus seinem Mund hören, wo sie beide standen, um Ge-
wissheit zu haben.

»Du bist erbarmungslos.« Er legte die Hand an ihren
Hals, kam dicht an ihr Gesicht heran und brummte leise
und sinnlich. Sein Kuss glich einer Sommerbrise, er war
heiß und sanft zugleich, und viel zu schnell vorbei.

»Ich biete meine *CosyCubes* weiterhin an, aber auch die
Städte Concord und Nashua haben abgesagt, weil sozialer
Wohnungsbau ihrer Meinung nach anders aussieht. Sozial-

hilfeempfänger haben kein Recht darauf, schön zu wohnen. Sie müssen dankbar dafür sein, überhaupt ein Dach über dem Kopf zu haben, auch wenn das schäbig ist.« Er wischte sich über den Mund, als würde er nicht nur sinnbildlich vor Wut schäumen. »Es müsste sich bloß eine Gemeinde dazu durchringen zu investieren, und alle anderen würden unter Umständen nachziehen, zumindest hoffe ich das.«

Sachte boxte sie ihn in die Seite. »Du lenkst ab.«

»Wie bitte?« Er hob die Brauen.

Mit dem kleinen Finger fuhr sie über seine Unterlippe. »Ich glaube, du warst gerade dabei, das Thema Liebe anzuschneiden.«

Seine Wangen röteten sich dezent. »Du bist in mein Leben gestürmt wie ein Hurrikan. So voller Kraft, Temperament und einem Sex-Appeal, der seinesgleichen sucht.«

»Du bist schon wieder melodramatisch«, sagte sie aus Verschämtheit. Als sexy hatte sie sich noch nie betrachtet, nur als ein bisschen verrückt, extrovertiert und bunt.

»Du bist die erotischste Frau, der ich jemals begegnet bin. Egal, was du tust, du machst alles leidenschaftlich«, seine Finger kreisten über ihr Dekolleté, »auch vögeln. Keine Frau, mit der ich jemals zusammen war, hat sich mir intensiver hingegeben.«

»Weil du mich zu nehmen weißt wie kein anderer.« Sie zwinkerte.

Er schmunzelte frivol, vielleicht weil er an ihre Exzesse zurückdachte. »Es ist eine Gabe, sich so auf seinen Partner einlassen zu können. Wie hätte ich mich nicht in dich vergucken können? Unmöglich!«

»Geht es dir bloß ums Ficken?«, fragte sie besorgt.

»Natürlich nicht. Würde ich sonst mit dir über mein Herzensprojekt sprechen?« Tadelnd schnalzte er. »Du bist eine erfolgreiche Geschäftsfrau.«

Sie räusperte sich. »Nun ja, ich halte mich gerade eben so über Wasser.«

»Aber du hast aus dem Nichts in einem fremden Land einen Shop aufgebaut und hältst entgegen aller Widerstände daran fest. Andere Ladenbesitzer hätten aufgrund der Proteste und des Vandalismus längst aufgegeben.« Behutsam kraulte er ihre Ohrmuschel. »Ich bewundere dein Durchhaltevermögen sehr.«

»Das haben wir doch gemeinsam.«

»Allerdings bist nur du bisher erfolgreich, ich kämpfe noch dafür. Um nichts in der Welt möchte ich dir das *Toyland* nehmen.«

»Aber wenn du die Immobilie in Birdsville nicht für einen guten Preis verkaufst, könnte dich das in den Ruin treiben.«

Er schlang eine ihrer Dreadlocks um die anderen und steckte die Strähne zwischen die Filzlocken, doch sobald er losließ, ging der Zopf wieder auf. »Wir werden sehen.«

Vier Worte brannten ihr auf der Zunge, sie musste sie unbedingt loswerden. Jetzt. Sofort. Sonst erstickte sie daran. »Ich liebe dich auch«, platzte es aus ihr heraus.

Ein breites Lächeln ließ sein Gesicht erstrahlen. Während er sie mit einer Leidenschaft küsste, die Lola den Atem raubte, presste er sie gierig an sich, als wollte er sie nie wieder loslassen. Er war vielleicht kein Mann, der seine Gefühle auf der Zunge trug, aber er wusste sie sehr gut anders zu vermitteln.

Sein Körper sprach zu Lola, indem er erbebte und sich so eng an sie schmiegte, dass kein Blatt Papier mehr zwischen sie passte. Sein Mund sagte ihr wortlos, wie sehr er sie begehrte, indem er ihre Lippen zärtlich massierte und dann zunehmend ungeduldiger an ihnen saugte, knabberte und dabei stöhnte. Seine Hände kneteten ihren Hintern und erzählten von dem Hunger nach ihr, der in ihm schwelte und sich auch darin zeigte, dass sein Schwanz zuckte.

»Couch oder Bett?«, flüsterte sie in sein Ohr.

»Du solltest doch inzwischen wissen, dass ich es lieber unkonventionell treibe, *bellezza*«, sagte er mit seiner Schlafzimmerstimme und schmunzelte frivol. »Das bedeutet Schönheit.«

Ihre Möse pulsierte heftig. Alessandro war nicht nur als Architekt kreativ, sondern auch beim Sex. Er überraschte sie jedes Mal aufs Neue. Was hatte er diesmal mit ihr vor?

17

Hastig räumte Alessandro die silbern glänzende Schale vom Couchtisch, einem rustikalen Möbelstück aus Mangoholz, das an eine Kiste, in der früher Waren über die Meere geschickt wurden, erinnerte. Außen war »New York« in großen schwarzen Lettern mit einer Schablone draufgesprayt worden, und auf dem Deckel stand »San Francisco«. Zwei Seiten waren offen. In der Ablage stapelten sich Architekturmagazine, Sachbücher zu Alessandros Fachgebiet und ein Roman, dessen Titel Lola jedoch nicht erkennen konnte, weil die Fernbedienung des Fernsehers ihn verdeckte.

Außerdem lenkte Alessandro sie ab, indem er lasziv die Knöpfe des Herrenhemds, das sie trug, öffnete. Sinnlich streifte er es ihr von den Schultern und warf es aufs Sofa. Er bedeckte jede noch so kleine Stelle ihrer Brüste mit feucht-heißen Küssen. Voller Inbrunst und dennoch sanft sog er an ihren Nippeln und leckte genüsslich über die Brustwarzenhöfe.

Seufzend legte Lola den Kopf in den Nacken und genoss seine Berührungen. Kein anderer Mann hatte jemals eine derart große Lust in ihr entfacht. Alessandro wusste einfach, was sie mochte, manchmal sogar bevor sie es selbst wusste, wenn er zum Beispiel etwas Neues mit ihr ausprobierte.

Er war ein Sechser im Lotto! Keineswegs war er ein

Schönling, dem nur einer abging, wenn er sich selbst im Spiegel betrachtete, und der dachte, eine Frau wäre allein dafür da, ihn förmlich anzubeten und zu verführen. Alessandro gab viel, er verwöhnte gerne und konzentrierte sich vollkommen auf Lola. Während sie vögelten, gab es für ihn nichts anderes als sie. Nun, da sie ein Paar waren, wahrscheinlich sogar auch in der restlichen Zeit.

Sanft drückte er sie mit dem Rücken auf den Tisch nieder. Er winkelte ihre Beine an, spreizte sie und stellte ihre Füße jeweils ganz außen auf die Ablage. Während er begierig ihr Geschlecht betrachtete, entkleidete er sich. Als er Hose und Slip auszog, wippte sein Glied, was auf Lola wirkte, als wäre es ein eigenständiges Wesen, das sich unbändig darauf freute, bald in ihre feuchte Mitte zu stoßen.

Schwer atmend lag sie vor ihm, entblößt und obszön zur Schau gestellt, und erregte sich an dem Anblick von Alessandros nacktem Körper und ihrem Kopfkino. Was würde gleich geschehen? Hatte er einen Plan, oder würde er sie spontan bespielen?

Alessandro nahm sie nie sofort. Er reizte sie stets erst so stark, bis sie befürchtete, an ihrer Lust zu verbrennen. Niemals war er in Eile. Es ging ihm nicht darum, so schnell wie möglich in ihr abzuspritzen. Manchmal übertrieb er es, weil er sie eine gefühlte Ewigkeit nicht kommen ließ oder sie dazu zwang, immer und immer wieder zu kommen. Dann brachte er sie dazu, ihn zu verfluchen, doch sie liebte selbst diese teuflische Seite an ihm.

Ein dominanter Mann mit einer sinnlichen Ader, was für eine bittersüße Mischung, die süchtig machte! Und nun gehörte er endlich zu ihr.

Er ging in die Hocke und streichelte sie dort unten mit seinem Schaft. Sachte glitt sein Penis über ihre anschwellenden Schamlippen. Er rieb über ihre empfindsamste Stelle. Dann federte Alessandro auf und ab, um seinen Prügel gegen Lolas Möse zu schlagen. Ein köstlicher Spaß, der sie zum Lachen brachte und das Feuer zwischen ihren Schenkeln schürte.

Das Lachen befreite. Es nahm jegliche Last von Lolas Schultern. Auch wenn sie wusste, dass das *Toyland* noch lange nicht gerettet war, war ihre Hoffnung noch nie so groß wie in diesem Moment. Außerdem war sie bis über beide Ohren verschossen, und jetzt, da Alessandro ihr sein Herz geschenkt hatte, konnte sie vollkommen in dieser Liebe aufgehen.

Konnte doch noch alles gut ausgehen für sie beide? Auch wenn Glück nie von Dauer und nichts im Leben perfekt war?

Alessandros Zunge stieß in ihre heiße Öffnung und wischte die leisen Zweifel, die sich anschlichen, fort. Schmatzend fickte er sie auf diese obszöne Art und Weise. Er drückte den Daumen auf ihren Kitzler und ließ ihn dort, bewegungslos. Die Klitoris pulsierte heftiger, als wollte sie gegen den Druck aufbegehren oder aber Alessandro dazu bringen, sie zu stimulieren.

Lola fragte sich, ob ihr Liebhaber das Pochen an seinem Finger spürte, oder war es sein eigener Durst, der ihn dazu animierte, schneller vor und zurück zu züngeln? Tief bohrte er sich in Lolas Innerstes hinein und trank von ihr auf gleiche Weise wie ein Kätzchen Milch schleckt. Der Kitzel erregte sie, die seifige Reibung ließ die Temperatur dort drinnen ansteigen und ihren Schoß weiter anschwellen.

Lola stützte sich auf den Ellbogen ab, um einen Blick zu wagen. Das, was sie sah, war anstößig. Unanständig. Verdorben. Geradezu versaut und genau darum so geil. Sie stand voll auf schmutzigen Sex, und den bot Alessandro ihr, denn er kannte nur wenige Tabus.

Schamlos schob Alessandro seine Nase zwischen ihre Schamlippen. Dadurch, dass sie nun beobachtete, was er tat, machte sie der Cunnilingus noch mehr an.

Als sie vor wachsender Erregung immer unruhiger wurde, hörte er auf. Keuchend öffnete er den Mund, sodass Lola seine Zungenspitze sehen konnte, als würde er flehmen wie ein Kater, um sie intensiver zu riechen. Er leckte sich Lolas Feuchtigkeit von den Lippen und hinterließ im nächsten Moment schon wieder eine heiße Spur auf den Innenseiten ihrer Oberschenkel.

Mit den Fingern zog er das Häutchen, das ihren Kitzler schützte, zurück. Als er gegen die freigelegte empfindsamste Stelle ihres gesamten Körpers blies, erschauerte sie. Lola bekam eine wohlige Gänsehaut. Ihr Atem ging stoßweise.

Langsam kam Alessandro mit dem Gesicht näher an ihre Klitoris heran. Er stülpte die Lippen darüber, ohne sie zu berühren, und hauchte sie erneut an. Welch eine harmlose Stimulation und dennoch, welch ein Genuss!, dachte Lola und verdrehte die Augen, während ein tiefer Seufzer in ihr aufstieg.

Behutsam saugte Alessandro. Damit löste er einen höllischen Brand in ihr aus. Die Flammen der Lust, die er hier und da in ihrem Schoß entzündet hatte, verschmolzen von einer Sekunde zur anderen zu einem Buschfeuer. Es breitete sich auf ihrem Unterleib aus und loderte wild.

Lola rang nach Luft und spannte nahezu jeden Muskel in ihrem Körper an. Ungestüm wand sie sich auf der Kiste. Um nicht herunterzufallen, hielt sie sich an den Seiten fest. Sie drohte zu verbrennen, nun da Alessandro dazu überging, über ihre Klitoris zu lecken. Die Geilheit war so intensiv. So durchdringend. So überwältigend.

Plötzlich ließ er von ihr ab. Bevor sie protestieren konnte, kniete er sich hin und zog sie vom Tisch herunter. Mit der freien Hand hielt er seinen Schwanz fest und visierte ihre Möse an, sodass Lola in einer fließenden Bewegung unmittelbar darauf landete, sich aufspießte und überrascht einen Schrei von sich gab, aber auch weil die Erregung wie ein heiße Welle über sie hinwegfloss und sie einen Moment lang unter sich begrub.

Sie fand sich auf Knien und mit gespreizten Schenkeln wieder. Alessandros Schaft steckte bis zum Anschlag in ihr drin. Keuchend hielt sie sich an seinen Schultern fest und bemerkte erstaunt, dass ihr Körper ein Eigenleben entwickelte. Ihre Beine streckten sich. Ehe sein Penis aus ihrer feuchten Öffnung rutschten konnte, knickten sie wieder ein, Lolas Geschlecht senkte sich dadurch auf das stramme Glied und ihre Kehle gab einen rauen Laut von sich.

Lola ließ sich fallen. Genussvoll vögelte sie Alessandro, der anfänglich noch ihren Hintern knetete. Doch dann zitterte er zunehmend und stützte sich schließlich am Tisch hinter ihr ab. Wohl vor wachsender Lust grollte er in ihr Ohr, wodurch sie immer wieder erschauerte, weil es animalisch und gefährlich klang.

Trotzdem nahm sie ihn nicht schneller. Immerhin hatte er gestern gesagt: *Mach langsam und sinnlich! Warum die Eile?* Sie hatte keine Pläne für den heutigen Sonntag. Wenn es also nach ihr ginge, hatten sie den ganzen Tag, um den Gipfel der Lust zu erreichen.

Während sie Alessandro ritt, rieben ihre Brustspitzen über seinen Oberkörper. Sein Schwanz glitt so geschmeidig in sie hinein, als wäre er dafür geschaffen worden, sie zu ficken. Ihre Feuchtigkeit rann an ihren Oberschenkeln hinab und tropfte auf Alessandros Schoß. Ihre Haut fühlte sich wie elektrisiert an.

Sie näherte sich dem Paradies quälend langsam. Auf der einen Seite gierte sie danach, endlich zu kommen, auf der anderen wollte sie den Moment so lange wie möglich hinauszögern, um die Erregung ins beinahe Unerträgliche zu steigern und weil sie nicht wollte, dass das Liebesspiel endete.

Dass Alessandro anderer Meinung war, zeigte er ihr, indem er knurrte, gegen ihre Schultern drückte und ihren Oberkörper nach hinten bog. Um einen besseren Halt zu haben, stützte sie sich mit den Ellbogen auf der nachgeahmten Transportkiste ab. Ihre Knie blieben durchgestreckt. Ihr Brustkorb dagegen wogte auf und ab.

Sie fragte sich gerade, was genau er vorhatte, als er sein Glied von unten in ihre Mitte schob. Er hielt sich an ihren Hüften fest und fickte sie ungeduldig. Seine Stöße waren hart und gnadenlos. Sie teilten Lola unmissverständlich mit, dass die Zeit der Sinnlichkeit vorbei war. Alessandros

Hunger schien zu groß und seine Erregung zu weit fortgeschritten, um *adagio* fortzufahren. Ihm stand der Sinn nach *allegro*, und er bekam, was er wollte.

Er nahm sie so stürmisch, als befürchtete er, dass sie sich jeden Augenblick in Luft auflösen könnte. Gierig und leidenschaftlich trieb er seinen Penis in sie hinein und brachte sie dazu, aufgeregte Kiekser von sich zu geben, während sie nach Luft schnappte.

Auf Knien hatte sie noch nie gevögelt. Warum eigentlich nicht?, fragte sie sich, während sie immer wieder erschüttert wurde, wenn Alessandro in sie hineinhämmerte. Es war geil. Nicht unbedingt die bequemste Stellung, aber genau das gab dem Sex die gewisse Würze. Neben der Tatsache, dass Alessandro wie ein Besessener über sie herfiel. *Besessen von mir.* Sie lächelte glückselig.

Der Gedanke war der letzte, bevor der Orgasmus sich ankündigte und ihren Kopf leer fegte. Das Rauschen ihres Blutes dröhnte in ihren Ohren. Ihre Muskeln zitterten stark, wodurch es mühsam wurde, sich abzustützen. Ihre Ellbogen taten weh. Eine Schweißperle rann zwischen ihren Brüsten hinab.

Dann schwebte Lola. Über dem Tisch. Dem Haus. Und über Manchester. Zumindest kam es ihr in den Sekunden vor dem Höhepunkt so vor. Mit einem heiseren Aufschrei überschritt sie den Zenit, und der freie Fall setzte ein. Zuckend und bebend bemühte sie sich, die Stellung zu halten, was ihr schwerfiel, denn die Ekstase spülte die Lust bis in den hintersten Winkel ihres Körpers. Jede Zelle schien zu vibrieren, so heftig erwischte es sie. Lola stöhnte schnell und kurz hintereinander und wimmerte schließlich. Als ihre Arme von der Kiste rutschten, fing Alessandro sie auf und presste sie an sich.

Auch er musste gekommen sein. Sie hatte es nicht mitbekommen, weil sie entrückt gewesen war. Keuchend lag er in ihren Armen wie sie in seinen. Sein Schwanz glitt aus ihr heraus. Ihre Geschlechter verströmten einen herben Duft, den Lola inhalierte. Für sie war die Mischung das perfekte Aphrodisiakum. Es weckte ihre Lust auf das nächste Mal, wenn Alessandro mit ihr Liebe machen würde. Wenn es nach ihr ginge, durfte das gerne noch am selben Tag sein.

Alessandro stand auf. Mit einem Lächeln hob er sie hoch und legte sie aufs Sofa. Sie drehte sich auf die Seite, damit er neben ihr Platz hatte. Gähnend kuschelte er sich an ihre Brüste. Er schob seine Beine zwischen ihre Schenkel und schloss die Augen.

Man erkennt nicht, wo er anfängt und wo ich aufhöre, dachte Lola vernarrt und strich ihm eine feuchte Strähne aus der Stirn. Würde es ab sofort immer so wundervoll sein?

Plötzlich machte sich Lola Sorgen, denn es war doch so: Wenn es regnete, kam irgendwann unweigerlich Wind auf, der die dunklen Wolken fortblies, sodass wieder die Sonne schien. Aber wenn es heiß war – und das war es gewiss, was sie beide betraf –, zog über kurz oder lang ein Gewitter auf.

18

Mitte Juni kehrte urplötzlich der Winter zurück. Nicht meteorologisch, aber in Lolas Herz herrschte von einer Sekunde auf die andere Eiszeit.

Während an diesem Vormittag die Sonne am blauen Himmel immer höher stieg, bis sie die Häuserzeile auf der gegenüberliegenden Straßenseite überragte und ihre gleißenden Strahlen durch das Schaufenster des *Toyland* sandte, sank die Temperatur in Lola so plötzlich und rasant, dass ihr schwindlig wurde. Sie schwankte. Ihre Beine wurden weich wie Pudding. Kraftlos ließ sie sich in einen der Besuchersessel fallen, um nicht der Länge nach auf den Boden aufzuschlagen.

»Das kann nicht sein«, murmelte sie panisch. »Das darf doch nicht wahr sein.«

Lola hielt den Brief der zentralen nationalen Einwanderungs- und Ausländerbehörde der Vereinigten Staaten dichter vor ihr Gesicht, denn die Buchstaben verschwammen, weil ihre Augen feucht wurden. Sie fror erbärmlich. Das Schreiben zitterte in ihrer Hand.

Versehentlich ließ sie den Umschlag fallen. Er segelte ein Stück weit über das Laminat und blieb in der Mitte des Ladens liegen. Sie erhob sich und schwankte zu ihm hinüber, als würde sie über eine spiegelglatte Eisfläche gehen. Mit einem Schluchzen hob sie ihn auf, dabei fiel eine Träne hinab und benässte das Papier unmittelbar neben dem Emblem des Ministeriums für innere Sicherheit, dem die Behörde unterstellt war.

Ihr erster Impuls war, ins *Devine Drink* zu laufen, Jimmy ihre Post zu zeigen und ihn zu fragen, ob er sie auch sah. Vielleicht entpuppte sie sich ja als Hirngespinst oder als Fake. Bestenfalls spielte ihr die Angst, Alessandro und das *Toyland* zu verlieren, nur einen Streich, oder Ezekiel Goodman hatte von einem jüngeren Helfer einen gefälschten Bescheid erstellen lassen, um sie gehörig zu erschrecken.

Aber dann dachte sie daran, wie lange sie schon nicht mehr mit Jimmy gesprochen hatte, sah vor ihrem geistigen Auge, wie feindselig er sie ansah, wenn sie sich auf dem Bürgersteig trafen, und dass er womöglich ein Stalker war, auch wenn sie sich seit ihrem ersten Besuch in Alessandros Wohnung nicht mehr von einem orangefarbenen Auto verfolgt gefühlt hatte.

In diesem Moment vermisste sie ihren alten Freund schmerzlich.

Aufgewühlt rannte sie zu ihrem Handy, das hinter dem Verkaufstresen lag, und kam so langsam voran, als kämpfte sie gegen einen Schneesturm an. Zumindest empfand sie es so, es ging ihr nicht schnell genug, weil ihre Nerven blank lagen. Im Adressspeicher tippte sie Alessandros Nummer an oder wollte das, denn versehentlich traf ihr Finger den Namen, der in der Liste unter seinem stand. Rasch legte sie auf, wimmerte und versuchte es erneut.

Diesmal schaffte sie es. Bebend hielt sie das Smartphone an ihr Ohr. Mit der freien Hand rieb sie sich über den Oberarm, doch sie konnte die Kälte nicht vertreiben, weil sie in ihrem Herzen war. Ihre Unterlippe bebte. *Heul jetzt bloß nicht los!*

Alessandro meldete sich mit samtweicher Stimme: »So früh schon Sehnsucht nach mir?« Im Hintergrund unterhielten sich ein Mann und eine Frau, vermutlich Loretta und ihr Kollege oder ein Kunde.

»Ich brauche dich.« *Hilfe!* Unruhig lief sie im Erotiklädchen hin und her.

Er lachte sinnlich in den Hörer. »Ich dich doch auch, *bellezza.*«

»Nein, ich meinte«, sie musste husten, da sie sich vor Aufregung an ihrem eigenen Speichel verschluckt hatte, »ich brauche dich hier. Jetzt!«

»Was ist passiert?«, fragte er ernst. Eine Tür fiel ins Schloss. Wahrscheinlich hatte er sich in sein Büro zurückgezogen. Auf der anderen Seite der Leitung herrschte angespannte Stille.

Lola sah hinaus auf die Straße und unglücklicherweise direkt in die Sonne, worauf lauter kleine Lichter vor ihren Augen tanzten, die sie an Schneeflocken erinnerten. »Es ist schrecklich.«

Sein Bürosessel quietschte. »Du klingst ja völlig aufgelöst.«

»Die Welt stürzt ja auch über mir zusammen«, brachte sie atemlos hervor und spähte zu Goodmans Wohnungsfenster. Beobachtete er sie in diesem Moment? Weidete er sich an ihrer Verzweiflung?

»Beruhige dich, bitte.« Sein Festnetzanschluss klingelte,

aber er ignorierte den Anrufer. »Ich bin praktisch schon unterwegs zu dir.«

Als er später in ihr Erotiklädchen stürmte, fiel sie ihm um den Hals. Sie drückte ihr Gesicht in sein dunkelblaues Oberhemd und schluchzte. Zärtlich streichelte er über ihren Rücken, doch er konnte sie nicht beruhigen. Dafür war die Situation zu entsetzlich. Zu endgültig und darum grausam.

»Jetzt bin ich ja hier«, er küsste sie aufs Haar, »bei dir.«

»Danke.«

»Was ist denn nur so Schlimmes passiert?«

Sie brachte es nicht über die Lippen, daher zeigte sie ihm den Brief. Während sie ihn dabei beobachtete, wie er las, kämpfte sie dagegen an zu weinen. Tränen nutzten ihr nichts. Vielmehr brauchte sie einen Plan. Allerdings wollte ihr beim besten Willen kein Ausweg aus dem Dilemma einfallen. Ihre Gedanken waren durch Fassungslosigkeit und Furcht blockiert.

»Ich werde alles verlieren, das *Toyland* und«, brachte sie hervor und klang nun doch weinerlich, »dich.«

Nachdem er ihr das offizielle Schreiben zurückgegeben hatte, war er kreidebleich. »Sie haben dir die Aufenthaltserlaubnis entzogen?«

»Ich habe vierundzwanzig Stunden Zeit, um das Land zu verlassen.«

»Das können sie doch nicht machen.«

Sie hielt den Brief hoch. »Ich habe es schwarz auf weiß.«

»Ich muss Michele anrufen. Er kann uns bestimmt helfen.« Umständlich holte er sein Handy aus der Hosentasche.

Lola nahm es ihm ab und legte es auf die Theke neben die Flyer, mit denen sie für ihre *Toypartys* warb. Demonstrativ nahm sie die Werbezettel und warf sie in den Mülleimer. »Kein Anwalt der Welt kann meine Abschiebung verhindern. Denn das werden sie tun, sollte ich nicht unverzüglich freiwillig aus den USA ausreisen.«

»Es muss ein Irrtum vorliegen.«

Aus Verlegenheit zog sie den regenbogenfarbenen Schal, der um ihren Hals lag, aus und band damit ihre Dreadlocks zusammen. Dabei löste sich ein Clip mit kleinen bunten Holzperlen aus einer Strähne über ihrem Ohr. Er fiel zu Boden, und der Faden mit den Perlen riss, sodass sie umherrollten. Rasch bückte sich Lola, um sie aufzuheben.

Aber Alessandro zog sie wieder hoch. »Sag mir nicht, dass etwas an den Vorwürfen dran ist!«

Nervös nestelte sie an ihrem Haar herum.

»Sieh mich an!« Er hob ihr Kinn an. »Ich will die Wahrheit wissen.«

»Okay, ich geb's zu.«

»Was, Lola?«

Sie zog den Kopf zwischen die Schultern. »Ich habe bei der Greencard-Lotterie geflunkert, sonst hätte ich nie eine Chance bekommen, im Land meiner Träume zu leben.«

Wütend schnaubte er und steckte sein Handy ein. »Wie konntest du nur!«

»Ich habe einen deutschen Pass, ich bin Deutsche. Für mich spielt es keine Rolle, dass ich in Kanada geboren wurde und danach vier Jahre in England gelebt habe.« Sie schob die Glasschale mit den kostenlosen Kondomprobepackungen hin und her, weil das schabende Geräusch sie von ihrer Beschämtheit ablenkte. »Meine Eltern waren damals als Auslandskorrespondenten tätig.«

»Beide Länder sind von der Lotterie ausgeschlossen, das wusstest du. Du hast vorsätzlich betrogen.« Impulsiv donnerte er mit der Faust auf die Theke. »Du kannst froh sein, dass du bloß ausgewiesen und nicht verhaftet wirst.« Er raufte sich die Haare. »Mensch, Lola, wie konntest du nur?«

Sie bereute ihren Betrug! Und auch wieder nicht. Denn wäre sie nicht nach Amerika gekommen, hätte sie niemals Alessandro kennengelernt. »Es tut mir aufrichtig leid.«

»In dem Fall kann dich nicht einmal mein Bruder retten.« Seufzend rieb er über seine Augenlider. »Selbst wenn du behaupten würdest, diese eine Bedingung der Greencard-Lotterie überlesen zu haben, wird dir das nichts nutzen, denn Unwissenheit schützt nicht vor Strafe, und die Tatsache, dass du in Kanada geboren bist, bleibt.«

Sie schniefte, denn er hatte recht. Es war aus. Ihr Abenteuer USA ging morgen zu Ende. Sie hatte ihr Geschäft verloren. Und um Alessandro und sie stand es schlecht, denn sie gab Fernbeziehungen keine große Chance. Wie lange hielt schon eine Liebe, wenn die Partner auf anderen Kontinenten wohnten? Wie oft würden sie sich sehen, einmal im Jahr oder, wenn es hoch kam, zwei Mal? Wie lange würde Alessandro den Avancen anderer Frauen widerstehen können? Denn sie zweifelte nicht daran, dass ein attraktiver Mann wie er viele Angebote erhielt.

»Verdammt, verdammt, verdammt.« Versehentlich wischte er die Visitenkarten des *Toyland* vom Tresen.

Er wollte sie aufheben, aber Lola hinderte ihn daran. »Lass liegen! Ich brauche sie ohnehin nicht mehr.«

»Wie konnte die Einwanderungsbehörde Wind davon bekommen? Ich meine«, während er weitere Knöpfe an seinem Hemd öffnete, schritt er vor ihr auf und ab, »sie werden wohl kaum nach fünf Jahren die Unterlagen noch einmal geprüft haben.«

Ihren Verdacht auszusprechen schmerzte sie: »Irgendjemand muss mich angeschwärzt haben.«

Er riss die Augen auf. »Meinst du das ernst?«

Sie nickte und lehnte sich erschöpft mit dem Rücken gegen ein Regal. Der Schreck über die Aberkennung der Greencard steckte ihr immer noch in den Knochen, das spürte sie bei jeder Bewegung.

»So niederträchtig kann doch niemand sein.«

»Du hast ja keine Ahnung.«

Sachte packte er sie an den Schultern. »Dann hast du einen Verdacht?«

»Seit dem Eröffnungstag gibt es Proteste gegen meinen Sextoyshop. Die Schmierereien auf dem Schaufenster und der Häuserfassade haben die Kunden nicht abgeschreckt und mich nicht die Flucht ergreifen lassen.« Steif zuckte sie mit den Achseln. »Vielleicht versucht Goodman nun auf diese Weise, mich und meinen Sündenpfuhl loszuwerden.«

Er zog die Augenbrauen hoch. »Goodman?«

»Der Mann, der den *Verein zur Verhinderung des moralischen Verfalls* gegründet hat und dem mein Laden ein Dorn im Auge ist.« Verächtlich schnaubte sie. »Unter Umständen hat er die richtigen Kontakte, um meine Aufenthaltserlaubnis überprüfen zu lassen, denn er arbeitet in der Kommunalverwaltung.« Allerdings war er in ihren Augen nicht der einzige Verdächtige. Es gab zwei weitere. Nur wusste Lola nicht, ob sie mit Alessandro über sie reden wollte. »Er wohnt schräg gegenüber.«

Forsch schritt Alessandro zur gläsernen Eingangstür, riss sie auf, sodass die Türglocke bimmelte, und schaute zur anderen Straßenseite. »Sollen wir ihm einen Besuch abstatten?«

»Gott bewahre, nein! Er würde bloß die Polizei rufen und behaupten, wir hätten ihn bedroht. Dann würden die Cops mich entweder doch noch inhaftieren oder geradewegs zum Flughafen bringen. Außerdem weiß ich ja nicht mit Sicherheit, ob er dahintersteckt.«

Über die Schulter hinweg sah er zu ihr. »Soll das bedeuten, du hast noch mehr Feinde?«

»Nun ja, nicht direkt Feinde«, druckste sie herum. »Die Dinge sind nicht immer so einfach, und erst recht nicht schwarz oder weiß, und verletzte Gefühle können einen dazu bringen, dumme Sachen zu machen.«

Energisch kehrte er zu ihr zurück und baute sich vor ihr auf. »Was zur Hölle willst du damit sagen?«

»Ich rede von Eifersucht.«

»Ein Exfreund von dir könnte dich in die Pfanne gehauen haben?«

Sie schüttelte den Kopf. »Da lief nie etwas zwischen Jimmy und mir. Wir sind nur Freunde oder waren es zumindest. Es ist kompliziert.«

»Moment mal, der Verkäufer nebenan heißt so. Ich habe bei ihm den Merlot, den wir vorgestern am Merrimack

River getrunken haben, gekauft. Ich habe dich abgeholt und war zu früh dran, darum bin ich schnell ins *Devine Drink* reingesprungen.« Mit vor Zorn zusammengekniffenen Augen sah er die Wand an, die das *Toyland* vom Wein-und-Spirituosen-Geschäft trennte.

Da er wirkte, als würde er jede Sekunde hinüberrennen und Jimmy eine herunterhauen, nahm sie seine Hand und hielt sie fest. »Wir hatten nicht einmal ein Date, aber er hatte sich wohl Hoffnungen gemacht. Jedenfalls weiß er, dass wir beide ein Paar sind und nichts aus ihm und mir werden wird.«

»Glaubst du, er ist darüber so wütend, dass er der Einwanderungs- und Ausländerbehörde einen Wink gegeben hat?«

»Ich weiß es nicht. Schon möglich.« Immerhin schaute er sie beinahe hasserfüllt an, wenn sie sich auf dem Bürgersteig trafen. Er grüßte sie zwar, aber mehr sprach er nicht mehr mit ihr. In seinem Brustkorb musste noch immer eine Wunde klaffen. Wahrscheinlich empfand er jeden Besuch von Alessandro bei ihr als Stich ins Herz. Möglicherweise dachte er: Wenn ich sie nicht kriegen kann, soll dieser Lackaffe sie auch nicht haben.

Er stützte sich an dem Regal hinter ihr ab und verströmte ein moschusartiges Aftershave. »Hattest du ihm denn von Kanada erzählt?«

»Keine Ahnung.« Vergeblich versuchte sie sich daran zu erinnern. »Wir haben in den gemeinsamen Mittagspausen über so vieles geredet.«

»Warum hast du ihm gegenüber bloß deinen Geburtsort erwähnt?« Schnaubend stieß er sich ab.

»Falls ich ihn erwähnt habe«, stellte sie klar. Ein dumpfer Schmerz pochte hinter ihrer Stirn. »Wir waren Freunde. Ich habe ihm vertraut.«

Er blinzelte sie an. »Tust du das immer noch?«

Betreten schwieg sie. Hatte sie sich so in einem Menschen irren können? Sie hatte ihn als lieben und netten Typen von nebenan kennengelernt. Er war stets gut gelaunt gewesen, hatte ihr die Tür zum Bistro aufgehalten und den Stuhl herangerückt, wenn sie gemeinsam die Pause verbracht hatten.

Allerdings war das nur die Seite von ihm, die er sie hatte sehen lassen wollen. Welches Gesicht lag auf der Schattenseite, die er im Verborgenen gehalten hatte? War er ein Denunziant und der heimtückische Verrat an die Behörde die Rache für seine verschmähte Liebe? Die Vorstellung tat weh, weil sie ihn wirklich gerne gemocht hatte.

»Fällt dir noch jemand ein?« Während Alessandro vor ihr auf und ab lief, quietschten die Sohlen seiner Lederschuhe auf dem Laminat.

Lola vermutete, dass es ihn unruhig machte, nichts unternehmen zu können. Dagegen legte sich über sie eine bleierne Schwere aus Hoffnungslosigkeit. »Was ist mit …?«

»Ja?«

»Vergiss es!«

»Nun rück schon raus mit der Sprache!«

»Wozu sich weiter mit Spekulationen quälen?« Sie schleppte sich hinter die Theke, um sich eins der Schokoladetäfelchen aus der Schublade zu nehmen, aber dann merkte sie, dass ihr von der Vorstellung, etwas zu essen, übel wurde, und ließ es bleiben. »Selbst wenn wir herausfinden könnten, wer mich verpetzt hat, würde das nichts ändern.«

»Ich möchte trotzdem wissen, wer dir noch im Kopf herumschwebt.«

»Lass es gut sein, Alessandro. Ich hätte nicht davon anfangen sollen.«

Abrupt blieb er vor ihr stehen. »Ist es jemand, den ich kenne? Weigerst du dich darum, einen Namen zu nennen?«

Zögerlich nickte sie.

»Loretta?« Er legte beide Hände flach auf die Theke und schaute Lola darüber hinweg an. »Felicia?«

»Unsinn!«

»Also jemand aus meiner Familie.«

»Hast du etwa noch nicht daran gedacht?«, fragte sie zaghaft. Keinesfalls wollte sie Zwist säen, aber falls jemand, der ihm sehr nahestand, dahintersteckte und sein Liebesglück zerstören wollte, sollte er es wissen.

Seine Kiefer mahlten. Nachdenklich starrte er vor sich hin.

»Er hat mich eine Schlampe genannt«, sagte sie mit belegter Stimme und so leise, dass sie ihre Worte selbst kaum hören konnte. »Er ist gegen unsere Beziehung, das hat er unmissverständlich klargemacht.«

»*Papà*«, keuchte Alessandro. Er riss die Augen auf, als wäre ihm plötzlich ein Licht aufgegangen.

»Würdest du … Würdest du es ihm zutrauen?«

»Mein Vater war ziemlich wütend bei unserem letzten Treffen.« Er massierte sein Kinn so fest, dass seine Haut sich rötete. »Aber würde er wirklich so weit gehen?«

»Ich hoffe es nicht.«

»Möglich wäre es jedoch.«

Emilio Di Marino hatte aus seiner Ablehnung keinen Hehl gemacht und schien die nötige Aggression zu besitzen. Zudem hatte er versucht, Alessandro davon zu überzeugen, sie zu vergessen. Vielleicht war die Nachricht an die Behörde sein Plan B gewesen. Sie gab zu bedenken: »Aber er konnte nichts von meinem Greencard-Betrug wissen.«

»Unter Umständen hat er Michele angewiesen, im Trüben zu fischen und irgendetwas zu finden, um uns auseinanderzubringen.« Er klang atemlos. »Dabei könnte mein Bruder auf dein Geheimnis gestoßen sein.«

»Hältst du ihn für so skrupellos?« Sie ließ offen, ob sie seinen Dad oder Michele meinte.

»Eigentlich nicht, allerdings hat sich mein Vater auch noch nie so aufgeführt wie an dem Morgen, an dem er mich in meiner Wohnung besuchte. Langsam verliert er offenbar die Geduld mit mir«, abfällig lächelte er, »dem schwarzen Schaf der Familie.«

Prompt musste sie an Agostino denken, ihren ehemaligen Vermieter. Nun bereute sie es, das Gespräch auf die Di Marinos gelenkt zu haben. Was würde geschehen, wenn sich ihre Befürchtung bewahrheitete? Würde Alessandro ebenfalls mit seiner Familie brechen wie sein Onkel? Dazu fehlte nicht mehr viel, hatte sie den Eindruck.

Sie eilte um den Verkaufstresen herum, stürzte sich in Alessandros Arme und hielt sich an ihm fest wie eine Ertrinkende an einem Rettungsring. Wie konnte sie ihn nur morgen verlassen? Wer wusste schon, wann und ob sie sich jemals wiedersehen würden? Und was würde aus dem *Toyland* werden?

Ihr Herz zog sich zusammen, als sie durch einen Tränenschleier hindurch ihren Blick durch das Erotiklädchen schweifen ließ. Sie hatte jedes Regal eigenhändig zusammengebaut und jede Dekoration liebevoll ausgesucht. Die meisten der Sextoys hatte sie selbst ausprobiert, einige der Dessous lagen auch in ihrer Wäschekommode, und sie hatte sich beim Sex auch schon mal als Zimmermädchen verkleidet.

Plötzlich starrte sie wie gebannt eine bestimmte Reizwäsche an, die speziell war und sich von den anderen durch ein delikates Detail abhob.

Es handelte sich um ein Babydoll in unschuldigem Weiß mit hauchdünnen Trägern. Es war aus Netz gefertigt und so durchsichtig, dass es mehr preisgab als verbarg. Zu der Kombination gehörten auch lange Spitzenhandschuhe, die mit Schlaufen an den Mittelfingern befestigt wurden, und Strapse. Das Outfit sollte ein Anreiz für Rollenspiele sein oder aber während der Hochzeitsnacht zum Einsatz kommen, denn das Besondere war der passende Brautschleier.

»Ich hab die Lösung«, schrie sie unmittelbar in Alessandros Gehörgang.

Alessandro verzog das Gesicht und rieb sich über das Ohr. »Wie bitte?«

»Mir ist ein Ausweg aus meiner Misere eingefallen.« Vor Freude wäre sie ihm am liebsten um den Hals gefallen.

»Tatsächlich?« Aufmerksam lauschte er. »Nun erzähl schon!«

Ihr Herz pochte wie verrückt. »Es gibt jedoch einen Haken.«

»Nicht noch ein krummes Ding.« Warnend blinzelte er sie an.

Am Morgen hatte sie sich für eine Bluse aus Batikstoff in den Jamaikafarben entschieden. Sie hatte sie bloß zur Hälfte zugeknöpft und auf Taillenhöhe vorne zusammengebunden. Verlegen nestelte sie am Knoten herum. »Ich habe kein Verbrechen begangen, sondern lediglich die Wahrheit gebeugt.«

Er gab ein Knurren von sich und lächelte spöttisch. »So nennst du das also.«

»Ich kann das mit der Aufenthaltsgenehmigung nicht allein wieder hinbiegen«, hoffnungsvoll und bebend vor Aufregung blickte sie zu ihm auf, »aber es gibt da jemanden, der zu meinem Joker werden könnte.«

»Wir werden ihn gemeinsam davon überzeugen, dich zu retten.«

Sanft berührte sie seinen Oberkörper. »Dann wirst du mir helfen?«

»Selbstverständlich. Wie kannst du nur daran zweifeln?« Er küsste ihre Fingerspitzen. »Ich will unter allen Umständen, dass du bei mir bleibst.«

»Wenn das so ist, könnte es klappen.« Sie zwinkerte. Verstand er ihre Anspielung denn nicht, oder ließ er sie absichtlich zappeln?

»Ich bin für dich da, *bellezza*«, gefühlvoll sah er sie an, »komme, was wolle.«

»Also gut.« Sie atmete tief durch, nahm ihren ganzen Mut zusammen und sagte: »Heirate mich!«

Seine Brauen schnellten in die Höhe. »Wow.«

»Das ist alles?« *Sag Ja, bitte, bitte, sag Ja.* Alle ihre Probleme wären mit einem Schlag gelöst.

»Ich bin ...«, er rang sichtlich um Fassung, »sprachlos. Meinst du das ernst?«

»Durch die Ehe mit einem US-Bürger würde ich automatisch die Aufenthaltsgenehmigung erhalten«, erklärte sie fröhlich. Ihre Nerven waren zum Zerreißen angespannt.

»Klingt romantisch.« Sein Schmunzeln wirkte bemüht.

Sachte knuffte sie ihn. »Sei nicht sauer! Ich liebe dich, und du liebst mich.« Besorgt fügte sie hinzu: »Oder etwa nicht?«

Seine Miene verfinsterte sich. »Doch.«

»Aber?« Sie wagte kaum zu atmen. Ein paar Sekunden lang stand die Welt still. Niemand bewegte sich, und keiner sagte etwas.

Schließlich drehte er sich weg. Mit beiden Händen fuhr er sich durch die Haare und ging ein paar Schritte in Richtung Ausgang, sodass Lola Angst bekam, er könnte die Beine in die Hand nehmen und vor ihr wegrennen.

19

Eine Weile spähte er durch das Schaufenster. Als er sich wieder zu ihr umwandte, flackerte sein Blick. »Ich kann nicht.«

Dieser Satz war wie ein Dolchstoß in ihr Herz. »Schon okay«, brachte sie mit belegter Stimmte hervor, doch in ihr wechselten Enttäuschung und Wut so rasch ab, dass ihr schwindlig wurde. Sie stützte sich an einem Regal ab.

»Ehrlich«, sagte er mit Nachdruck. »Wenn ich könnte, würde ich.«

Sie versuchte seine Abfuhr wegzulächeln, aber ihre Mundwinkel ließen sich nicht nach oben ziehen. »Wir kennen uns noch nicht lange genug.«

»Das stimmt.« Langsam kehrte er zu ihr zurück.

In ihrem Inneren spielte eine Violine eine traurige Melodie. »Und unsere Beziehung besteht zum Großteil aus Sex.«

»Aber nicht ausschließlich, Lola.« Jedes seiner Worte klang, als wäre es auf Samt gebettet.

»Du bist nicht bereit dazu, deine Freiheit aufzugeben.« Mit falscher Lässigkeit zuckte sie mit den Achseln. Er war eben ein wilder Hengst, sie hätte das wissen müssen.

Alessandro hob seine Stimme an. »Du hörst mir nicht zu.«

Um ihn nicht anschauen zu müssen, richtete sie einige Dildos aus. Dann fragte sie sich, wozu sie das tat, schließlich würde sie den Laden heute Abend schließen und nie wieder öffnen. »Ich hab's begriffen.«

»Ich sagte nicht, dass ich nicht will«, sanft griff er ihr Kinn und drehte ihr Gesicht in seine Richtung, »sondern dass ich nicht kann.«

»Was meinst du damit?« Sie horchte auf.

»Ich hätte es dir erzählt, aber der passende Moment war noch nicht gekommen. Das ist jetzt unglücklich gelaufen.« Er rieb sich über den Bauch, als hätte er Magenschmerzen. »Hätte ich doch nur vorher gewusst, dass es einmal wichtig werden würde.«

Ihr Puls jagte. Was hatte er ihr verheimlicht? »Alessandro!«

»Ich, nun ja, es ist leider, wie es ist«, er wischte sich einige Schweißperlen von der Oberlippe, »und es ist nun einmal so, dass ich noch verheiratet bin.«

»Was?«, schrie sie. Bestürzt keuchte sie. Hatte sie soeben richtig gehört? Nein, sie musste sich getäuscht haben. Die Angst, er könnte ihr einen Korb geben, musste ihr einen Streich gespielt haben. Aber mit dieser Ausrede machte sie sich bloß etwas vor, weil sie das, was sie soeben erfahren hatte, völlig aus der Bahn warf.

»Jetzt fragst du dich bestimmt, warum ich keinen Ehering trage. Ich habe ihn nicht jedes Mal abgenommen, wenn wir beide uns getroffen haben, ehrlich. Ich bin nicht mit dir fremdgegangen. Felicia und ich ...«

»Felicia?«, zischte sie. Alles in ihr spannte sich an.

»Die Vermählung war reine Dummheit. Wir machten

damals Urlaub in Las Vegas, wir waren bis über beide Ohren verliebt und dazu auch noch angetrunken. Ich weiß nicht mehr, wer auf die Idee kam, zu einer der Hochzeitskapellen zu fahren und es zu tun. Das spielt auch keine Rolle mehr, denn wir beide gaben einander das Jawort und bereuten es schon kurz darauf.« Unter seinen Augen lagen tiefe Schatten. »Zuerst dachte ich, allein das entsetzte Gesicht von *papà* war es wert, aber die Genugtuung, ihn mit den Neuigkeiten zu schockieren, hielt nicht lange an.«

»Ich dachte, er mochte sie.« Sie winkte ab, denn im Grunde wollte sie es gar nicht wissen. Jede weitere Erklärung war wie eine Nadelspitze, die in ihr weidwundes Herz stieß, doch er sprach bereits weiter.

»Er wollte gefragt werden, ob er mit der Ehe einverstanden war, ganz der Pascha. Außerdem wünschte er sich eine große Hochzeit, zu der nicht nur unsere Familie, die in den USA lebte, sondern auch die aus Italien anreisen würde. Damit er angeben und sich aufspielen konnte, als wäre er der Mittelpunkt bei der Feier.«

»Bist du darum mit Felicia den Bund der Ehe eingegangen, um deinem Vater eins auszuwischen?« Sie rümpfte die Nase und ballte hinter dem Rücken die Hände zu Fäusten, um nicht aus der Haut zu fahren.

»Schon möglich, dass das unterbewusst eine Rolle spielte.«

»Wir hatten über Felicia gesprochen.« Innerlich weinte Lola bittere Tränen. »Warum hast du mir da nicht gebeichtet, dass sie deine Ehefrau ist?«

Er ließ den Kopf hängen und sah sie von unten herauf

an. »Ich war feige und wollte den schönen Tag mit dir nicht verderben.«

»Warum seid ihr noch verheiratet?« Ihr Mund war staubtrocken. Es kostete sie Mühe zu reden.

»Aus steuerlichen Gründen.« Er zuckte mit den Schultern. »Außerdem haben wir beide die Scheidung verschleppt, weil wir anderes im Kopf hatten.«

»Und weil ihr nicht voneinander lassen könnt?«, fragte sie gallig.

»Nein, so ist es nicht.« Er riss die Arme hoch und zeigte ihr seine Handflächen. »Wir gehen seit Langem getrennte Wege, das hatte ich dir ja schon erzählt.«

Die Wut gärte in ihr. »Woher soll ich noch wissen, was wahr ist und was nicht?«

Er hielt ihr seine gefalteten Hände hin. »Ich habe dich nie belogen.«

»Wie es scheint«, sie gestikulierte so heftig, dass sie einen Vibrator aus dem Regal fegte, »bin ich nicht die Einzige, die die Wahrheit gebeugt hat.«

»Es tut mir unglaublich leid.« Er wollte sie in seine Arme ziehen, aber sie wehrte ihn brüsk ab.

»Das darf doch alles nicht wahr sein!«, schrie Lola laut und gleichzeitig ihren Schmerz hinaus. Sie war hart auf dem Boden der Realität aufgeschlagen. Dabei war ihr Herz in tausend Stücke zerbrochen.

Sie war wie vor den Kopf gestoßen. In ihrem Brustkorb klaffte eine blutende Wunde. Tief verletzt und am Boden verstört verließ sie erst Alessandro und am nächsten Tag dann das *Toyland* und die Vereinigten Staaten, um sich bei ihren Eltern in Deutschland zu verkriechen. Mit einem

Schlag hatte sie ihre private und berufliche Zukunft verloren.

Sie konnte gar nicht genug weinen, um ihrem Liebes-
kummer Ausdruck zu verleihen.

20

August

Der große Knall lag acht qualvolle Wochen zurück. Im ersten Monat hatte sich Lola die Augen ausgeheult und das Gästezimmer bei ihren Eltern in Bernkastel-Kues kaum verlassen. Seit Beginn des zweiten saß sie tagaus, tagein am Ufer der Mosel, sah dem Wasser beim Fließen zu und blies Trübsal, so auch in diesem Moment. Wie würde sie sich durch den nächsten Monat quälen? Sie hatte keinen blassen Schimmer, aber über eins war sie sich klar geworden, während die restlichen Junitage, der komplette Juli und die Hälfte des Augusts an ihr vorübergezogen waren.

Es hatte sie weitaus mehr geschmerzt, Alessandro hinter sich zu lassen, als das *Toyland* aufzugeben. Dabei war das Erotiklädchen ihr Herzensprojekt gewesen, ihr großer Traum, und Alessandro trug mit Schuld daran, dass sie ihre Zelte in den Vereinigten Staaten hatte abbrechen müssen. Hätte er ihr nicht die Wahrheit verschwiegen ... Wäre er nicht verheiratet ... Noch immer fühlte sie sich verletzt. Immerhin war die Wut verraucht. Nur die Enttäuschung wollte nicht nachlassen.

Ein Teil von ihr gab ihm die Schuld dafür, dass sie tatsächlich hatte ausreisen müssen, dabei wusste sie, dass es ihre eigene Schuld gewesen war. Doch für sie gehörte Aufrichtigkeit zu einer Beziehung dazu. Alessandro hatte behauptet, er würde für sie da sein und ihr helfen. Er sollte zu ihrem Rettungsanker werden, stattdessen hatte er sie ins tosende Meer gestoßen. Es war unfair, so zu denken, aber so fühlte sie sich nun mal.

Darum hatte sie auch keine seiner E-Mails, die er an die Internetadresse des *Toyland* geschickt hatte, jemals gelesen, und es waren viele. Obwohl sie ihm noch nicht vergeben konnte, hatte sie täglich auf Nachricht von ihm gewartet. Sie war morgens als Erstes zu ihrem Laptop gestürzt, um ihre E-Mails abzurufen, und hatte abends als Letztes ihren Account geprüft. Es tat ihr gut zu wissen, dass er noch an sie dachte und um sie kämpfte. Dass Letzteres zutraf, erkannte sie an den Betreffzeilen, ebenso wie die Tatsache, dass er genauso litt wie sie. *Das hast du verdient!*

Denn er konnte es unmöglich ernst mit ihr gemeint haben, sonst wäre er ehrlich zu ihr gewesen und hätte ihr seine Ehe mit Felicia gebeichtet. Offenbar war sie ihm nicht wichtig genug gewesen. Liebe trug ihr Gesicht offen und nicht verborgen hinter einer Maske.

Er hatte die delikate Vereinbarung mit ihr nie aufgekündigt, selbst nachdem er ihr seine Gefühle gestanden hatte. War das nicht ein schlechtes Vorzeichen gewesen? Hatte sie es bloß nicht erkennen, nicht wahrhaben wollen? Immerhin machte Liebe blind.

Aber nun sah sie klar. Alessandro Di Marino war schon immer eine Nummer zu groß für sie gewesen. Männer wie er, die jede haben konnten, spielten nur mit Exotinnen, heirateten jedoch am Ende eine Frau, die ebenso derart attraktiv im klassischen Sinne war wie sie. Schöne Menschen verbanden sich mit schönen Menschen. Dazu zählte sie nicht. Sie war lediglich interessant wie eine bunte Raupe, die man staunend betrachtete, aber wieder absetzte, bevor man weiterzog und sie vergaß.

Wenn das auf Alessandro zutrifft, warum meldet er sich dann weiterhin bei dir?, fragte eine Stimme in ihr. Lola wusste es nicht und wollte es auch nicht herausfinden. Zumindest noch nicht. Sie war nicht bereit dazu, ihr Schmerz war noch zu groß. Es war einfacher, sich zurückzuziehen, als sich mit alldem, was über sie so plötzlich und gewaltig hereingebrochen war, auseinanderzusetzen.

Darum versuchte sie sich mit Lesen abzulenken, konnte sich jedoch meistens nicht auf den Inhalt des druckfrischen historischen Romans ihrer Mutter, die inzwischen nicht mehr als Journalistin, sondern als Autorin arbeitete, konzentrieren. Das Essen ihrer Ma, wie Lola sie liebevoll nannte, bekam sie kaum herunter, nicht einmal ihre Leibspeise Käsespätzle. Ihr Vater hatte ihr ein Malbuch mit Mandalas geschenkt, aber in jedem Motiv hatte sie Alessandro gesehen, obwohl das überhaupt nicht sein konnte, sodass sie es wieder beiseitegelegt hatte.

Ihre alte Clique hatte sie eingeladen, gemeinsam einen Film anzuschauen, und extra dafür in einem Garten eine Leinwand aufgestellt. Doch beim ersten Kuss zwischen Held und Heldin war Lola in Tränen ausgebrochen. »Tue ich Alessandro unrecht? War ich zu hart zu ihm? Hätte ich ihm verzeihen sollen?«, hatte sie gejammert und den Abend im privaten Freiluftkino ruiniert.

Ihr Freundeskreis hatte ihr versichert, dass er ein Schuft war, weil er ihr verschwiegen hatte, dass er verheiratet war, und sie zu einer zweifelhaften Vereinbarung genötigt hatte. Da war etwas Merkwürdiges geschehen. Je mehr ihre Freunde Alessandro niedergemacht hatten, desto mehr hatte Lola protestiert. Für jedes ihrer Argumente hatte sie ein Gegenargument gefunden, bis ihre alten Kameraden gefragt hatten, warum sie ihn eigentlich verteidigte nach allem, was er ihr angetan hatte.

Tja, so ist es wohl, wenn man liebt, hatte sie gedacht und war nach Hause gegangen, um im Bett mit offenen Augen von dem erstklassigen Sex mit ihm zu träumen und zu masturbieren. Ohne sich auf ihre Erinnerungen konzentrieren zu müssen, konnte sie seinen Körpergeruch heraufbeschwören. Manchmal glaubte sie, seine Berührung dort unten zwischen den Schenkeln, wo er Wunder vollbringen konnte, zu spüren oder seinen Kuss zu schmecken. Begehrlich dachte sie an seinen prachtvollen Schwanz in ihrer Hand, in ihrem Mund und ihrer Möse.

Sie würde noch lange nicht über ihn hinweg sein, so viel stand fest.

Die Sehnsucht packte sie auch jetzt wieder. Sie sprang auf und rannte vom Flussufer durch die engen Gassen von Bernkastel-Kues nach Hause. Aufgeregt öffnete sie ihren Laptop und suchte ihr Postfach nach einer Nachricht von Alessandro ab.

Schon wieder keine E-Mail. Der dritte Tag hintereinander.

Enttäuscht seufzte sie. Womöglich war er krank. Oder frisch verliebt in eine andere Frau. Oder hatte sich mit

Felicia versöhnt. Oder er hatte es einfach satt, ihr hinterherzulaufen und ihr seit zwei Monaten täglich zu schreiben, ohne jemals eine Antwort zu erhalten. Kaum ein anderer Mann hätte überhaupt so einen langen Atem bewiesen.

Hatte sie ihn endgültig verloren? Ihre Augen wurden feucht. Wahrscheinlich war es besser so. Eine Beziehung, die auf Sex fußte, konnte nicht funktionieren.

Als es an der Haustür klingelte, schrak sie zusammen. Sollte sie öffnen oder so tun, als wäre sie nicht daheim?

Ihre Eltern waren für ein paar Tage nach München gereist. Ihre Mutter traf sich mit ihrer Lektorin im Verlag, und ihr Vater, Chefredakteur der größten Lokalzeitung hier, hatte sich Urlaub genommen, um sie zu begleiten. Nach dem Termin wollten sie Freunde besuchen, denn sie hatten einige Jahre in Bayern gelebt, bevor sie dem Großstadttrubel entflohen und an die Mosel gezogen waren, um sesshaft zu werden und sich beruflich zu verändern.

Es läutete erneut, diesmal gleich mehrfach hintereinander. Wer immer dort draußen wartete, machte klar, dass er sich nicht so leicht würde abwimmeln lassen. Seufzend schleppte sich Lola zur Tür.

Sie öffnete, riss die Augen auf und keuchte. »Alessandro!«

»Lola«, sagte er sanft.

Wie gut er aussah! Durch das hellbraune Hemd leuchteten seine zimtfarbenen Augen noch mehr, als sie es ohnehin schon taten. Verzweifelt bemühte sich Lola, cool zu bleiben. »Was um alles in der Welt machst du hier?«

»Du reagierst ja nicht auf meine E-Mails. Mir blieb

nichts anderes übrig, als mich in den Flieger zu setzen«, er lächelte zurückhaltend, »und zu dir nach Deutschland zu kommen.«

»Aber woher wusstest du, wo du mich finden kannst?«

»Jimmy.«

»Jimmy?«, echote sie ungläubig.

»Als du an Ostern deine Eltern besucht hast, hattest du Agostino und ihm die Adresse gegeben, damit sie dich erreichen können, falls etwas mit dem *Toyland* ist.«

Das hatte sie glatt vergessen. Aber sie hätte auch niemals damit gerechnet, dass sich Alessandro an Jimmy wandte. Misstrauisch blinzelte sie ihn an. »Ich hoffe, du hast ihm kein Haar gekrümmt.«

»Hältst du mich für einen Schläger?« Er zeigte ihr seine Handflächen, eine Geste, um seine Unschuld zu unterstreichen.

Die alte Wut wallte in ihr auf. Warum redete sie überhaupt mit ihm? Sollte sie ihm nicht einfach die Tür vor der Nase zuschlagen? »Natürlich nicht, aber so einfach hat er meine Kontaktdaten ja wohl kaum herausgerückt.«

»Die Wahrheit ist …« Er bückte sich und rieb über seine schwarzen Lederschuhe, als wollte er Schmutz entfernen, dabei glänzten sie und waren tadellos. Nachdem er sich wieder erhoben hatte, rückte er seinen Gürtel zurecht und richtete unnötigerweise seinen Kragen. »Nun, ich habe ihm mein Herz ausgeschüttet.«

Die Neugier war stärker als der leichte Schmerz in ihrem Brustkorb. Denn durch Alessandros Auftauchen war die Wunde dort drinnen wieder aufgerissen. Ungeachtet dessen pochte ihr Herz erstaunlicherweise voller

Freude darüber, ihn wiederzusehen. Das brachte sie so durcheinander, dass sie für einen Moment vergaß, ihre kühle Fassade aufrechtzuerhalten, und ihn anschmachtete. »Ja?«

Er atmete tief durch. Über die Schulter hinweg schaute er zu den Touristen, die durch den Ort strömten und ihn amüsiert angafften. »Ich habe ihm gesagt, dass ich ohne dich nicht leben will, dass ich dich brauche wie die Luft zum Atmen und, wenn es sein muss, ganz Deutschland auf den Kopf stellen werde, um dich aufzuspüren.«

»Eine Aneinanderreihung von Plattitüden«, meinte sie ernüchtert. Dennoch berührten sie seine Worte, weil sie sich so sehr wünschte, sie wären wahr und nicht nur so dahingesagt.

Er breitete die Arme aus. »Ich bin hier, oder nicht?«

»Das schon.« Er hatte wirklich einen sehr weiten Weg auf sich genommen, um sie zurückzuerobern. Eine solche Mühe hatte sich noch kein anderer Mann für sie gemacht. Ihre Wut verschwand so plötzlich, wie sie aufgetaucht war.

»Ich stehe auf dem Bordstein«, er errötete leicht, »und schäme mich nicht davor, dir vor all den fremden Menschen meine Liebe zu gestehen.«

Sie grinste. Obwohl einige der vorbeischlendernden Touristen kein Englisch verstanden, spürten sie trotzdem offenbar instinktiv, was hier vor sich ging, das merkte Lola ihnen an. »Nur weiter so.«

»Darf ich reinkommen?«

»Ich denke, die Situation macht dir nichts aus.«

Sein rosiger Teint wurde eine Nuance dunkler. »Bitte.«

21

Sie trat zur Seite. Als Alessandro an ihr vorbeischritt, bekam sie weiche Knie. Ihr Körper reagierte noch immer heftig auf ihn. Ihr Verstand jedoch blieb auf der Hut.

Aber Alessandro war auf seinen Nebenbuhler zugegangen und hatte ihm sein Herz ausgeschüttet, um ihren Aufenthaltsort zu erfahren, und er war über den großen Teich geflogen. Nach all der Mühe hatte er ein Recht darauf, dass sie ihm wenigstens zuhörte.

Sie schloss die Haustür hinter ihm. Dabei zitterte ihre Hand vor Aufregung. Nun war sie allein mit Alessandro Di Marino, dem Mann, der mit ihr die unglaublichsten erotischen Dinge getan und ihr dann das Herz gebrochen hatte und der jetzt hier war, um sie zurückzugewinnen.

Fahrig nestelte sie an einer ihrer Dreadlocks herum, während sie ihn ins Wohnzimmer führte. Sie bot ihm etwas zu trinken an, aber er lehnte ab. Ständig kratzte er sich am Hals. Offensichtlich war er genauso nervös wie sie.

»Es tut mir so unglaublich leid, wie alles gelaufen ist, Lola.«

»Du hättest es nicht so weit kommen lassen brauchen.«

»Ich hätte dir früher von meiner Ehe erzählen müssen.«

»Aber das hast du nicht, weil es dir bloß um den unmoralischen Deal ging«, bemerkte sie verschnupft. »Nicht um mich.«

»Das stimmt nicht. Vom ersten Moment an habe ich mich stark zu dir hingezogen gefühlt.« Er streckte die Hand nach ihr aus, zog sie jedoch wieder zurück, als sie einwarf: »Sexuell.«

»Auch, das leugne ich ja gar nicht, aber nicht nur. Wäre es mir nur ums Ficken gegangen, hätte ich dir doch keine Vereinbarung vorgeschlagen, die ich mir gar nicht leisten kann, Herrgott noch mal.« Beiläufig wischte er sich einige Schweißperlen von der Stirn. »Es wäre klug gewesen, die Immobilie in Birdsville so schnell wie möglich abzustoßen, um meinen Kredit zurückzuzahlen. Er frisst mich auf.«

Ihre Stimme klang weicher als beabsichtigt. »Stattdessen hast du dich mit mir vergnügt.«

»Ich würde diese Entscheidung immer wieder treffen, so unvernünftig sie auch ist.«

Sie wandte sich ab, damit er nicht mitbekam, dass sie lächelte. Ihr Blick glitt durch das geöffnete Fenster auf den kleinen Innenhof hinter dem Fachwerkhaus, den ihre Ma liebevoll mit einer Holzbank, einem Teich in einer Zinkwanne und Kübelpflanzen dekoriert hatte. Eine warme Brise brachte die hellgelben Vorhänge zum Schwingen.

Alessandro trat dicht an ihren Rücken. »Ich habe Felicia nicht erwähnt, weil sie der Vergangenheit angehört.«

»Tut sie nicht, solange ihr noch verheiratet seid«, korrigierte sie ihn bitter. War sie kleinlich? Das fand sie nicht. Sein Atem kitzelte ihr Ohr, woraufhin sie eine wohlige Gänsehaut bekam.

»Uns beiden ist unsere Hochzeit in einer Kapelle in Las Vegas peinlich. Das war überstürzt und unüberlegt, und ja, ich wollte damit auch meinem Vater eins auswischen. Du hast das gut erkannt, und«, er holte tief Luft, »ich schäme mich dafür. So will ich nicht sein.«

Unauffällig inhalierte sie den Duft, den er verströmte. Er regte unglücklicherweise ihren Appetit auf ihn an. »Erkenntnis ist der erste Weg zur Besserung.«

»Übrigens, ich habe *papà* zur Rede gestellt.« Sinnlich strich er über ihre Wirbelsäule hinab.

»Was meinst du?« Sie erschauerte und bekam eine wohlige Gänsehaut. Über die Schulter hinweg sah sie ihn an. Daraufhin beschleunigte sich ihr Puls, und sie starrte rasch wieder nach vorne hinaus auf den Hof, der mit einer roten Backsteinmauer umgeben war.

»Er schwört Stein und Bein«, sanft blies er in ihren Nacken, »er hätte der Einwanderungs- und Ausländerbehörde keinen Wink gegeben.«

Lola flog herum. »Glaubst du ihm?«

Alessandro zuckte mit den Achseln. »Aber seitdem ich ihn in die Mangel genommen habe, herrscht Eiszeit zwischen uns. Er ist stinksauer, dass ich ihm so etwas Hinterhältiges vorwerfe, und ich kann unmöglich zu Kreuze kriechen, denn ich traue es ihm tatsächlich zu. Seit fast zwei Monaten war ich nicht mehr zu Hause.«

»Tu das deiner Mom nicht an!« Ihr Magen zog sich zusammen. Düstere Zukunftsvisionen zogen vor ihrem geistigen Auge vorüber.

»Wir telefonieren, wenn Dad es nicht mitbekommt, aber sie ist ebenfalls sauer auf mich und macht mir Vorwürfe«, er übte leichten Druck auf seine Schläfen aus, »daher melde ich mich immer seltener.«

Sie dachte an Agostino und daran, wie einsam er gestorben war. Ein Eigenbrötler, der sein Gefühl für Diplomatie verloren hatte und dadurch sein Umfeld vor den Kopf stieß. Alessandro durfte nicht auch so enden. »Werd bitte nicht wie dein Onkel.«

»Dann rette mich, *bellezza*!« Behutsam stieß er eine himmelblaue Feder an, die mit einer Klammer an ihren Dreadlocks befestigt war. »Die ist neu. Steht dir wirklich gut.«

»Hast du Jimmy mit dem Verdacht konfrontiert, er könnte es gewesen sein?« Alessandro so nah zu sein fühlte sich gut an. Aber die Nähe schwächte ihre Gegenwehr und stärkte das Verlangen nach ihm. Sie spürte bereits, wie sie nachgiebig wurde. Ihre Hände wollten sich an ihm festhalten, ihr Gesicht gierte danach, sich unter sein Kinn zu schmiegen, und ihr Mund lechzte danach, sich auf die zarte Haut in seiner Halsbeuge zu pressen.

Sein Zeigefinger, der eben noch den Haarschmuck angestupst hatte, strich nun zärtlich über ihre Ohrmuschel. Alessandro schüttelte den Kopf. »Ich wollte es mir nicht mit ihm verscherzen. Für mich war erst einmal wichtig, deine Adresse in Deutschland zu erfahren.«

Nachvollziehbar. Lola nickte. Ihr war klar, dass es ihre Aufgabe gewesen wäre, vor ihrer Abreise aus den USA Jimmy auf den Zahn zu fühlen. Aber sie war zu fertig gewesen und hatte ja noch packen müssen.

»Ich bin inzwischen geschieden.«

Sie riss die Augen auf. »So plötzlich?«

»Felicia und ich hätten es längst hinter uns bringen sollen.«

»Sofort nach der Trennung.«

»Wir haben das zu lange schleifen lassen.« Er nickte mit ernster Miene. »Ich glaube, wir suchten Abstand voneinander und ignorierten die Tatsache, dass wir auf dem Papier noch Mann und Frau waren, weil uns die Hochzeit in Las Vegas peinlich war. Sie war überstürzt, aus einer beschwipsten Laune heraus und vollkommen unromantisch gewesen. Nichts, woran wir uns gerne erinnern. Du brauchst dir wirklich keine Sorgen zu machen, dass zwischen ihr und mir jemals wieder etwas laufen könnte.«

Sie versuchte, ihre Euphorie zu verbergen, doch es fiel ihr schwer, cool zu bleiben. Ihre Mundwinkel wollten sich anheben, ihre Stimmbänder lachen und ihre Arme sich um Alessandros Hals schlingen. Lola verbot es ihnen, aber ihre freudige Stimme verriet sie dennoch: »Wie konnte das so schnell über die Bühne gehen?«

»Erst die Blitzhochzeit, dann die Blitzscheidung. Klingt wie eine logische Konsequenz.« Verlegen lächelte er. »Jedenfalls war es unkompliziert, weil wir uns über relevante Themen wie Versorgungsausgleich, Unterhalt, Hausratsteilung und Zugewinnausgleich einig waren. Getrennt von Tisch und Bett leben wir ohnehin schon seit einem Jahr. Außerdem hat Michele geholfen, den Prozess letztendlich zu beschleunigen.«

»Dein Bruder hat die Scheidung durchgeführt?«

»Er ist Wirtschaftsanwalt, hat aber den Kontakt zu einem befreundeten Juristen mit entsprechendem Fachgebiet hergestellt. Den haben Felicia und ich gemeinsam beauftragt, das hat den Prozess erleichtert. Zudem hat er uns dank Michele einen Freundschaftspreis gegeben«, erzählte er und zwinkerte.

Erleichtert sah Lola, dass es noch Hoffnung für die Familie Di Marino gab. Noch war diese nicht vollkommen zerrüttet. »Wie nett von deinem Bruder!«

»Er hat mir auch das Geld für den Flug geliehen. Ich hatte den Eindruck, er wollte mir damit beweisen, dass meine Geschwister hinter mir stehen, auch wenn mein Vater so seine Schwierigkeiten mit mir hat«, gefühlvoll rieb er an ihren Oberarmen auf und ab, »und dass sie dich an meiner Seite akzeptieren und mögen.«

»Du hast deiner Schwester und deinen beiden Brüdern von uns erzählt?« *Uns? Wie gut sich das anhört.*

»Alles.« Seine Wangen röteten sich. »Nun ja, fast alles. Die delikaten Details habe ich weggelassen, denn all die großartigen Sexeskapaden gehören nur uns.«

Mit dem Handrücken wischte sie sich imaginären Angstschweiß von der Stirn. »Puh!«

Er lachte. Zärtlich legte er die Hände an ihre Wangen. Seine Stimme war zwar samtweich, aber voller Verlangen, als er wisperte: »Ich liebe dich, Lola.«

Ich dich auch nach wie vor, dachte sie, während ihr vor Aufregung heiß wurde, ließ ihn allerdings noch ein bisschen zappeln. Ihr ganzer Körper war in Aufruhr. Das Blut rauschte rasant durch sie hindurch, ihr Herz schlug stürmisch, und da war dieses köstliche Kribbeln, das über ihren Rücken kroch und sie auf angenehme Art unruhig machte.

»Ich habe all das auf mich genommen, um dich zurückzugewinnen. Bitte, gib mir noch eine Chance.« Er kam so dicht heran, dass sein Atem ihre Lippen kitzelte, und sie glaubte, er würde sie küssen, doch er tat es nicht. »Mir liegt sehr viel daran, dass das mit uns diesmal funktioniert.«

»Nur gibt es da noch immer dieses kleine Problem.« Sanft, aber bestimmt griff sie seine Handgelenke und zog sie von ihrem Gesicht fort. Eine Fernbeziehung kam für sie nicht infrage. Die langen Phasen unerfüllter Sehnsucht würden sie krank machen. Sie würde es nicht ertragen, bloß hin und wieder einen Urlaub mit Alessandro zu verbringen und nie den Alltag gemeinsam zu bestreiten. »Wir leben auf verschiedenen Kontinenten.«

Sein Brustkorb hob und senkte sich schneller. Mehrfach leckte er sich über die Unterlippe. Sein Blick flackerte. »Darum möchte ich dir einen zweiten unmoralischen Deal vorschlagen.«

Ihre Alarmglocken schrillten. Sie wollte keine weiteren Vereinbarungen, denen immer auch etwas Geschäftliches anhaftete, sondern eine ehrliche und echte Beziehung. Doch sie war zu neugierig, um ihren Einwand zu äußern. Stattdessen verschränkte sie die Arme vor dem Oberkörper und wartete angespannt darauf, dass er fortfuhr.

Eng drückte er sie an sich und ließ sie spüren, dass sein Schwanz erwachte. Was immer er ihr vorschlagen würde, erregte ihn.

22

»Ich nehme deinen Heiratsantrag an«, sagte Alessandro mit vor Verlangen rauer Stimme, »wenn du einwilligst, meine Lustdienerin auf Lebenszeit zu werden.«

»Meinen Antrag?« *Lustdienerin?* Lola schwirrte der Kopf.

Er hob ihre Hand an und küsste ihren Ringfinger. »Den du mir im *Toyland* gemacht hast.«

»Ich würde mich nur aus Liebe auf eine Ehe einlassen.« Es fiel ihr unglaublich schwer, aber sie drückte ihn von sich fort.

»Und wie war das in den Staaten? Hätte ich mir da nicht ebenso ausgenutzt vorkommen müssen?« Er rang sichtlich um Fassung. »Du hast mich gebeten, dein Ehemann zu werden, um eine Aufenthaltserlaubnis zu bekommen.«

Alessandro fühlte sich verletzt, das las sie in seinen Augen, und er hatte jeden Grund dazu. Sie bekam ein schlechtes Gewissen, deshalb stellte sie rasch klar: »Und dich auf ewig an mich zu binden. Damit hätte ich kein Problem, weißt du? Im Gegenteil.«

»Warum sagst du dann nicht einfach Ja, *bellezza*?«, fragte er, während er seine Finger so weit unter ihre Batikbluse schob, bis er die Haut oberhalb ihres Steißbeins ertastete.

Lola bekam eine wohlige Gänsehaut auf dem Rücken. »Ich weiß nicht, ob du wirklich mich liebst oder ob du es nur liebst, mich zu ficken.«

»Wenn es mir bloß ums Vögeln ginge«, langsam strichen seine Fingerspitzen über ihre Hüfte nach vorne und dann weiter nach oben, bis sie von unten gegen Lolas Brüste stießen, »wäre ich dann über den Großen Teich geflogen, auf die Gefahr hin, dass du mich an der Haustür abweist und ich den weiten Weg umsonst gemacht habe?«

Höchstwahrscheinlich nicht. Sex konnte ein Mann, der schön war wie ein Gott, leichter und preiswerter bekommen. »Was ist mit dem *Toyland*?«

Sein Daumen kreiste um ihre Brustspitze. »Ich habe alles gelassen, wie es war.«

Wow, formte sie überrascht lautlos mit den Lippen. Damit hatte sie nicht gerechnet. Mit jedem Wort und jeder Berührung begehrte sie Alessandro mehr. Ihr Nippel pulsierte. Die Lust strömte von dort aus und verteilte sich über ihren Körper.

»Hast du nicht einmal Staub gewischt?«, neckte sie ihn und sah ihn dankbar an.

Er kitzelte sie, was sie zum Lachen brachte und das Eis zwischen ihnen endgültig brach. Während er ihre Achseln traktierte, kam er dann und wann wie zufällig an ihren Busen. Unter ihre Kiekser mischte sich immer öfter ein dezentes Stöhnen, was ihr die Schamröte ins Gesicht trieb.

Als er sie wieder zu Atem kommen ließ, hakte sie keuchend nach: »Die Immobilie in Birdsville ist noch nicht verkauft?«

»Deine Wohnung und dein Laden warten darauf, dass du zurückkehrst.« Und ich auch, sagte sein Blick.

»Dann hast du einen Käufer für deine *CosyCubes* gefunden?« Hoffnungsvoll strahlte sie ihn an.

Ein Schatten legte sich auf sein Gesicht. »Leider nicht.«

Also hatte er immer noch Geldprobleme und war trotzdem nach Deutschland geflogen, um sie zurückzuholen. Sie schmiegte sich an ihn. »Sorgen lassen sich leichter tragen, wenn sie auf vier Schultern verteilt sind.«

»Heißt das etwa …?« Seine Augen leuchteten.

»Ja, ich will«, sagte sie und fügte mit ihrer Schlafzimmerstimme hinzu: »mein Herr und Gebieter.«

Mit einem frivolen Grinsen sank sie auf die Knie. Sie küsste die Wölbung in seinem Schritt und neckte sie mit den Zähnen.

»Nur fürs Protokoll«, warf er ein und schmunzelte amüsiert, »du verführst mich gerade. Vielleicht willst du ja bloß meinen Körper.«

»Ich bin lediglich eine aufmerksame Lustdienerin, die dir deine Wünsche erfüllt, bevor du sie äußerst.«

Langsam öffnete sie Knopf für Knopf an seiner Hose. Während sie zu Alessandro aufsah, schob sie ihren Zeigefinger durch den Schlitz und streichelte seinen Schwanz durch den Slip hindurch.

Plötzlich packte Alessandro ihren Arm und zog sie auf die Füße. »Nicht im Wohnzimmer. Ich habe das Gefühl, deine Eltern sitzen auf der Couch und sehen uns zu. Wo sind sie überhaupt? Könnten sie uns nicht jeden Moment erwischen?«

»Keine Sorge, sie sind verreist. Ich hätte da eine Idee.«

Sie nahm seine Hand und führte ihn in den Nebenraum. »Das Zimmer hat meine Ma eingerichtet, aber Dad nutzt es auch. Durch das lange Sitzen am Schreibtisch leiden beide unter Nacken- und Rückenschmerzen. Er leitet eine Zeitungsredaktion, und sie verfasst Romane.«

Staunend ließ er seinen Blick über den Crosstrainer, den Boxsack, das Laufband, die Fitnessbänder in unterschiedlichen Farben und Stärken, den Schwingstab und all die anderen großen und kleinen Trainingsgeräte gleiten. »Schreibt sie vielleicht erotische Bücher?«

»Gott bewahre, nein.« Sie kicherte. Als sie auf die mintgrünen Matten, mit denen ein Großteil des Zimmers ausgelegt war, trat, gaben sie leicht nach. »Aber ich habe mir schon überlegt, mich mal an einer saftigen, spritzigen Geschichte zu versuchen.«

Nachdem er Schuhe und Socken abgestreift hatte, kam er zu ihr. Sinnlich strich er über ihre Lippen und drang mit dem Zeigefinger einige Male in ihren Mund ein, den Geschlechtsakt simulierend. »Ich werde dir helfen, zumindest was Inspiration und Ideenfindung betrifft.«

»Das ist zwar kein *Darkroom*, aber ...«, während sie einen lasziven Strip hinlegte, zwinkerte sie ihm zu, »hier haben wir Spielzeug. Sieht die Hantelbank nicht aus wie ein Strafbock?«

Er schmunzelte. »Sie haben schmutzige Fantasien, Mrs. Di Marino.«

So würde sie bald heißen. Innerlich jauchzte sie. Sie konnte es noch immer kaum glauben. Alessandro war gekommen, um sie zu erobern und zu der Seinen zu machen. Für immer. Das machte sie schärfer als jeder Porno.

»Nicht nur meine Fantasien sind schmutzig, sondern auch ich selbst«, sagte Lola mit rauer Stimme und setzte sich auf die Bank. Sie lehnte den Oberkörper zurück und stützte sich hinter ihrem Rücken ab, sodass sich ihre Brüste nach vorne schoben. Einladend spreizte sie die Beine, um Alessandro schamlos zu präsentieren, was auf der Speisekarte stand. Sie wusste genau, wie sie den *Italian Stallion* in ihm herauslocken konnte.

Bereits auf dem Weg zu ihr entledigte er sich seiner Kleidung. Gierig reckte sich sein Schwanz empor. Es kam Lola so vor, als wäre er ein anschwellender Finger, der auf sie zeigte und Alessandro mitteilte: Die will ich!

Lola fühlte sich geschmeichelt. Sie streckte die Hände nach ihrem Verlobten aus und packte seine festen Pobacken, nachdem er endlich bei ihr angekommen war. Ohne Umschweife stülpte sie die Lippen um den Schaft, der daraufhin einmal in ihrem Mund zuckte und dann weiter erigierte.

Wie köstlich er schmeckte! Wie gut er sich in ihrem Mund anfühlte! Wie ein mit Samt umwickeltes Rohr, das nach Lust duftete. Lola liebte den Geruch, den Alessandros Geschlecht verströmte. Er animierte sie, den Penis tiefer in sich aufzunehmen. Voller Verlangen rieb sie ihre Zunge von unten darüber und ließ ihn behutsam ihre Zähne spüren.

Lüstern keuchte Alessandro.

Zu ihrer Überraschung schob er sie fort. Verwirrt sah sie zu ihm auf. Ihre Möse pulsierte, weil es Lola erregte, Alessandro zu verwöhnen, aber auch weil sie darauf hinfieberte, ebenfalls berührt zu werden. Eins nach dem anderen. Erst wollte sie ihren Hengst mit allen Sinnen genießen.

Sein Blick war von Geilheit getrübt. »Ich will dich auch kosten.«

»Später.« Verliebt lächelte sie ihn an.

»Ich habe zwei Monate darauf gewartet.« Liebevoll strich er Lola über die Wangen. »Nun halte ich es keine Sekunde länger aus.«

»Aber ich habe doch gerade erst angefangen und kann jetzt unmöglich aufhören.« Kräftig presste sie die Finger um die Peniswurzel und freute sich diebisch darüber, dass er steif wie ein Brett wurde. »Meine Gier ist genauso groß wie deine.«

»Klingt so eine Dienerin?«, fragte er mit rauer Stimme.

Schuldbewusst senkte sie den Blick, sein Glied gab sie allerdings nicht frei.

»Hexe.« Er lachte, griff ihre Dreadlocks und zog ihren Kopf in den Nacken, damit sie wieder zu ihm aufsah. »Und sie wird befriedigt werden, ebenso wie meine.«

Kaum hatte er das ausgesprochen, drückte er Lola mit dem Rücken auf die Matten. In einer geschmeidigen Bewegung hockte er sich auf allen vieren verkehrt herum über sie. Verlockend hing sein Schaft über ihrem Kopf, während sein Gesicht über ihrem Schoß schwebte.

Das hatte er also vor. Neunundsechzig, das Yin und Yang unter den Praktiken, bei dem Fellatio und Cunnilingus ineinanderflossen. Wenn man nicht wusste, wo der eine aufhörte und der andere anfing, wurde man wahrlich zu einem Tier mit zwei Rücken. Aufgeregt lächelte sie in sich hinein. Ihr Brustkorb hob und senkte sich hektisch. Worauf wartete er denn nur?

Ihr Puls beschleunigte sich, und ihre Möse pulsierte

heftig, als Alessandro sich seitlich von ihren Beinen auf seinen Ellbogen abstützte. Er schob seine Arme unter ihre Schenkel, zog diese auseinander und betrachtete ihr Geschlecht eingehend. Lola hörte ihn schnuppern, was dazu führte, dass das Blut noch kräftiger durch ihre Mitte rauschte. Jeden Moment würde er sie dort unten küssen. Jede Sekunde würde er sie lecken und berühren. Doch Alessandro ließ sie zappeln. Sie wurde immer unruhiger.

Plötzlich fuhr er einmal mit der ganzen Länge seiner Zunge durch ihren Schoß, von ihrer feuchten Öffnung hin zu ihrer empfindsamsten Stelle.

23

Lola stöhnte laut auf. Das nutzte Alessandro aus und führte seinen Penis in ihren Mund ein. Schuft, dachte sie und himmelte ihn gleichzeitig für seinen Einfallsreichtum an. Bei ihm fühlte sich Sex so natürlich an. Alles griff ineinander, als müsste es genau so passieren und nicht anders.

Es machte sie an, sich seiner Führung zu unterwerfen. Aber sie wollte auch nicht untätig sein, darum streichelte sie seine Lenden und presste ihre Lippen um seinen Schwanz, während Alessandro sie oral fickte. In einem sinnlichen Rhythmus senkte er sein Geschlecht auf sie hinab und hob es wieder an.

Währenddessen züngelte er über ihre heißen äußeren Schamlippen. Sein Speichel mischte sich mit ihrer Feuchtigkeit, die bereits reichlich aus ihr heraussickerte. Jede Faser ihres Körpers verzehrte sich nach Alessandro, der ihr Herz im Sturm erobert hatte, auch wenn sie das lange Zeit nicht hatte wahrhaben wollen. Sie gehörte in jeder erdenklichen Weise ihm.

Mit Daumen und Zeigefinger massierte er ihre Klitoris, und zwar quälend langsam, sodass sich die Lust ebenso gemächlich aufbaute und Lola viel Kraft abforderte. Lola spannte die Gesäßmuskulatur an. Kurz hielt sie die Luft an, um sie sogleich mit einem rauen Stöhnen auszustoßen.

Die Welt schien sich um sie zu drehen. Ihr wurde schwindelig vor Geilheit. Darum schloss sie die Augen, doch das half nicht.

Stürmisch stieß Alessandros Zunge in ihre Möse, wodurch Lola in einen Rausch verfiel. Animalische Laute stiegen in ihre Kehle auf, die allerdings von Alessandros Glied in ihrem Mund unterdrückt wurden. Behutsam saugte sie an seinem Schwanz, aber Alessandro reagierte so heftig, dass sie noch sachter vorging, um nicht Gefahr zu laufen, dass er zu früh kam. Hatte er vor, in ihrem Mund zu kommen? Würde er in ihren Rachen abspritzen? Die Vorstellung ließ sie nun doch wieder eifriger lutschen, worauf Alessandros Beine zitterten.

Mit einem Keuchen ließ er sich einfach zur Seite fallen. »Ach du Scheiße! Du machst mich fertig, Lola.«

Schwer atmend kniff er sich in den Hodensack.

Sie blinzelte ihn grinsend an. »Hast du etwa deine Selbstbeherrschung in den USA vergessen?«

»Na warte!« Mühsam rappelte er sich auf und zog Lola auf die Füße.

Sie schwankte, weil sich ihre Beine vor Erregung ganz weich und nachgiebig anfühlten, doch er stützte sie. Zielstrebig brachte er sie zu dem senfgelben Gymnastikball, der vor der Fensterfront lag. Hinter den Scheiben tat sich der Hof auf. Alessandro drückte sie mit dem Bauch auf das Trainingsgerät.

Vorsichtig legte er sich über sie und flüsterte von hinten in ihr Ohr: »Ich muss erst meinen Hunger auf dich stillen, danach werde ich dich noch stundenlang mit grenzenloser Lust quälen. Das hast du nun von deiner Frechheit.«

»Ich bitte darum, mein Gebieter.« *Und Bald-Ehemann.* Sie hatte bei Alessandro nicht von Anfang an ans Heiraten gedacht, doch jetzt war sie sich vollkommen sicher, dass es genau das war, was sie aus ganzem Herzen wollte. Denn er war der Richtige für sie, und das hatte weder etwas mit der Aufenthaltsgenehmigung noch mit dem *Toyland* zu tun.

Mit einem kräftigen Stoß fuhr er bis zur Peniswurzel in sie hinein. Lola gab einen heiseren Schrei von sich. Der Ball unter ihr wackelte bedrohlich. Sie stützte sich mit beiden Händen an der Glasscheibe vor ihr ab, um die Balance besser zu halten. Aber ihr heißblütiger Hengst und sie schwankten trotzdem hin und her, als befänden sie sich auf einer Barkasse und würden bei stürmischer See vögeln.

Rhythmisch drang Alessandro in sie ein, erst gemächlich, dann immer leidenschaftlicher. Er muss wirklich unter Druck stehen, dachte Lola amüsiert und freute sich darüber, dass sie der Grund dafür war.

Je mehr er sich allerdings in ihr bewegte, desto heftiger rollte der Fitnessball vor und zurück und drohte sogar seitlich auszubrechen. Durch die Schwingungen stieß Alessandros Schwanz nicht nur in ihre feuchte Möse hinein, sondern er rührte zugleich in ihr. Ihre Nässe verteilte sich rasch auf dem Gummi und machte den Fick auch noch rutschig.

Besorgt spannte Lola ihre Arme an, aber das Fenster schien dennoch immer näher zu kommen. Sie bemühte sich, mit den Zehen auf der Matte unter ihnen Halt zu finden. Vergeblich. Kurioserweise musste sie an Graf Münchhausen und seinen Ritt auf der Kanonenkugel denken. Sie kicherte, dann verdrehte sie vor Erregung die

Augen und stöhnte, weil Alessandro sie unaufhaltsam mit Lust füllte, als wäre sie ein Gefäß. Die Geilheit stieg immer weiter in ihr an, raubte ihr den Atem und auch die Sprache.

Denn plötzlich trat eine Dame mit schlohweißen Haaren, Dutt und pflaumenfarbenem Twinset auf den Balkon des Nachbarhauses, das an den Innenhof grenzte. Lola wollte Alessandro warnen, denn die Frau konnte sie unter Umständen durch die Glasfront entdecken. Doch als sie den Mund öffnete, drang bloß ein Wimmern heraus, das er als Erregung deutete und sie daraufhin noch ungestümer nagelte.

Die Nachbarin schüttelte ein blütenweißes Kopfkissen aus und hängte es über das Geländer. Sie blieb eine Weile stehen, hielt ihr Gesicht der Augustsonne entgegen und ließ dann ihren Blick umherschweifen. Plötzlich blieb er an Lola und Alessandro hängen. Lola blieb fast das Herz stehen, aber sie schaffte es wieder nicht, ihren Rittmeister zu warnen. Alles, was sie herausbrachte, war ein Winseln.

Die Miene der Pensionärin blieb unergründlich. Sie riss weder vor Entsetzen die Augen auf, noch zeigte sie anklagend auf sie oder schimpfte laut, sodass weitere Nachbarn auf sie hätten aufmerksam werden können. Sie stand einfach bloß da und beobachtete das Treiben.

Zu allem Unglück fachte die Beobachterin das Feuer in Lolas Schoß noch weiter an. Zudem vögelte Alessandro Lola kompromisslos und hart. Seine Lenden zuckten schnell vor und zurück. Er keuchte direkt in ihr Ohr und schaffte somit die Hintergrundmusik zu dem Orgasmus, der sie überrollte wie ein Truck.

Jegliche Zurückhaltung, die sie sich durch die Voyeurin auferlegt hatte, war vergessen. Sie schrie ihre Lust heraus, erbebte und zitterte heftig, während Alessandro noch einige Male in sie eindrang. Mit einem Grollen kam auch er. Unter Seufzen, das gequält klang, glitt er noch ein paar Mal raus und rein und entlockte Lolas Möse obszöne Schmatzer. Schließlich blieb er auf Lola liegen und rang nach Atem.

Erschöpft spähte sie zu der betagten Dame. Ihr Gesicht brannte vor Verschämtheit und ihre Möse vor Erregung. Ihr Körper glühte. Ihr Puls verlangsamte sich nur schleppend. Ein Schweißtropfen perlte über ihre Schläfe hinab. Würde die Fremde sie verraten?

Die Rentnerin trat von der Brüstung weg. Sie lächelte, drehte sich um und schlenderte zurück in ihre Wohnung. Lola war erleichtert, was die Zuschauerin betraf, ebenso wie ihre Geilheit. Ihr Hunger auf Alessandro war noch lange nicht gestillt, bestenfalls würde er das niemals sein, aber der erste Appetit war befriedigt.

Plötzlich ließ Alessandro sich einfach zur Seite kippen und zog sie mit sich. Seite an Seite fielen sie auf die mintgrünen Matten, die unter ihnen leicht nachgaben. Erneut gab Lola einen Schrei von sich, diesmal vor Schreck.

Als Alessandro die Arme von hinten um sie schlang und sie eng an sich drückte, musste sie schon wieder lachen. Sie war so unfassbar glücklich. Noch vor wenigen Stunden war sie tieftraurig und verzweifelt gewesen, weil sie geglaubt hatte, alles verloren zu haben. Jetzt schien die Sonne direkt über ihr, und ihre wärmenden Strahlen reichten bis in Lolas Herz hinein.

Über die Schulter hinweg sah sie in Alessandros zimtfarbene Augen, die sie verliebt anstrahlten, obwohl er gähnte.

»Hast du etwa schon dein gesamtes Pulver verschossen?«, stichelte sie und warf ihm einen Luftkuss zu.

Er bohrte seine Zähne in ihren Nacken wie ein Raubtier, das seine Beute packte. Dann flüsterte er gleichsam sinnlich wie bedrohlich: »Du bist heute sehr leichtsinnig, *bellezza.*«

»Und du hast in den vergangenen zwei Monaten eine schlechte Kondition bekommen.« Dieser Schlagabtausch mit ihm schürte das Feuer zwischen ihren Schenkeln, das noch nicht vollkommen erloschen war, wie ein Glutnest bei einem Flächenbrand. »Wie gut, dass du mich hast, um daran zu arbeiten.«

»Du bist so respektlos wie schön.« Flinker, als unter den Umständen erwartet, sprang er auf. Sein Schwanz wippte fröhlich und war am Ansatz schon wieder steif. »Dreistigkeit passt jedoch nicht zu einer Dienerin.«

»Als ob dich nicht genau das scharfmachen würde«, antwortete sie und hauchte in gespielter Demut: »mein Herr.«

Er schmunzelte, tat aber so, als hätte er ihren Einwand überhört. »Darum werde ich sie dir jetzt austreiben.«

24

Der Rest seines Glieds würde wohl noch etwas Erholung benötigen, mutmaßte Lola aufgeregt, während Alessandro sie hochzog. Wie lange würde es wohl dauern, bis er wieder voll einsatzfähig war? Und was hatte er in der Zeit mit ihr vor? Schwebte ihm eine lustvolle Strafe vor?

Sie erschauerte und bekam eine wohlige Gänsehaut. Durch den Cocktail aus Furcht und Vorfreude fühlte sie sich regelrecht beschwipst, sodass sie über das Meer aus Matten zum Ausgang torkelte, denn genau dorthin führte Alessandro sie.

Sein Griff um ihren Oberarm war fest. Er ging aufrecht und würdevoll. Sein Blick war starr auf die Klimmzugstange, die in der Tür hing, gerichtet. Offensichtlich hatte er seine Selbstkontrolle zurückbekommen, indem er sein Verlangen nach Lola erst einmal gestillt hatte. Es war an seinem Geschlecht zu erkennen, dass es ihm nach einem Nachschlag dürstete, aber anscheinend wollte er das Dessert nicht so überhastet einnehmen wie den Hauptgang. Er konnte warten, das signalisierten seine Körperhaltung und sein gemächliches Durchqueren des Fitnessraums. Dadurch gewann er viel Zeit, um Lola eine Lektion zu erteilen.

Die Ungewissheit machte sie nervös. Was würde er sie

durchleiden lassen? Wie weit würde er gehen, um sie zu disziplinieren? Die Aussicht auf Lustschmerz machte sie stets fiebrig vor Erregung. Wie jeder andere vermied sie für gewöhnlich Schmerz, doch die dunkle Seite der Erotik zog sie magisch an. Regte sich zudem ihr Fluchtinstinkt, so machte sie allein die Aussicht auf bittersüße Qualen feucht. Auch in diesem Moment rangen in ihr zwei gegensätzliche Mächte miteinander. Am Ende gewannen Geilheit und Abenteuerlust, denn Lola vertraute Alessandro vollkommen.

Als er ihr befahl, sich im Ausgang mit dem Rücken zum Flur zu stellen, die Arme nach oben auszustrecken und die Klimmzugstange zu greifen, gehorchte sie, ohne zu zögern, wohl aber mit gerunzelter Stirn. Was sollte das? In diesem Raum gab es nichts, mit dem er sie daran festbinden konnte.

»Egal, was ich mit dir anstellen werde«, sinnlich strich er zwischen ihren Brüsten hindurch, »du darfst unter keinen Umständen loslassen.«

Plötzlich fühlte sie sich nackter als zuvor, was daher kam, dass sie sich ihm freiwillig ausgeliefert hatte. Die Schutzlosigkeit erregte sie bis in die Haarspitzen. »Ist das ein Test?«

»Unter anderem.« Seine Fingerspitzen kreisten über ihren Venushügel. »Ich möchte herausfinden, wie gehorsam du bist. Immerhin hast du zugesagt, meine Lustdienerin zu sein, bist aber aufsässiger denn je, zumindest verbal.«

Das rächte sich nun. Sie bereute ihre kesse Lippe trotzdem nicht. Ihre Körpertemperatur stieg an, und ihr Puls beschleunigte sich. »Was genau wirst du tun?«

»Es wäre doch nur der halbe Spaß, wenn ich dir im Voraus verraten würde, was ich mit dir vorhabe.« Er schmunzelte diabolisch.

Ständig verlagerte sie ihr Gewicht von einem Fuß auf den anderen. »Und falls ich versage, was passiert dann?«

»Natürlich würde ich dich bestrafen müssen. Sollte das nicht klar sein?« Unerwartet kniff er in ihre Brustspitze.

Lola schrie auf. Schon im nächsten Moment war der Schmerz verflogen, und ihr Nippel pochte bloß noch heiß. Mühsam unterdrückte sie ein Keuchen.

»Weitere Vergehen werden weitere Strafen nach sich ziehen. Nun sieh mich nicht so entsetzt an. Es liegt ganz bei dir.« Er küsste sie so zärtlich, als wäre sie sein kostbarster Besitz. »Wenn du dich tapfer festhältst, wird nichts weiter geschehen. Verlässt du allerdings die von mir befohlene Position, werde ich dir wehtun müssen.«

Da begriff sie. Alessandro fesselte sie mit Worten an die Stange. *Cleverer Teufel!* Sie schmachtete ihn an, doch kaum streichelte er ihren Bauch auf diese erotische wie bedrohliche Art und Weise, wie nur er es konnte, kehrte schon die lustvolle Furcht zurück.

Seine Hände wanderten zu ihrem Hintern und kneteten ihn leidenschaftlich. »Es sind meine Regeln, aber du kannst den Verlauf des Spiels bestimmen.«

Das bezweifelte sie stark. Denn er besaß die Macht, sie genau dorthin zu bringen, wo er sie haben wollte. Sie war seine Marionette, und er würde sie nach seiner Pfeife tanzen lassen. Höchstwahrscheinlich hatte sie nicht den Hauch einer Chance. Er würde sie so sehr reizen, wie auch immer das aussehen mochte, bis sie die Klimmzugstange losließ. Alles, was sie tun konnte, war, so lange durchzuhalten wie möglich.

Sie genoss es mit Vorsicht, dass er mit den Fingern in ihre Pospalte eintauchte, behutsam ihre Gesäßhälften auseinanderzog und durch das Tal dazwischen strich. Ihre enge Öffnung sandte dieses eigenartige Kribbeln aus, das nur dort entstand und Lola aufstöhnen ließ. Würde er jeden Augenblick dort hinten eindringen? Bloß ein bisschen oder bis zur Fingerwurzel? Bloß mit einem einzigen Finger oder gleich mit zweien? Würde er sie auf diese Weise ficken? Lola wartete gespannt und elektrisiert von der Vorstellung.

Doch Alessandro tat nichts dergleichen. Seine Hände glitten über ihre Hüften nach vorne zu ihrem Bauchnabel und von dort hinauf zu ihrem Busen. Sachte drückte er die Brüste knapp hinter dem Warzenhof zusammen und hauchte den Nippeln feuchte Küsse auf. Lasziv saugte er an ihnen, aber nur so kurz, dass Lola jeweils ein einziges Mal seufzte. Es sah versaut aus, wie er seine Zunge herausstreckte und mit der Spitze darüberleckte, erst bloß ein Mal, als würde er von ihr kosten, dann anhaltend stürmisch, als träfe sie genau seinen Geschmack.

War das alles?, fragte sie sich erregt. Sollten diese frivolen Liebkosungen sie etwa dazu nötigen, die Klimmzugstange loszulassen? Wohl kaum. Sie vermutete, dass Alessandro mit ihr spielte.

Er wollte wohl, dass sie sich in Sicherheit wiegte, bevor er sie der eigentlichen Prüfung unterzog. In mancher Hinsicht war er erfolgreich damit. Sie blieb auf der Hut, aber die Wollust milderte ihre Angst, spülte ihre Sorge teils fort und lähmte ihre Gedanken. Denn ihre Nippel zogen Lolas ganze Aufmerksamkeit auf sich, die erwachende Geilheit griff auf den Rest ihres Körpers über und rückte alles andere in den Hintergrund. Für das Verlangen zählte lediglich das Hier und Jetzt.

Als er seine Hände seitlich zu den Ansätzen ihrer Brüste schob, versteifte sich Lola. Langsam kamen sie ihren Achselhöhlen immer näher. Als sie diese erreicht hatten, kraulten sie die Haut in der Nähe der feinnervigen Stellen. Lola wurde unruhig. Sie spannte die Arme an und sah Alessandro böse an. Er wusste doch, wie kitzelig sie war. Warum verweilte er also dort?

Plötzlich stießen seine Finger einmal in Lolas Achseln vor, sodass Lola aufschrie. Dann kicherte sie, was nur eine zwangsläufige Reaktion war, denn lustig fand sie das nicht.

»Wag es ja nicht!«, zischte sie, aber da streichelte er bereits in einem großen Kreis um die empfindsamen Flächen, die sie am Morgen frisch enthaart hatte, herum.

Unweigerlich lachte sie. Kaum war der Anfall vorüber, fluchte sie ungeniert. Im nächsten Moment startete Alessandro seine nächste Attacke. Er neigte sich vor und blies erst in die eine, dann in die andere Mulde. Hauchzart zog er seine Finger durch die Vertiefung, worauf Lola lautstark giggelte und instinktiv die Arme herunternahm, um sich zu schützen. Erschrocken riss sie die Augen auf. *Mist!*

»Herzlichen Glückwunsch. Du hast dir soeben eine Zusatzstrafe verdient. Das ging ja schnell«, amüsierte er sich.

»Aber ...«

»Wenn du protestierst, wird die Bestrafung nur heftiger

ausfallen, haben wir uns verstanden?«, fuhr er sie in gespielter Strenge an.

Sie schluckte ihre Verärgerung herunter. »Ja, mein Herr und Gebieter. Oder wie soll ich dich nennen?« *Teufel, vielleicht?*

Er überging ihre Frage. »Halte dich wieder fest!«

Widerwillig folgte sie seiner Anweisung. Nun lagen ihre Achseln wieder frei. Das gefiel Lola gar nicht. Es machte sie nervös. Sie wollte nichts lieber, als sie zu bedecken.

Als Alessandro in ihre rechte Brust biss, zog sie scharf die Luft ein. Der Schmerz verflog rasch wieder, denn Alessandro war noch einmal gnädig mit ihr gewesen, aber sie war erschrocken über das, was er soeben getan hatte. Nie zuvor hatte ein Mann das mit ihr gemacht. Bisher hatte Alessandro bloß vorsichtig an ihren Nippeln geknabbert, das war etwas anderes gewesen, weniger schmerzhaft und weniger erniedrigend.

Ihre Gedanken wurden jäh von einem Lachflash unterbrochen, denn Alessandro traktierte sie weiter dort, wo sie es niemals erwartet hatte. Je sanfter er vorging, desto grausamer war es für sie. Die Kitzelfolter forderte ihr alle Kraft ab, trotzdem schaffte Lola es wieder nicht, die Position zu halten. Bald schreckte sie erneut vor Alessandros Händen zurück.

Zur Bestrafung ließ er sie ein weiteres Mal seine Zähne spüren. Er knabberte keineswegs zärtlich an ihrer linken Brust, sondern sorgte dafür, dass Lola das Gesicht vor Pein verzog und die Zahnabdrücke noch eine Weile sichtbar blieben.

Mit offenkundigem Genuss quälte er sie weiter mit

Liebkosungen dort, wo Lola sie niemals hatte spüren wollen. Je öfter er sie in den Achselhöhlen anfasste, desto sensibler wurden diese. Es war die Hölle! Lolas Lachen wurde hysterisch. Sie verlor zunehmend die Kontrolle über sich. Es fiel ihr immer schwerer, gegen ihre Abneigung anzukämpfen und die Arme nach oben auszustrecken, weil sie dadurch die Folterstellen offenlegte.

Erbarmungslos traktierte Alessandro sie mit Zärtlichkeiten und Lustbissen. Letztere zogen ein erregendes Brennen nach sich. Lola glaubte Alessandros Zähne noch lange wahrzunehmen, nachdem er den Mund von ihren Brüsten entfernt hatte. Er ging nie zu weit, war jedoch auch nicht nachsichtig.

Sosehr sie das Kitzeln auch hasste, die Tortur machte sie scharf, das spürte sie deutlich. Ihr Schoß pulsierte heftig. Sie keuchte vor Lust, während ihr vor zwanghaftem Lachen Tränen über die Wangen liefen. Ihr Busen fühlte sich wundervoll warm an, die Haut rötete sich zunehmend.

Alessandro beging in ihren Augen lauter kleine Tabubrüche, und das versetzte Lola erst in Verzückung und dann in Ekstase. Kitzeln, Lachen und Zähnezwacken in Endlosschleife. Dadurch spann Alessandro einen Kokon aus Lustschmerz und Demütigung um Lola, die kicherte und stöhnte, bis sie heiser war.

Das wirbelte ihre Gefühlswelt gehörig durcheinander. *Ich will, dass das aufhört. Es soll auf keinen Fall enden. Ich kann nicht mehr. Es soll ewig so weitergehen.*

Erschöpft hing sie an der Stange und rang nach Atem, denn sowohl die Lachanfälle als auch die Achterbahn der Gefühle raubten ihr den Atem. Ihre Kräfte schwanden.

Eine Schweißperle rann ihr über den Rücken. Ihr Kopf schien mit Watte gefüllt zu sein, inzwischen konnte sie keinen klaren Gedanken mehr fassen.

Alessandro merkte das wohl, denn er ließ Gnade walten und hörte auf. Er zog sie von der Tür fort und wiegte sie in seinen Armen. Liebevoll küsste er ihre Haare und ihre Stirn. Lola lächelte glückselig.

Als er sie zum Vibrationstrainer führte, hatte sie keinen blassen Schimmer, was er nun schon wieder vorhatte. Sanft, aber bestimmt drückte er sie mit dem Rücken auf die Rüttelplatte. Das Gerät zur gelenkschonenden Muskelaktivierung war zwar recht groß und oval, aber Lolas Schultern und ihr Kopf passten trotzdem nicht mehr darauf. Hilflos stützte sie sich rechts und links mit den Ellbogen ab.

Mit steif von den Lenden abstehendem Schwanz stand Alessandro über ihr, nahm die Fernbedienung und probierte verschiedene Vibrationsrichtungen aus. Nachdem er sich für eine der Rotationsmöglichkeiten entschieden hatte, kniete er sich zwischen Lolas Schenkel.

Seine Wangen waren gerötet. Sein Mund blieb die ganze Zeit geöffnet. Mit einem lauten Stöhnen drang er in Lolas feuchte Mitte ein. Obwohl er einen Moment lang reglos in ihr blieb, sorgte das Gerät dafür, dass sein Penis sich dennoch in ihr bewegte.

Die Schwingungen waren stärker, als Lola es erwartet hatte, und übertrugen sich auf ihren ganzen Körper, zumindest auf den Part, der auf der Platte lag. Diese hob sie in schnellem Rhythmus erst leicht an, brachten sie sogleich in Alessandros Richtung, dann ging es etwas nach unten und zurück zur Ausgangsposition.

Die raschen horizontal elliptischen Schwingungen waren faszinierend, konnten aber einen richtigen Fick nicht ersetzen, daher vögelte Alessandro Lola sanft. Mit unendlich großer Geduld und Selbstbeherrschung zog er sich aus ihr zurück, stieß wieder in sie hinein und glitt ohne Pause erneut in ihre feuchte Öffnung.

Das Trainingsgerät konnte das Schmatzen ihrer Möse nicht übertönen. Früher hatte sich Lola dafür geschämt, inzwischen tat sie das nicht mehr, sondern das obszöne Geräusch erregte sie. Je unanständiger, desto geiler.

Alessandros erhitztes Gesicht schwebte über dem ihren. Er hatte die Augen geschlossen und wirkte, als würde es ihm große Mühe bereiten, sie so langsam zu nehmen. Seine Arme rechts und links von ihr waren angespannt. Schweißperlen glänzten auf seiner Stirn. Haarsträhnen klebten an seinen Schläfen. In diesem derangierten Zustand fand Lola ihn so attraktiv wie nie.

Bald konnte sie sich nicht länger auf ihn konzentrieren, was sie schade fand, hatte sie es doch genossen, ihn heimlich zu beobachten, aber ihr Höhepunkt kündigte sich an. Obwohl der letzte Orgasmus noch nicht lange zurücklag, sehnte sie sich bereits wieder danach zu kommen. Im Schneckentempo kroch sie ihm entgegen, weil Alessandro sein strammes Glied weiterhin gemächlich in sie hineintrieb, und dennoch ging es zielstrebig auf den Gipfel zu, da die 3-D-Vibrationen sie zusätzlich stimulierten.

Das Pulsieren in ihrer Klitoris beschleunigte sich. Lolas Unterleib schien sich zusammenzuziehen. Die Hitze zwischen ihren Beinen wurde fast unerträglich. Lola hörte jemanden wimmern und erkannte, dass sie das selbst war.

Als sie abhob, explodierte die Erregung nicht etwa in ihr und entlud sich sogleich, sondern der Höhenflug dauerte eine gefühlte Ewigkeit an. Gefangen in einem berauschenden ekstatischen Krampf, hielt sie die Luft an. Sterne funkelten vor ihren Augen, zumindest kam es ihr so vor. Die Geräusche um sie herum verstummten. Eine friedvolle Stille legte sich über sie.

Dann war der Moment vorbei, sie fiel auf die Erde zurück und landete in der Realität. Keuchend und zuckend lag sie auf der Rüttelplatte und wurde durchgeschüttelt. Sie genoss den totalen Kontrollverlust, denn ihr Körper gehorchte ihr nicht mehr. Er gehörte Alessandro, der an den Strippen zog und seine Marionette tanzen ließ.

Lustvolle Konvulsionen ließen sie erzittern, während ihr Herr und Meister das Tempo erhöhte und Lola plötzlich fickte, als hielte er es keine Sekunde länger aus. Mit einem Brüllen, das jeden Löwen in die Flucht geschlagen hätte, ergoss er sich in sie. Sichtlich erschöpft brach er über ihr zusammen.

Er packte sie, rollte sich gemeinsam mit ihr vom Vibrationstrainer herunter auf die mintgrüne Gymnastikmatte und tastete nach der Fernbedienung. Nachdem das Gerät verstummt war, war nur noch ihr schwerer Atem zu hören. Alessandros Arm und ein Bein langen auf Lola, als wollte er sie nie wieder loslassen. Nach einer Weile schnarchte er leise.

Lola war keineswegs müde, sondern vielmehr aufgekratzt. Ihre Möse fühlte sich wundervoll weich, angenehm heiß und köstlich wund an. Morgen würde sie garantiert Muskelkater im ganzen Körper haben!

Heute Abend würde sie ihre Eltern anrufen. Was würden sie wohl zu der überraschenden Wendung sagen? *Ich werde heiraten und in die Vereinigten Staaten zurückkehren.* Sie grinste so breit, dass ihre Wangen wehtaten.

Sie hatte die Liebe ihres Lebens gefunden. Jetzt musste sie allerdings noch herausfinden, wie sie ihr geliebtes *Toyland* retten konnte. Andere mochten darin bloß ein Geschäft sehen, für sie jedoch handelte es sich um ein absolutes Herzensprojekt. Es bedeutete ihr unglaublich viel. Sie hatte so hart dafür gearbeitet und Opfer gebracht, daher konnte sie es unmöglich aufgeben.

Sie würde ihr Glück mit Alessandro erst vollkommen genießen können, wenn ihr Erotiklädchen in Birdsville bleiben durfte. Nur, wie um alles in der Welt sollte sie dieses Wunder vollbringen?

25

September

Lola hätte niemals gedacht, dass sie kurz vor der Hochzeit Zweifel bekommen würde, aber sie waren nun mal da.

Besorgt sprach sie Alessandro darauf an. Sie stellte seine Liebe nicht infrage und war selbst sicher, dass sie diesen wichtigen Schritt mit ihm machen wollte. Doch es würde seine zweite Blitzhochzeit werden. Die erste mit Felicia war schiefgegangen. Jetzt befürchtete Lola, dass er seinen Heiratsantrag in einigen Monaten bereuen könnte.

Aber er versicherte ihr eindringlich und leidenschaftlich, dass er sich keineswegs von ihr unter Druck gesetzt fühlte und diesmal genau wusste, was er tat. Immerhin hatte er zwei Monate allein in den USA gesessen und sich nach ihr verzehrt. Er konnte sich ein Leben ohne sie einfach nicht mehr vorstellen.

Nachdem Alessandro die Meldebescheinigung aus Manchester und seine Geburtsurkunde besorgt hatte, heirateten sie Anfang September standesamtlich in der ältesten Stadt Dänemarks, denn dort machte man es binationalen Paaren einfach, und das Prozedere war unkompliziert. Einen Tag nach der Anmeldung in Ribe fand bereits die Trauung statt, und das Zimmer im Rathaus war stimmungsvoller und die Atmosphäre festlicher, als Lola es sich vorgestellt hatte.

Ihre Eltern traten als Trauzeugen auf. Weil der Termin so kurzfristig anberaumt gewesen war, konnte Alessandros Familie nicht nach Europa kommen, was das Verhältnis der Eltern zu ihrem jüngsten Sohn nicht gerade verbesserte. Lola bereitete die Entwicklung Magenschmerzen, aber immerhin würde Alessandro nicht wie sein Onkel Agostino enden, schließlich hatte er ja jetzt sie.

Mit einem Dauergrinsen auf den Gesichtern kehrten Alessandro und sie nach Amerika zurück. Sie wurden unmittelbar im Rathaus in Manchester vorstellig, um eine unbefristete Aufenthaltsgenehmigung, eine neue Sozialversicherungsnummer und eine neue Geschäftslizenz für Lola zu beantragen.

Dort teilte man ihnen mit, dass es aufgrund von Lolas Ausweisung im Juni eine genauere Untersuchung geben würde, um herauszufinden, ob ihre Ehe aus Liebe geschlossen worden war oder nur dem Zweck diente, Lola auf legalem Wege in die Staaten zurückzuholen. Danach war Lola übel vor Aufregung, aber Angst hatte sie nicht. Denn jeder konnte sehen, wie verschossen sie ineinander waren.

Während Alessandro an diesem Morgen in sein Büro fuhr, machte sich Lola auf den Weg nach Birdsville, um ihre restlichen Sachen, die sie bei der überstürzten Abreise nicht hatte mitnehmen können, zu packen. Außerdem wollte sie nach dem *Toyland* schauen.

Als sie vor ihrem geschlossenen Geschäft stand, klopfte ihr Herz so heftig, dass Lola befürchtete, es könnte ihren

Brustkorb sprengen. Sie war zwar glücklich, wieder hier zu sein, wo sie hingehörte, kämpfte jedoch auch gegen Tränen an, denn die Dinge sahen schlecht aus, was ihre berufliche Existenz betraf. Freude und Traurigkeit lagen dicht beisammen.

»Was wird nur aus dir werden?«, sagte sie zu ihrem Laden, als würde es sich um einen geliebten Freund handeln. Alessandros Investition in sein Herzensprojekt *CosyCubes* und der dafür aufgenommene Bankkredit hingen über dem Erotiklädchen wie ein Damoklesschwert. Über kurz oder lang würde Alessandro die Immobilie verkaufen müssen, um nicht finanziell abzusaufen, das wusste Lola. *Es sei denn, mir fällt noch ein Ausweg ein.*

Plötzlich rief jemand: »Du bist zurück! Damit hätte ich nicht mehr gerechnet«, und lachte.

Lola schrak aus ihren Gedanken auf.

Jimmy war offenbar gerade vor dem *Devine Drink* aus seinem Wagen gestiegen. Jetzt warf er die Fahrertür zu, rannte zu Lola und riss sie in seine Arme. »Mensch, tut es gut, dich zu sehen.«

Auch Lola konnte nicht anders, als ihn zu herzen. Sie wollte ihm keine falschen Hoffnungen machen, doch sie freute sich wirklich, ihn wiederzusehen. »Ich kriege keine Luft mehr.«

»Tut mir leid.« Er ließ sie los, trat einen Schritt zurück und musterte sie von oben bis unten. »Gut siehst du aus.«

»Du aber auch.« Das stimmte, er strahlte regelrecht. Außerdem trug er wieder seine normale Haarfarbe. Die roten Pigmente funkelten regelrecht im Sonnenschein. Lola fragte sich, ob er wohl noch Gefühle für sie hegte.

Sein Arbeitgeber hatte wohl in der Zwischenzeit eine Art Dienstkleidung eingeführt. Das moosgrüne T-Shirt mit dem Namen des Wein-und-Spirituosen-Geschäfts war neu. Jimmy hatte es nur vorne in die Jeans gestopft, hinten hing es heraus. »Hast du deine Greencard zurück? War alles bloß ein großer Irrtum?«

Sie schüttelte den Kopf und zeigte ihm ihren Ehering.

»Jesus.« Jimmy riss die Augen auf.

»Nein, er heißt Alessandro.« Sie zwinkerte und grinste. »Und bevor du dir Gedanken machst«, es war ihr wichtig, das klarzustellen, »wir lieben uns wirklich.«

»Das habe ich schon begriffen, als er bei mir war, um die Adresse deiner Eltern in Erfahrung zu bringen. Ich hoffe«, er kickte ein zu einer Kugel zusammengeknülltes Kaugummipapier vom Bordstein in die Gosse, »du bist mir nicht böse, dass ich sie ihm verraten habe.«

»Im Gegenteil.« Sie führte seinen Handrücken an ihren Mund und streifte ihn mit ihren Lippen. Normalerweise hätte sie Jimmy auf die Wange geküsst, aber sie wollte verhindern, dass romantische Gefühle in ihm hochkamen. »Danke.«

»Ich hab eine Freundin«, schoss es aus ihm heraus. Mit einem Mal klang er atemlos. »Seit vier Wochen.«

»Tatsächlich?« Lola entspannte sich. »Wie schön!«

»Sie heißt Suzanna und wohnt drüben in New Boston. Wir haben uns über Tinder kennengelernt.« Seine Wangen röteten sich. Seine Stimme überschlug sich fast, als er erzählte: »Sie macht anderen Leuten die Füße, besonders alten Frauen, sie ist selbstständig und fährt zu den Kunden raus. Alle mögen sie, aber keiner mag sie so sehr wie ich.«

»Ich freue mich für dich.« Das tat sie wirklich. Er war ein netter Kerl und hatte es verdient, sein privates Glück zu finden.

Er holte sein Smartphone aus der Hosentasche und zeigte ihr ein Foto seiner Herzensdame, das er als Hintergrund benutzte. »In Wirklichkeit ist Suzie noch viel hübscher. Sie ist ein echtes Goldstück. Und im Bett lässt sie es genauso gerne krachen wie ich. Dir kann ich so was doch sagen, nicht wahr? Ich meine, schließlich verkaufst du ja Spielzeug für Erwachsene.«

Tat sie das noch? Ihr Magen zog sich zusammen. »Klar.«

»Eröffnest du bald wieder? Ich würde Suzie gerne deinen Laden zeigen. Sie ist ganz verrückt nach *Sextoys*.«

Lola wurde es schwer ums Herz. »Ich habe zwar eine neue Lizenz beantragt ...«

»Aber ...?«

»Lange werden Alessandro und ich den Laden vermutlich nicht halten können. Vielleicht ist es sinnlos weiterzumachen.« Es brannte ihr auf der Zunge, Jimmy zu fragen, ob er der Einwanderungs- und Ausländerbehörde einen Wink gegeben hatte, dass sie bei der Greencard-Lotterie geschummelt hatte, doch sie wusste nicht, wie sie das anstellen sollte. »Erst recht, nachdem die Anfeindungen so bösartig geworden waren.«

»Was genau meinst du?« Er legte den Kopf schief.

Nun stell ihn schon zur Rede! Nervös nestelte sie an der kürbisfarbenen Strickjacke herum, die sie über ihrem Batikkleid in Herbstfarben trug. »Jemand muss mich angeschwärzt haben, damit man mich ausweist.«

»Ist das dein Ernst?« Seine Augen weiteten sich.

Weiter so, Lola! Du bist auf dem richtigen Weg. »Jemand, der von meiner Flunkerei wusste.«

»Ach du Schande!« Er keuchte und wirkte entsetzt. »Meinst du damit etwa mich?«

Lola schwieg abwartend. Ihr Atem flatterte. Sie krallte die Hände in die Strickjacke und beobachtete ihn. Würde er sich durch eine schlechte Lüge verraten? Oder ihr vor die Füße spucken, weil er maßlos enttäuscht von ihr war? Vielleicht würde sie Jimmy jeden Moment endgültig als Freund verlieren. Die Vorstellung schmerzte.

»Du glaubst doch wohl nicht im Ernst, dass ich das war.« Seine Enttäuschung stand ihm ins Gesicht geschrieben. »Warum hätte ich das tun sollen?«

»Aus Eifersucht«, sagte sie geradeheraus, um seine Reaktion zu prüfen. Ihr Herz trommelte in ihrem Brustkorb wie Regentropfen auf ein Wellblechdach.

»Herrgott noch mal, Lola! Wie kannst du nur so etwas von mir denken?« Er raufte sich die Haare. Eine Zornesfalte trat auf seiner Stirn hervor. »Das würde ich niemals tun.«

»Du bist mir nach Manchester zu Alessandro gefolgt.« Sie bohrte ihm ihren zitternden Zeigefinger in den Bauch. »Ich habe dein orangefarbenes Auto gesehen.«

»Okay, okay, ich geb's ja zu.« Er riss die Hände hoch. »Aber das war nur einmal, ehrlich. Ich wollte mit eigenen Augen sehen, dass du zu Alessandro fährst, und herausfinden, was ihr so zusammen treibt. Doch dann parkte ich vor dem Haus, in dem er wohnt, und mein Herumspionieren kam mir, nun ja, irgendwie krank vor. Um ehrlich zu sein, widerte ich mich selbst an. So wollte ich nicht sein. Also fuhr ich nach Hause und betrank mich.«

Sie glaubte ihm, weil er nicht knallrot wurde. Sein blasser sommersprossiger Teint verfärbte sich nämlich sofort, wenn er log oder verlegen war. Leise sagte sie: »Vor meiner Ausweisung hast du mich regelrecht feindlich angesehen.«

»Ich war verletzt. Ist das denn so schwer zu verstehen?« Er zuckte mit den Achseln. »Ich brauchte Abstand. Aber ich war nicht sauer auf dich. Du konntest doch nichts dafür, dass du dich nicht in mich verknallt hast.« Sanft drückte er ihren Oberarm. »Es tut mir leid, wenn ich dir Angst gemacht habe.«

»Ich wusste auch nicht, wie ich mit der Situation umgehen sollte, und habe mich bestimmt abweisend verhalten«, lenkte sie ein. Sie lächelte ihn an, trat dicht an ihn heran und lehnte die Stirn an seine Schulter. »Ich habe dich vermisst, Kumpel.«

»Ich dich auch.« Er umarmte sie so behutsam, als wäre sie zerbrechlich. Plötzlich packte er ihre Oberarme und schob sie so weit von sich fort, dass er ihr in die Augen sehen konnte. »Mir fällt da etwas ein. Ich hatte es vergessen, es schien mir unwichtig, aber jetzt, wo du mir von deinem Verdacht erzählt hast ...«

Ihre Nackenhaare stellten sich auf. »Wovon sprichst du?«

Jimmy lief vor dem *Toyland* auf und ab. Einen Moment lang wirkte er in Gedanken versunken, dann erhellte sich sein Blick. »Einmal stand ein Mann vor deinem Erotiklädchen und starrte das Schaufenster an. Ich habe ihn beobachtet, weil ich befürchtete, er würde die Scheibe einschlagen. Keine Ahnung, wieso ich das dachte.« Nachdenklich spielte er mit seiner Unterlippe. »Es lag wohl an seiner

Haltung. Zu dem Zeitpunkt musst du schon in Deutschland gewesen sein.«

»Wie sah er aus?« Aufgeregt knabberte sie an der Nagelhaut ihres Daumens, eine alte Gewohnheit aus der Jugendzeit. Sie wurde sich dessen bewusst und ließ es bleiben.

»Er war groß gewachsen, hatte ergraute Schläfen und war gut gekleidet. In jungen Jahren musste er einst ein attraktiver Mann gewesen sein. Aber er hatte ein ernstes Gesicht«, Jimmy rümpfte die Nase, »irgendwie griesgrämig.«

Emilio Di Marino! Konnte es sich um Alessandros Vater gehandelt haben? Die Beschreibung erinnerte sie an ihn. Ihr Puls beschleunigte sich. Ihr liefen heißkalte Schauer über den Leib.

»Ezekiel Goodman kam dann dazu. Der andere Kerl gratulierte ihm dafür, dass er es endlich geschafft hätte, diesen Schandfleck aus Birdsville zu entfernen.« Schnaubend strich Jimmy über den Geschäftsnamen, der in geschwungenen roten Buchstaben auf dem Schaufenster prangte. »Er meinte natürlich das *Toyland*.«

Sie spannte sich an. »Oder mich.«

»Ich dachte, das wäre allgemein so dahingesagt, weil Goodman ja lange gegen dich gehetzt hatte.« Jimmy ließ einen Finger nach dem anderen knacken. »Jetzt denke ich das nicht mehr.«

Wütend zischte sie und spähte hinüber auf die andere Straßenseite zu der Wohnung mit den chlorweißen Häkelgardinen. »Meinst du, Goodman trägt die Schuld an meiner Ausweisung?«

»Er arbeitet in der Kommunalverwaltung und hat dort sicherlich Kontakte. Und wer weiß, wer alles Mitglied im *Verein zur Verhinderung des moralischen Verfalls* ist?«

Aufbrausend zeigte sie der Häkelgardine den Stinkefinger. Sie rief hinüber: »Tja, Pech gehabt! Ich bin zurück.«

»Sollen wir ihm einen Besuch abstatten und ihn zur Rede stellen?«, fragte Jimmy und ballte die Hände zu Fäusten.

»In seiner Wohnung stinkt es bestimmt nach heuchlerischer Rechtschaffenheit. Ich müsste mich bestimmt übergeben.« Sie legte die Hände auf seine Fäuste und senkte sie. Betont beiläufig fragte sie: »Weißt du zufällig, wie der andere hieß? Hat Goodman einen Namen genannt?«

»Lass mich überlegen.« Jimmy ließ den Kopf kreisen. »Nein, hat er nicht.«

Schade, dachte Lola. Sie hätte gerne Sicherheit gehabt. Zwar hatte sie keinen blassen Schimmer, was sie dann getan hätte, aber sie hätte gerne gewusst, wie sehr Emilio gegen sie war. Nach der Ankunft hatten sie den Di Marinos einen Besuch abgestattet, allerdings war die Stimmung angespannt und, was Emilio betraf, sogar frostig gewesen.

»Halt! Doch, ich erinnere mich wieder.« Lachend klopfte sich Jimmy auf die Oberschenkel. »Der alte Stinkstiefel von gegenüber nannte ihn Carl. Genau, das war es.«

Vor Erleichterung stieß sie die Luft aus den Lungen aus. Es hatte sich bei dem Mann also nicht um Alessandros Vater gehandelt. Innerlich jauchzte Lola. Hätten Emilio Di Marino und Ezekiel Goodman tatsächlich unter einer Decke gesteckt, wäre sie sehr verletzt gewesen.

Vielleicht hätte das eine Annäherung an ihren Schwiegervater unmöglich gemacht.

»Wirst du das *Toyland* wiedereröffnen? Bitte, du musst es tun. Um dem *Verein zur Verhinderung des moralischen Verfalls* eine schallende Ohrfeige zu verpassen.« Grinsend zwinkerte er ihr zu. »Und damit ich meine Mittagspausen wieder mit dir verbringen kann. Ohne dich sind sie stinklangweilig.«

»Mal sehen.«

»Ach, komm schon! Du willst es doch auch.« Er knuffte sie sachte.

»Ich muss bestimmt ganz von vorne anfangen. Meine alten Kunden haben sich bestimmt andere Bezugsquellen gesucht.«

»Du bist doch eine tüchtige Geschäftsfrau. Dir wird etwas einfallen.« Enthusiastisch sagte er: »Du könntest dir zum Beispiel einen Partner mit ins Boot holen.«

Meinte er damit etwa sich selbst? Argwöhnisch blinzelte sie ihn an. Wenn sie allerdings so darüber nachdachte, war das keine schlechte Idee.

»In fünf Jahren würdet ihr expandieren und Niederlassungen in Concord, Nashua und Dover eröffnen. Ihr werdet Angestellte haben, du wirst in der Presse als die neue Erotikqueen von New Hampshire gefeiert werden und als Nächstes den größten Onlineversand von ganz Nordamerika aufbauen.«

»Das ist gar nicht das, was ich will. Mein Laden reicht mir.« Obwohl die Idee einer *Toyland*-Kette schon reizvoll klang, musste sie zugeben.

»Mit einem Geschäftspartner wäre das zu schaffen. Du

wirst reich werden, und der Erfolg wird dich am Ende glücklich machen, glaub mir.« Er rieb die Handflächen aneinander, als wäre er voller Tatendrang. »Außerdem: Wenn du erst ein gut gefülltes Bankkonto und somit deine Schäfchen im Trockenen hast, kannst du tun und lassen, was du willst. Das Abrackern, die Sorgen und Ängste wären vorbei. Keine Sextoyparties, Werbeaktionen und kein Abarbeiten von Onlinebestellungen mehr nach Feierband. Du weißt doch schon gar nicht mehr, was Freizeit ist, habe ich recht?«

Plötzlich hatte sie eine Idee. Nicht in Bezug auf das *Toyland*, sondern wie die *CosyCubes* doch noch Anklang finden und Gewinn bringen konnten. Ob Alessandro das auch so sehen würde? Wohl kaum, daher musste sie ihren Plan heimlich umsetzen.

26

»Jimmy schreibt, er hätte einen Hang dazu, das zu konsu-
mieren, was er verkauft.« Lachend schüttelte Lola den
Kopf und las die SMS erneut, begleitet vom Prasseln des
Regens, der an diesem späten Sonntagnachmittag Ende
September über Manchester niederging. »Und da wären
Sextoys doch viel gesünder als Alkohol.«

Alessandro blickte von seinem Architekturmagazin auf.
Schmunzelnd saß er auf dem Sofa. »Er meint es wirklich
ernst mit eurer Partnerschaft, nicht wahr? Immerhin lässt
er seit drei Wochen nicht locker.«

»Er hat etwas Geld gespart und würde es gerne investieren.« Sie lehnte sich mit dem Hintern gegen die Fensterbank.
Kühle Luft drang durch das gekippte Fenster hinter ihr. Sie
schaltete das Smartphone aus und legte es weg. Sofort kehrte ihre Aufregung zurück. *Worauf wartest du noch, Lola?*

»Warum eröffnet er dann keinen eigenen Shop?« Er legte das Magazin auf den Platz neben sich.

*Zeig ihm, was du hinter seinem Rücken gemacht hast! Der
Moment ist perfekt.* Alessandro war entspannt. Das war er
selten genug, weil es ihn sichtlich belastete, Lola ihren in-
nigsten Wunsch nicht erfüllen und Agostinos Haus behalten zu können. Sie zuckte mit den Achseln. »Ihm fehlt die
Traute, sich allein selbstständig zu machen.«

»Hättest du denn Interesse an einer Erweiterung deines Geschäfts?«, fragte er.

Verstohlen schaute sie auf die Schublade, in der die Briefe lagen, die sie seit Ende letzter Woche vor Alessandro versteckte, obwohl sie an ihn adressiert waren. »Solange die Zukunft des *Toyland* ungewiss ist, brauche ich erst gar nicht über eine zweite Niederlassung in einer anderen Stadt nachzudenken.«

Sein Lächeln verschwand. Unruhig rutschte er auf dem Sofa hin und her. »Ich habe niemals aufgehört, mir das Gehirn zu zermartern, wie wir es verhindern könnten, die Immobilie zu veräußern, das musst du mir glauben.«

»Das weiß ich doch.« Sie warf ihm einen Luftkuss zu. Während sie die Tassen mit Tee, der inzwischen gezogen hatte, aus der Küche holte und sie auf den an eine alte Frachtkiste erinnernden Wohnzimmertisch stellte, grübelte sie darüber nach, wie sie das Gespräch auf die beiden Schreiben lenken konnte, ohne dass Alessandro ausflippte und sauer auf sie wurde. Inzwischen fühlte sie sich in seinem Apartment heimisch. Dennoch schlug sie vor: »Wir könnten beide in Birdsville wohnen.«

Er machte große Augen. Nachdenklich rührte er Zucker in die dampfende Flüssigkeit vor ihm.

»Du könntest bei mir einziehen und dir in Agostinos Dachgeschosswohnung ein eigenes Architekturbüro einrichten.« Das war nicht das, was sie ihm eigentlich sagen wollte. *Feigling!* Seufzend nahm sie neben ihm Platz, gab Sahne in ihr Heißgetränk und beobachtete, wie Wölkchen im Schwarztee entstanden. »Somit hättest du gleich zwei Mieten gespart.«

»Es ist nicht so, als hätte ich noch nicht daran gedacht.«
Er zog Lola in seine Arme. Zärtlich ließ er seinen Daumen
über ihre Stirn kreisen. »Die Adresse in einer Kleinstadt
macht nur nicht so viel her wie meine jetzige. Außerdem
wären einige Kunden – sorry – pikiert über dein Erotiklädchen.«

Sie lächelte ihn warmherzig an. »Das sehe ich ein. Ich
bin auch nicht böse darüber. So ist es nun mal.«

»Die Anfahrt nach Manchester würde mich auch nicht
stören, aber mit der finanziellen Entlastung wäre mir
nicht geholfen. Es wäre bloß ein Tropfen auf dem heißen
Stein. Es tut mir leid, dass ich erfolglos bin.«

»Das stimmt doch gar nicht, du hast regelmäßig
Aufträge. Aber was deine *CosyCubes* betrifft, bist du genauso stur wie dein Dad.«

»Wie bitte?« Er schnaubte.

Sie war zappelig, verlagerte ständig ihr Gewicht von
einer Gesäßhälfte auf die andere und drehte ihre Tasse unentwegt in den Händen. »Du könntest dich an die Privat-
wirtschaft wenden, und wenn du dort erst mit deinen
Wohnwürfeln erfolgreich bist, werden sich auch Gemeinden und soziale Einrichtungen davon überzeugen lassen,
einfache Varianten zu Sonderkonditionen in Auftrag zu
geben.«

»Du weißt, dass es mir nicht darum geht, reich zu werden. Mit meinen Minihäusern möchte ich günstigen und
schönen Wohnraum für sozial Schwache schaffen.«

»Vielleicht gelangst du über Umwege ans Ziel.«

»Du bist eine hoffnungslose Optimistin, Lola.« Lächelnd
nippte er an seinem Tee, verzog das Gesicht und stellte

den Becher wieder ab. »Ich weiß doch gar nicht, ob meine Wohnwürfel bei Konzernen Anklang finden würden.«

»Ich aber.« Sie sprang auf und rannte zum Sideboard. Als sie die Schublade aufzog, verhakte sich diese und Lola musste sie erst wieder reinschieben, um sie endlich öffnen zu können. Mit zitternden Fingern nahm sie die beiden Briefe heraus. Sie lief um die Couch herum zu Alessandro, reichte sie ihm und zog sie in letzter Sekunde wieder zurück. »Aber nicht böse auf mich sein, das musst du mir versprechen.«

»Was hast du angestellt?«, knurrte er.

»Es ist nicht schlimm. Ich habe mich im Grunde nur erkundigt.«

»Wonach?«

»Okay, nenn es Kaltakquise. Aber ich habe weder Versprechungen gemacht noch eine Kostenkalkulation mit eingereicht, bloß die Werbe- und Infokataloge, die du erstellt hast, hingeschickt.«

Alessandro erhob sich, trat auf sie zu und streckte die Hand aus. »Lola!«

Keuchend reichte sie ihm die Antwortschreiben der Firmen, denen sie die *CosyCubes* vorgestellt hatte. »Bitte, verzeih mir, dass ich das ohne dein Wissen gemacht habe. Du hättest es mir niemals erlaubt.«

Mit finsterer Miene holte er die Antwortbriefe aus den Umschlägen und las sie stumm.

»Ich habe ihnen konkrete Vorschläge gemacht und bildhaft ausgeschmückt, welche Wohnmodelle für welche Verwendungszwecke infrage kämen, um ihnen die *Cosy-Cubes* schmackhaft zu machen.« Hatte sie sich zu weit aus dem Fenster gelehnt? Schließlich war das Alessandros Fachgebiet, nicht ihres. »Außerdem schrieb ich, dass das Bauprojekt brandneu sei und die ersten Unternehmen, die Compacthomes hätten, in New Hampshire Vorreiter für einen revolutionären Trend sein werden. Eine gewaltige Publicity wäre daher garantiert. Und welches Geschäft kann keine Werbung gebrauchen?«

Aus Verlegenheit lachte sie. Warum sagte er denn nichts? Bisher zeigte er keinerlei Reaktion, das verunsicherte sie stark. »Die private Southern New Hampshire University würde gerne über Studentenunterkünfte informiert werden, und die Firma Silver Technologies hat Interesse bekundet an Minihäusern für Mitarbeiter, die nur an Werktagen in Manchester wohnen, aber am Wochenende nach Hause zu ihren Familien fahren, ebenso wie für Geschäftsleute mit längerem Aufenthalt.«

Eigentlich brauchte sie ihm das nicht zu erzählen, schließlich hatte er das gerade selbst gelesen, doch sie musste die Stille mit Worten füllen. »Sie brennen darauf, mehr zu erfahren, und bitten dich, einen Termin mit der Universitätsleitung bzw. der Geschäftsführung auszumachen. Bitte, sag etwas!«

»Du hast sie in meinem Namen angeschrieben?«

»Nun ja, ich hab mich als deine Assistentin ausgegeben.«

»Und du hast ihnen ein Angebot unterbreitet?«

»Nein, das nicht, das ist deine Aufgabe.« Unauffällig wischte sie sich die feuchten Handflächen an ihrem Batik-Wickelrock ab. »Ich habe sie bloß auf deine tolle Immobilieninnovation aufmerksam gemacht.«

»Und sie sind tatsächlich interessiert?«

»Steht dort schwarz auf weiß.«

»Das ist …« Er raufte sich die Haare, sah auf die Schriftstücke in seiner Hand und dann wieder zu Lola.

Würde er sie gleich rauswerfen? Ihre Nerven waren zum Zerreißen gespannt. Ihr war fiebrig zumute, und sie presste die Zähne so fest aufeinander, dass ihre Kiefer wehtaten.

»Das ist großartig.« Plötzlich lachte er schallend. »Ich stand kurz davor, jegliche Hoffnung zu verlieren, dass überhaupt jemand jemals die *CosyCubes* gut finden und kaufen würde. Die vielen Absagen der Kommunen … Du hast keine Ahnung, wie frustrierend sie waren. Das hat mich ganz schön demoralisiert.«

»Nun ja, die düsteren Zeiten sind jetzt vorbei.«

»Dank dir.« Er warf die Briefe auf den Couchtisch. »Obwohl diese Aufträge nicht …«

»Das wären, was du dir wünschst«, vollendete sie seinen Satz. Sie berührte seinen Oberkörper. »Ich weiß, aber sie sind alles, was du aktuell bekommen könntest, also geh gefälligst hin, und reiß sie dir unter den Nagel!«

»Du solltest dir ein zweites Standbein als Motivationstrainerin aufbauen.« Schmunzelnd räusperte er sich. »Oder eine Karriere als Feldwebel anstreben.«

Sanft boxte sie ihn. »Geld stinkt nicht. Zum einen musst auch du deine Brötchen verdienen, und zum anderen kannst du damit wiederum Gutes tun. Außerdem hast du durch den Erfolg in der freien Marktwirtschaft Verkaufsargumente gegenüber den Gemeinden. Deine Compacthomes werden sich herumsprechen, da bin ich mir sicher, weil sie auffallen und frischen Wind in die Immobilienszene wehen. Mundpropaganda ist das beste Marketing.«

»Dass ich neue Wege einschlagen muss, sehe ich längst ein«, sagte er und zog Lola in seine Arme. »Man bekommt nicht immer sofort das, was man will, aber das heißt noch lange nicht, dass man sein Ziel niemals erreichen wird.«

»Du bist ja doch lernfähig«, neckte sie ihn.

Spielerisch biss er ihr seitlich in den Hals. Dann sah er sie verliebt an und küsste sie so voller Gefühl, dass ihre Beine weich wurden.

»Du hast mir die Augen geöffnet.« Er gab ihr einen Nasenkuss. »Es ist falsch, starr geradeaus gehen zu wollen, obwohl der Weg nur nach rechts oder links führt.«

»Ich glaube an dich!« Aufmunternd drückte sie seine Schultern. Das *Toyland* war zwar noch nicht gerettet, aber die Chancen waren deutlich gestiegen. »Eines Tages wirst du den sozialen Wohnungsbau revolutionieren.«

»Du bist das Beste, was mir hätte passieren können.« Seine Hände massierten ihren Po zärtlich. »Wie kann ich dir jemals für deine Unterstützung danken?«

»Mir fiele da schon etwas ein.« Mit dem kleinen Finger fuhr sie über seine Unterlippe. »Mir ist trotz Tee kalt. Fangen wir doch erst einmal mit einem lustvollen gemeinsamen Bad an!«

»Erst einmal?« Argwöhnisch blinzelte er sie an. »Wie viel Dank schulde ich dir?«

»Nun ja«, sie nahm seine Hand und führte ihn ins Badezimmer, »ich habe fünf Unternehmen und Institutionen angeschrieben.«

»Aber es haben sich bloß zwei zurückgemeldet.« Er

drehte den Wasserhahn auf und gab Badezusatz in die Wanne. Vanille- und Sandelholzduft breitete sich in dem gekachelten Raum aus. »Außerdem bedeutet Interesse noch nicht, dass am Ende auch ein Vertrag unterschrieben wird.«

Allerdings brauchte es harte Fakten, um die Existenz ihres geliebten Erotiklädchens zu sichern. Langsam und lasziv entkleidete Lola Alessandro und hauchte: »Vergiss nicht, du hast auch etwas davon, wenn du meiner Lust dienst.«

»Ich? Deiner?« Er vergrub seine Finger in ihren Dreadlocks, zog ihren Kopf in den Nacken und kam so dicht an ihr Gesicht heran, dass sein warmer Atem ihre Wangen streichelte. »Oh ja, ich werde dich verwöhnen, *bellezza*, denn das hast du dir wahrlich verdient. Aber ich werde dich noch mehr fordern als üblicherweise. Denn je anstrengender es ist, den Gipfel zu besteigen, desto größer ist die Freude, wenn man ihn erreicht hat. Und ich werde dir jetzt die höchsten Glücksgefühle bescheren.«

Lola wurde feucht. Furcht und Erregung sandten heißkalte Schauer über ihren Leib. Welch eine Drohung! Was für ein Versprechen! Gierig riss sie sich die Kleidung vom Körper.

27

Lolas Haut kribbelte wie elektrisiert, als sie in die Badewanne stieg.

Bevor sie sich jedoch hinsetzen konnte, trat Alessandro
dicht hinter sie. Er packte ihre Handgelenke und drückte
ihre Hände gegen die beigefarbenen Kacheln an der Wand
über der Armatur.

Zärtlich knabberte er an Lolas Ohrläppchen. Er saugte
es behutsam ein und züngelte erotisch über ihre Ohrmuschel. Sein warmer Teeatem strich durch ihre Halsbeuge. Er sog die dünne Haut in ihrer Halsbeuge ein, bis
der Schmerz sich ankündigte und Lola unruhig wurde.
Lachend ließ er von ihr ab.

Bestimmt werde ich einen Knutschfleck an der Stelle
bekommen, dachte sie amüsiert. Es machte sie scharf,
wenn er sie als die Seine markierte. Sie wollte nicht nur
emotional, sondern auch durch Lustbisse, Kratzer und
Abdrücke seiner Hand auf ihrem Hintern spüren, dass er
sie leidenschaftlich liebte.

Er leckte feucht über die Stelle an ihrem Hals, die noch
immer pochte. Ohne eine Erklärung bückte er sich, nahm
die Schafsmilchseife aus der Keramikschale, die auf dem
Beckenrand stand, und hielt sie unter den Wasserstrahl. Er
richtete sich wieder auf und drückte den grünen Quader

gegen Lolas Venushügel. Sie erschauerte wohlig in Vorfreude, denn sie ahnte, was er vorhatte.

Doch wie so oft überraschte Alessandro sie, diesmal indem er sich nicht ihrem Schoß widmete oder zumindest noch nicht, sondern ihren Brustspitzen. Bedächtig zog er die cremige Seife in seiner Hand über ihre Warzenhöfe. Dadurch stieß er seitlich gegen die Nippel, die daraufhin kribbelten und nach einer intensiveren Waschung lechzten. Apfelduft breitete sich im Raum aus.

Das Wasser umspülte bereits sanft ihre Fußgelenke.

Seufzend legte Lola den Kopf in den Nacken, bis sie Alessandros Schulter spürte. Seine Verführung tat so gut, und gleichzeitig war sie nicht genug. Ihr Busen sehnte sich nach mehr. Aber sie verbot sich, Alessandro zu drängen, denn das hätte nur dazu geführt, dass er sich noch mehr Zeit mit dem Vorspiel ließ.

Als die Seife endlich sinnlich über Lolas Nippel glitt, stöhnte sie jedes Mal leise, wenn sie ausatmete. Alessandro wischte rauf und runter, dann nach rechts und links, als malte er ein Kreuz auf ihre Brustwarzen. Sanft rieb er mit der Seife über ihren unteren Bauch. Er ließ sie über beide Oberschenkel kreisen, tauchte immer wieder dazwischen ab und kam Lolas Mitte näher, ohne diese zu berühren.

Durch dieses Necken schwappten Wellen der Lust über ihren Schoß hinweg. Nach all der Zeit mit Alessandro faszinierte es sie immer noch, dass Berührungen, die er andeutete, aber gar nicht durchführte, sie ebenso erregten, als hätte er sie angefasst.

Mit der freien Hand nahm er die Handbrause und stellte den Regler um, sodass das Wasser herausprasselte.

Als er den Strahl auf ihren Busen richtete, fühlte es sich für Lola an, als würde sich ein warmer Sommerregen über ihren Oberkörper ergießen. Dagegen war es hinter dem Badezimmerfenster, das zu zwei Dritteln aus Milchglas bestand, kalt, und es goss in Strömen. Wind kam auf, heulte um das Gebäude und peitschte dicke Tropfen gegen die Scheibe.

Umso mehr genoss Lola die wohlige Stimmung um sie herum und das Feuer in ihr drin, das Alessandro schürte. Liebevoll brauste er ihre Brüste ab, was vitalisierend auf sie wirkte. Ihre Haut kribbelte ganz wundervoll, ihre Nippel pulsierten und leuchteten in einem satten Rot.

Sie gab ein wonnetrunkenes »Hhm« von sich. Lieber hätte sie »Fester!« und »Schneller!« verlangt. Aber auch wenn ihre Gier auf den Höhepunkt mit jeder Minute wuchs, so vergaß sie doch nicht, welche Rolle sie spielte. Alessandro führte, sie folgte. Dadurch durfte sie sich vollkommen darauf konzentrieren zu genießen.

Aufmerksam spülte Alessandro den cremigen Schaum ab. Dieser reicherte das immer höher steigende Wasser, das schon gegen ihre Waden schwappte, mit Apfelduft an. In kleinen Bächen floss der Regen aus dem Duschkopf Lolas Bauch und ihre Beine hinab. In Kaskaden ergoss er sich über ihren Schamhügel und reizte hauchzart ihren Schoß.

Mehr!, schrie es in Lola. Doch Alessandro hängte die Brause wieder weg. Er hob ihr Bein an und stellte ihren Fuß auf den Wannenrand. Lolas Puls beschleunigte sich. Vor Wollust stieß sie den Atem stoßweise aus.

Lustigerweise war es Alessandro, der keuchte, als er mit

der Schafsmilchseife ihre Möse wusch. Sein Unterarm war so angespannt, dass Lola das Spiel seiner Muskeln beobachten konnte. Während er erst die Innenseiten ihrer Oberschenkel reinigte und dann sein ungewöhnliches Sextoy über Lolas äußere Schamlippen führte, ließ er sie seine Erektion spüren. Geschickt drang er mit seinem Schwanz zwischen ihre Gesäßhälften und bewegte sich langsam, sodass sein Schaft über ihre enge Öffnung rieb.

Als er erneut den Duschkopf nahm und ihre Brüste mit dem Strahl neckte, lehnte sie wieder den Hinterkopf gegen ihn und stöhnte laut und ungeniert. Bald rieb er zusätzlich mit der Seife über ihre Klitoris. Nun konnte sie nicht mehr ruhig stehen bleiben. Ihr Becken schien ein Eigenleben zu entwickeln. Instinktiv bewegte Lola den Unterleib in Wellen vor und zurück und drückte ihn dabei gegen das grüne Quadrat, um die Reibung zu verstärken.

Diese dreifache Stimulation versetzte sie in einen rauschartigen Zustand. Die Kacheln verschwammen vor ihren Augen. Ihr gesamter Körper vibrierte. Ihre feuchte Öffnung schien einen imaginären Schwanz in sich aufzunehmen, denn sie zog sich pulsierend zusammen und entspannte sich wieder.

Während Lolas Säfte flossen, klebte ihre Zunge am Gaumen. Sie bekam Durst. Es war ihr, als würde jegliche Flüssigkeit aus ihrer Möse hinausströmen. Die Raumtemperatur stieg an, jedenfalls bildete sich Lola das ein. Vielleicht lag das auch an der Glut in ihr selbst.

Plötzlich hängte Alessandro die Handbrause zurück in die Halterung und legte die Seife weg. Lola hätte schreien können, so frustriert war sie. Aber er hatte ihr ja gedroht, sie lustvoll leiden zu lassen, und wie sie bereits zigfach erfahren hatte, machte er keine leeren Versprechungen.

Als die Wanne zu zwei Dritteln voll war, drückte er Lola herunter. Sein halb erigiertes Glied zuckte mehrmals und richtete sich dabei stetig weiter auf. Alessandro stellte das Wasser ab und zündete einige Teelichter, die noch vom letzten gemeinsamen Bad auf einem Beistelltisch standen, an. Die Flammen warfen tanzende Schatten an die gefliesten Wände.

Gerade weil der Regen unaufhörlich gegen das Fenster trommelte, genoss Lola, wie angenehm warm und gemütlich es um sie herum war. Die Dämmerung hatte inzwischen eingesetzt. Eine heimelige und romantische Atmosphäre breitete sich im Badezimmer aus.

Alessandro wollte sich ihr gegenüber hinsetzen, doch Lola hielt ihn davon ab. Verführerisch lächelnd kniete sie sich vor ihn hin. Sie stupste seinen Penis mit ihrer Nasenspitze an und sah demütig zu Alessandro auf.

Erst als dieser nickte und ihr damit seine stumme Erlaubnis erteilte, schnappte sie mit ihrem Mund nach seinem Joystick. Durch die schnelle Bewegung schwappte Wasser gegen Alessandros Beine. Sie packte seinen Schaft mit ihren Lippen und bemühte sich, ihn ihre Zähne nicht spüren zu lassen.

Zärtlich lutschte sie an seiner Eichel, was sie ebenso erregte wie ihren Geliebten, der einen tiefen Seufzer ausstieß. Ihre Möse prickelte sehnsüchtig. Lola saugte behutsam an der Penisspitze, worauf Alessandros Oberschenkel zitterten. Sie grinste in sich hinein.

Es machte sie an, ihm Lust zu bereiten, nicht nur weil

269

sie dann ausnahmsweise mal Macht über ihn ausübte, sondern vor allen Dingen, weil es ihr Freude bereitete, ihn zu verwöhnen. Meistens bespielte Alessandro sie. Er setzte sie ins Zentrum ihrer Ficks. Zweifelsohne war er dabei nicht selbstlos, sondern erregte sich daran, sie sanft zu unterwerfen. Trotzdem hatte er es verdient, auch einmal im Mittelpunkt zu stehen und verführt zu werden.

Sinnlich schob sie die Lippen über seinen Schwanz und führte ihn tiefer in ihren Mund ein. Sie sah verliebt zu Alessandro auf. Er erwiderte ihren Blick und lächelte. Seine Wangen waren gerötet, und er atmete schwer.

Plötzlich vergrub er die Finger in ihren Dreadlocks und zog ihr Gesicht noch weiter zu sich heran. Dadurch drang sein Glied bis in den hintersten Winkel ihrer Mundhöhle ein, weiter als jemals zuvor. Sanft, aber bestimmt hielt Alessandro ihren Kopf fest. Wenn sie die Position verlassen wollte, würde sie sich gegen seinen Griff wehren und sich losreißen müssen. Aber das wollte sie gar nicht. Hatte sie eben noch gedacht, er hätte ihr die Führung überlassen, so stellte sie nun fest, dass sie sich geirrt hatte.

Aufgeregt keuchte sie. Bei jedem Luftholen durch die Nase schnaufte sie mehr. Sie kämpfte gegen die Panik an, würgen zu müssen, obwohl sie den Reiz bisher lediglich im Ansatz verspürte. Ihre Kiefer schmerzten, da ihre Muskulatur angespannt war. Vor Anstrengung wurden ihre Augen feucht, eine natürliche Reaktion ihres Körpers. Aber all das fachte ihre Lust nur noch mehr an. Sie mochte es, gefordert zu werden, mochte es, über ihre Grenzen hinauszugehen und Dinge zu tun, über die manch andere Frau empört wäre.

Es erregte sie ungemein, benutzt zu werden, so wie jetzt. Alessandro hielt weiterhin ihre Dreadlocks gepackt, während er nun seinen Schwanz immer wieder in ihren Mund trieb. Dabei ging er alles andere als brutal vor, sondern vögelte sie äußerst erotisch. Sachte wiegten seine Lenden vor und zurück. Er zog sein Glied bis auf die Eichel heraus und drängte sofort wieder in sie hinein.

Bald fühlten sich ihre Lippen wund an, ein Gefühl, das sie genoss. Speichel rann ihr Kinn herab, sie beachtete ihn nicht einmal. Inzwischen wurde sie nicht mehr so leicht verlegen, wenn es um Sex mit Alessandro ging. Sie mochten es beide versaut. Wozu sich also schämen? Er war immer für eine Überraschung gut, darum musste man stets mit allem rechnen.

Artig verschränkte sie die Arme hinter ihrem Rücken, um ihm zu signalisieren, dass sie sich unterwarf. Noch immer sah sie zu ihm auf, was sie unglaublich geil machte, da sie vor ihm kniete und ihm ihren Körper darbot, damit er sich nach seinen Wünschen Lust verschaffte.

Ab und zu trieben sie es durchaus in der Missionarsstellung. Doch wenn sie das taten, hatten sie nur einen Quickie am Morgen vor der Arbeit oder vögelten in der Mittagspause auf dem Boden im *Toyland* gleich hinter dem Schaufenster, um dem Ganzen mehr Würze zu geben. Meistens jedoch kam Sex mit Alessandro einem aufregenden Abenteuer gleich. Er fickte stets ein bisschen obszöner und wilder als andere.

Sein Schwanz rieb über ihre Zunge. Er spreizte ihre Lippen weit auf und drang tief in sie ein. Es erforderte all ihre Konzentration, gegen den Reiz im Rachen anzukämpfen. Glücklicherweise wurde er niemals übermächtig, sodass Lola stark blieb.

Als Alessandro sich ganz aus ihr entfernte, feierte sie sich selbst, während sie sich den Speichel vom Kinn wischte. Sie war stolz darauf, ihrem Liebsten gut gedient und stillgehalten zu haben. Dabei hatte er das nicht einmal von ihr verlangt, sondern sie hatte ihm ihre Hingabe von sich aus geschenkt. Das tat sie gerne. Es war ihr ein Bedürfnis. Zudem machte es sie an.

Als er ihr gegenüber Platz nahm, setzte sie sich ebenfalls.

»Du bist unglaublich.« Seine Augen funkelten voller Liebe und Verlangen.

Er hob ihren Fuß an und küsste ihre vom Wasser schrumpelige Sohle, was ihr einen Aufschrei entlockte, dann lachte sie.

»So empfindlich«, flüsterte er in unheilschwangerem Ton.

Lola erschauerte. Er hatte doch wohl nicht vor, sie eine weitere Kitzelfolter erleiden zu lassen? Sie wollte sich ihm entziehen, doch er hielt sie fest. *Oh nein! Oh ja!* Widersprüchliche Gefühle rangen in ihr. Sie hasste es, auf diese vermeintlich kindische und einfache Weise gequält zu werden, und gleichzeitig wurde sie davon geil. Verwirrend.

Schmunzelnd spreizte er ihr Bein ab und stellte ihren Fuß auf den Beckenrand an der Wand. Lola entspannte sich. Als er jedoch ihr anderes Bein über den gegenüberliegenden Wannenrand hängte, beschleunigte sich ihr Puls bereits wieder. Wundervoll warme Wogen umspülte ihr entblättertes Geschlecht, da Alessandro knapp über der Rutschmatte Wellen erzeugte.

Die Kerzen warfen seinen Schatten an die Kacheln. Ihr honiggelber Schein zeichnete seine Gesichtskonturen weich. Seine zimtfarbenen Augen funkelten wie Bernstein und wirkten geheimnisvoll. Er schob die Hände unter Lolas Po und hob diesen an, sodass ihre Möse zur Hälfte die Oberfläche durchstieß. Sinnlich plätscherte das wohlige Nass gegen ihren pochenden Schoß.

Alessandro schlüpfte mit der Hand in einen beigefarbenen Waschhandschuh, den die Blüte einer Passionsblume zierte, während er mit dem anderen Arm Lolas Körpermitte stützte, damit diese nicht unterging.

Verführerisch lächelte er Lola an und tauchte das Frottee in das Wasser. Er wusch sie dort unten akribisch, obwohl bestimmt kein Seifenschaum mehr an ihr haftete. Sicherlich wollte er vielmehr ihre Lust schüren als sie reinigen.

Lola lächelte verschmitzt und genoss die sanfte Massage. Sie war längst dazu bereit, von ihm gevögelt zu werden. Da war dieses angenehme Spannungsgefühl in ihrer Mitte, das ihr signalisierte, dass ihre Möse nicht weiter anschwellen oder noch heißer werden konnte.

Laszive Seufzer stiegen aus ihrer Kehle auf. Sie war vollkommen gelöst. Es kam ihr so vor, als würde sie schweben, was an ihrer Stellung und dem Wohlgefühl, das Alessandro in ihr auslöste, lag.

Obwohl er inzwischen fester über ihre Scham rieb, tat es nicht weh, dafür sorgte das weiche Gewebe. Geschickt knetete er ihr Geschlecht durch den Baumwollstoff hindurch. Er hielt den Handschuh über ihre Klitoris und wrang ihn aus, wodurch es auf ihre empfindsamste Stelle regnete. Die Rinnsale, die daraufhin über ihren Schoß liefen, kitzelten sie aphrodisierend, während unter Wasser die Wirbel, die Alessandro durch seine Bewegung verursachte, ihre Öffnung reizten.

Dann legte er den Baumwollstoff weg.

Hungrig starrte er ihren Unterleib an. Er beugte sich vor und küsste ihre äußeren Schamlippen. Mit der ganzen Länge seiner Zunge leckte er darüber, sowohl über den Teil, der sich unter der Oberfläche befand, als auch den, der frei lag.

Er zog die Vorhaut ihres Kitzlers in Richtung ihres Schamhügels, nahm etwas Wasser in seinen Mund auf und spritzte es auf das sensible Knötchen. Aufgrund des Lustblitzes, der sie traf, gab sie einen Kiekser von sich. Ihr gingen heißkalte Schauer über. Zurück blieben eine Gänsehaut und ein heftiges Pulsieren.

Als Alessandro an ihrer Klitoris saugte, wurde Lola beinahe von Geilheit überwältigt. Doch Alessandro spürte offenbar genau, wie weit er bei ihr gehen konnte, ohne dass sie kam, denn er stimulierte sie nie so intensiv, dass sie einen Orgasmus hatte, wohl aber so stark, dass sie ihm immer wieder nahe kam.

Er reizte sie, indem er an ihrem Schwellkörper nuckelte. Ab und zu stieß er mit der Zungenspitze dagegen und entlockte Lola einen heiseren Schrei, weil die Erregung dann so durchdringend wurde, dass ihr Tränen in die Augen schossen. Als sie wimmerte, ließ er von ihr ab. Sanft hauchte er gegen den pochenden Kitzler, wodurch sie erneut erschauerte.

Alessandro grinste zufrieden und ließ sie los. Er rückte

bis zum anderen Ende der Badewanne zurück und zog Lola in seine Arme. Keuchend hing sie an ihm. Das Blut rauschte durch ihre Möse. Sie musste sich von der bittersüßen Tortur erholen und wollte dennoch nur eins: so schnell wie möglich von der satten Erregung, die in ihr brodelte, erlöst werden.

Lola hielt es einfach nicht mehr aus und löste sich von ihm. Bebend küsste sie Alessandro und blinzelte ihn neckisch an.

»Was hast du vor?« Er runzelte die Stirn.

Statt zu antworten, drehte sie ihm den Rücken zu. Sie tastete nach seinem Schwanz, führte ihn in ihre feuchte Öffnung ein und setzte sich auf seinen Schoß, sodass sein strammes Glied durch ihr Körpergewicht bis zum Ansatz in sie hineingetrieben wurde.

Hinter ihr keuchte Alessandro. Erotisch knurrte er: »Ohne meine Erlaubnis?«

»Willst du, dass ich aufhöre?« Sie hob und senkte ihren Unterleib. Dabei spannte sie die Vaginalmuskeln an und massierte seinen Schaft.

Blitzschnell packte er ihre Hüften, wohl um zu verhindern, dass sie ihm entwischte. »Um Himmels willen, nein!«

Ihre Arme zitterten vor Aufregung und Vorfreude, als sie sich hinhockte. Sie schlang die Arme um ihre Knie. Keuchend schaukelte sie vor und zurück und spießte dabei Alessandros Penis immer wieder auf. Alessandro half ihr, indem er eine Hand an ihre Hüfte legte und mit der anderen gegen ihren Rücken drückte.

Sie kam sich vor wie eine Kugel, die rhythmisch vor-

und zurückrollte. Dadurch erzeugte sie Wellen. Das Wasser wurde zunehmend unruhiger. Ein paar Mal schwappte es sogar über. Auf Dauer war der Widerstand jedoch zu hinderlich.

Daher spreizte Lola schließlich die Beine, kniete sich rechts und links von Alessandros Oberschenkeln hin und dankte ihm stumm für die XL-Wanne. Sie beugte sich vor und stützte sich auf seinen Unterschenkeln ab. Sachte federte ihr Po auf und ab.

So, wie sie ihm ihren Hintern hinstreckte und ihr Becken bewegte, musste es aus seinem Blickwinkel geradezu obszön aussehen. Eine Pornostellung. Vor ihrem geistigen Auge sah sie den Kameramann, der mit der Linse näher herankam und auf Alessandros Schwanz zoomte, der unter Wasser von hinten in ihre Möse hinein- und wieder herausglitt. Die Vorstellung heizte ihr ein. Über die Schulter hinweg sah sie Alessandro frivol an.

Seine Hände glitten über ihre Hüften nach vorne zu ihrem Bauch. Während sie ihn fickte, stöhnte er in ihr Ohr und streichelte ihre Brüste. Kräftig knetete er ihren Busen. Er zwirbelte die Nippel und rieb mit den Daumen darüber, sodass Lolas Seufzen immer heiserer klang. Je fester er zupackte, desto wilder trieb sie es.

Als sie ihn kompromisslos fickte, wogte das Wasser stürmisch. Es war ihr vollkommen egal, ob der Badezimmerboden noch nasser wurde oder die Nachbarn sie hörten. Laut winselte sie. Sein Körper unter ihr bebte vor Lust.

Inzwischen stöhnte er gequält. Offenbar war er kurz davor zu kommen. Vielleicht bemühte er sich auch, den Orgasmus zurückzuhalten, bis Lola so weit war.

Und so musste es sein, denn kaum schrie sie den ihren hinaus, brüllte auch er vor Ekstase auf. Seine Finger bohrten sich in ihre Taille, seine Lenden zuckten unkontrolliert und stießen das Glied noch einige Male in Lola, die stillhielt, hinein. Diese liebte den Moment, wenn er die Beherrschung verlor, und kicherte.

Plötzlich schlang er die Arme um sie und hielt sie fest. Seine Stimme war rau vor Geilheit, als er mit einem bedrohlichen Unterton fragte: »Warum lachst du?«

»Weil ich so verdammt glücklich bin«, sagte sie so laut, dass ihre Worte von den gefliesten Wänden widerhallten. Noch immer vibrierten ihre Nerven vor Erfüllung.

Zärtlich küsste er unzählige Male ihre Schulter, ihren Nacken und ihren Rücken. »So hemmungslos werden wir auch noch als Greise ficken.«

Überrascht riss sie die Augen auf. Sie verspürte diese köstliche Mattigkeit nach dem Höhenflug. »Dann werde ich wohl kaum mehr dazu in der Lage sein.«

»Es gibt viele Stellungen, auch bequemere«, sagte er und fuhr sinnlich mit dem Daumen über ihre Unterlippe, »aber versaut wird das Vögeln mit mir auch dann noch sein.«

»Versprochen?« Erschöpft und glücklich kuschelte sie sich an ihn. Sie sah ihn verliebt an, während sie seinen Nippel streichelte.

Er küsste sie so gefühlvoll, dass ihr Herz sinnbildlich schmolz. Dann schmunzelte er und flüsterte: »Versprochen.«

28

Dezember

Aus den Verträgen mit der Privatuniversität und dem Unternehmen wurde nichts.

Aber an diesem ersten Dezembertag hatte die junge dynamische Firma *Inventive Recreation Spots* die Presse an den Lake Massabesic gebeten. Obwohl der erste Spatenstich erst im Frühjahr gemacht werden würde, war es der Geschäftsführung wichtig, noch vor Jahresende auf ihre Anlage *Wooden Cubes Holiday Village* aufmerksam zu machen. Sie planten, noch vor der Eröffnung ihres Urlaubsparadieses ein Feuerwerk an Marketingaktionen abzufackeln.

Lola schmiegte sich eng an Alessandro, als die zukünftigen Parkbetreiber das große Schild am Eingang des Geländes enthüllten und somit den Namen des Ferienparks offiziell bekannt gaben. Die Fotoapparate klickten. Ein Blitzlichtgewitter erhellte den grauen Tag und blendete Alessandro und Lola, die unmittelbar neben den Bauherren standen. Tagsüber kletterten die Temperaturen noch über null Grad, aber nachts wurde es empfindlich kalt. Schnee lag in der Luft, Lola konnte ihn riechen.

Sie flüsterte Alessandro zu: »Ich bin so stolz auf dich.«

»Es sind nur acht Minihäuser.« Ungeachtet seiner Aussage lächelte er und sah zutiefst befriedigt aus.

»Mit der Option auf weitere, falls der Park gut angenommen werden wird, und ich bin mir da hundertprozentig sicher.« Sekt wurde herumgereicht. Lola nahm ein Glas vom Tablett, als die junge hübsche Hostess an ihnen vorbeiging. »Ich würde sofort hier übernachten. Was für ein idyllisches Fleckchen Erde!«

»Vielleicht lässt sich das einrichten.« Er zwinkerte ihr zu und schmunzelte frivol.

Effektvoll lud ein Kran ein Rundbohlenholzhaus, das Alessandro entworfen und damals auf eigene Kosten hatte bauen lassen, von der Tragefläche eines Lkws ab. Es diente ab sofort als Bauzentrale und Werbeobjekt, weil die anderen Wohnkuben identisch aussehen würden. Alessandro würde sie durch einen neuen Vertragspartner den Winter über anfertigen lassen. Weitere Vorteile der Compacthomes waren der geringe Aufwand und die schnelle Lieferzeit.

»Schau dir nur an, wie einladend der Blockhaus-*Cosy-Cube* am Seeufer aussieht!« Aufgeregt ließ Lola ihren Blick über die idyllische Landschaft schweifen. »Die Besucher werden in Scharen kommen, und es ist Platz für mindestens zwölf weitere Wohnwürfel vorhanden.«

»Ja, du hast recht. Ich sehe es auch. Dies ist der perfekte Ort für meine Holzhäuser. Hier gehören sie hin.« Alessandro drückte Lola an sich. »*Wooden Cubes Holiday Village* kann bloß ein Erfolg werden.«

»Dein Name wird in allen Zeitungen stehen. Das ist gute Werbung für dich als Architekt.«

»Weißt du, was das Beste daran für mich ist?«

Mit dem Zeigefinger fuhr sie durch die Furche auf seinem Kinn. »Nun hast du mich neugierig gemacht.«

»Dass wir Agostinos Haus behalten können und das *Toyland* in Birdsville bleiben kann.«

Impulsiv zog Lola Alessandro an sich und küsste ihn leidenschaftlich. Sie merkte nicht sofort, dass sie fotografiert wurden, weil sich alles in ihr darauf konzentrierte, nicht vor Glück und Erleichterung in Tränen auszubrechen. Mit einem verlegenen Lachen löste sie sich von Alessandro. Die Presseleute, die sie abgelichtet hatten, gaben ihnen ein »Daumen hoch«. Lola errötete.

Die nächste Stunde verbrachte Alessandro damit, sich den Journalisten zu stellen. Nachdem die Reporter gegangen waren, gab es noch einen Plausch mit den zukünftigen Betreibern des Feriendorfs, die sich zuversichtlich gaben, dass sie bald weitere Minihäuser bestellen würden, da einige Seebesucher, die zufällig auf die Aktion aufmerksam geworden waren, sich hellauf begeistert gezeigt hatten.

Unterdessen schoss Lola fleißig Fotos, um sie für Alessandros Website und seine Broschüren zu nutzen. Sie würde heimlich XL-Abzüge machen lassen und sie in Alessandros Büro aufhängen, ebenso wie sie die Zeitungsartikel ausschneiden und einrahmen würde. *Eine Erfolgsgeschichte beginnt, das muss man doch dokumentieren. Und ich habe einen kleinen Teil dazu beigetragen.*

Als sie allein am Ufer des Massabesic Lake zurückblieben, wollten Lola und Alessandro auch verschwinden, denn es dämmerte bereits und wurde immer frostiger. Die klirrende Kälte lud förmlich dazu ein, sich unter einer Wolldecke nackt zusammenzukuscheln und sich gegenseitig einzuheizen.

Plötzlich trat ein Mann aus dem Schatten zweier Hemlocktannen hervor und kam auf sie zu. Bis dahin hatten sie ihn nicht bemerkt.

»*Papà*«, rief Alessandro erstaunt, »was machst du denn hier?«

Emilios Lächeln wirkte verlegen. »Ich wollte dir gratulieren.«

»Endlich bin ich zur Vernunft gekommen und biete meine Wohnwürfel auch kommerziell an«, sagte Alessandro bissig und schnaubte.

Unsanft boxte Lola ihn in die Seite. »Dein Dad ist extra hier herausgefahren. Deinetwegen.«

»Selbstverständlich freue ich mich über den Coup, den du gelandet hast. Das ist eine große Sache.« Emilio klappte den Kragen seines schwarzen Lodenmantels hoch. »Aber ich bin auch gekommen, weil ich dich um Verzeihung bitten möchte.«

Alessandros Brauen schossen in die Höhe. Seine Ohren waren rot vor Kälte. »Du hast dich noch nie für etwas entschuldigt.«

»Das stimmt nicht. Bei Ginevra tue ich das ständig.« Sein Vater lachte kurz auf, dann wurde er wieder ernst. »Nur euch Kindern gegenüber zeige ich mich ungern schwach.«

»Sich zu entschuldigen zeugt nicht von Schwäche, sondern von Stärke«, warf Lola ein. »Aber ich lasse euch jetzt besser allein. Ihr habt viel zu besprechen, scheint mir.«

»Nein, nein.« Emilio packte ihren Ellbogen und hielt

sie fest. »Bitte, bleib. Was ich zu sagen habe, ist für euch beide bestimmt.«

Als sie nickte, ließ er sie wieder los.

»Sandro hat mir mitgeteilt, dass du gehört hast, was ich in seiner Wohnung über dich gesagt habe.« Er errötete. »Das war ungerechtfertigt und beschämend von mir. Ich bin kein schlechter Mensch, das musst du mir glauben, Lola, aber in diesem Moment habe ich meine schlechteste Seite offenbart.«

»Ich war verletzt, das gebe ich zu«, sie holte ihre himmelblaue Mütze aus der Innentasche ihrer Jacke und zog sie auf, »aber ich bin Vorurteile gewohnt und habe den Vorfall längst vergessen.«

Seine Augen schimmerten feucht. »Wie kannst du nur so großzügig mit mir sein?«

»Weil ich überglücklich bin«, sagte sie im Brustton der Überzeugung.

»Halt sie gut fest, Sandro.« Emilio blies in seine Handflächen und rieb sie einander. »Wir Di-Marino-Männer sind nicht einfach. Frauen, die uns ertragen, sollten wir wie Göttinnen behandeln.«

Frech grinste Lola Alessandro an. Hatte er etwa in diesem Moment auch laszive Gedanken?

Ein lustvoll-bedrohliches Funkeln trat in Alessandros Augen. »Mache ich, *papà*, auf meine Art und Weise.«

Ungeniert zog Emilio die Nase hoch. »Ich muss zugeben, dass ich sauer war, weil ihr in Deutschland geheiratet habt. So weit weg und so kurzfristig.«

Kurz berührte Lola ihren Schwiegervater am Arm. »Das sollte kein Affront sein.«

»Ich hätte so gerne eine große Hochzeit gehabt.« Er seufzte.

Ein zynischer Zug lag um Alessandros Mund. »Aber es ging dabei nicht um dich.«

»Das ist mir klar.« Emilio holte ein Taschentuch aus der Hosentasche und schnäuzte sich.

Schwungvoll kickte Alessandro einen Stein fort. »Wir müssen niemandem etwas mit einer großen Feier beweisen.«

»Du glaubst, mir würde es darum gehen? Wie wenig du mich doch kennst.« Während Emilio den Kopf schüttelte, steckte er das Taschentuch wieder weg. »Ich bin jedes Mal außer mir vor Freude, wenn eins meiner Kinder heiratet, und ich möchte meine Freude mit der ganzen Welt teilen.«

Alessandro spähte hinaus auf den See, dessen Oberfläche vollkommen ruhig war. Als er seinen Vater wieder ansah, war sein Gesichtsausdruck milder. »Vielleicht habe ich dich in manchen Dingen genauso missverstanden wie du mich.«

Eifrig nickte Emilio. »Du findest, ich treibe dich an, weil ich möchte, dass du Karriere machst. Das stimmt auch, aber doch nur weil ich das Beste für dich möchte, wie alle Väter für ihre Kinder.«

Lola ermunterte ihn fortzufahren, da er endlich Gefühle zeigte und offen sprach. Genau das hatte den beiden Männern gefehlt.

»Außerdem wollte ich dich bloß dazu bringen, deine berufliche Situation zu überdenken, weil ich sehr wohl bemerkt habe«, Emilio keuchte, als würde er eine schwere

Last auf den Schultern tragen, »wie sehr dich die letzten Jahre gequält haben.«

»Jetzt gehe ich andere Wege, und trotzdem behalte ich mein Ziel im Auge. Die Stadt Rochester hat mir in einem Telefonat mitgeteilt, dass sie sich gerne mit mir über meine *CosyCubes* unterhalten würden.« Endlich lächelte Alessandro wieder. »Sie werden nächstes Jahr ein Projekt für alleinerziehende Mütter und Väter ins Leben rufen, und da passen meine Minihäuser ins Bild.«

»Das ist toll.« Plötzlich trat Emilio dicht an ihn heran und knuffte ihn. »Ich drücke dir die Daumen.«

Alessandro druckste herum, schließlich sagte er leise: »Wir waren nicht an Thanksgiving zu euch eingeladen.«

»Die Feier hat nicht stattgefunden. Ich«, Emilio ging zum Ufer und beobachtete eine einsame Ente, die ihre Bahnen schwamm, »brauchte Zeit für mich.«

»Aber du liebst es doch, die Familie um dich zu haben.«

»Das tue ich immer noch. Weißt du«, sein Vater drehte sich zu ihm um, »je älter man wird, desto schwerer kommt man mit Veränderungen klar.«

»Was ist passiert, *papà*?«

»Ilara hat sich von ihrem Ehemann getrennt.« Seine Wangen röteten sich. »Wegen einer Frau.«

Lola lächelte. »Liebe ist Liebe.«

»Du musst wissen, dass Michele ein passionierter Taucher ist. Er hat schon überall auf der Welt den Kopf unter Wasser gesteckt«, sagte Emilio an sie gerichtet. »Im Herbst wurde er von einer Tauchbasis auf den Malediven gefragt, ob er dort als Tauchlehrer arbeiten möchte, und nach einer Bedenkzeit hat er zugesagt.«

Alessandro riss die Augen auf. »Unser Staranwalt hat seine Karriere hingeworfen? Wow! So viel Schneid hätte ich ihm gar nicht zugetraut.«

Seufzend band Emilio seinen schwarz-braun gestreiften Schal enger. »Ich glaube, ihr seid so etwas wie Vorbilder für Ilara und Michele.«

»Wir?«, fragte Alessandro und massierte seine Ohren, wohl damit sie warm wurden.

»Ihr lebt euer Leben genau so, wie ihr es wollt. Nicht Geld treibt euch an, sondern Leidenschaft. Wahrscheinlich werdet ihr euch wundern, aber ich kann das nachvollziehen.« Traurig lächelte Emilio. »Als ich jung war, wollte ich Kindergärtner werden. Jawohl, ihr habt richtig gehört. Das hättet ihr niemals gedacht, habe ich recht? Damals brachte mein Vater mich davon ab. Er sagte, dass man in dem Job nicht viel verdient. Außerdem würden die Leute denken, man würde heimlich rosa Unterwäsche tragen, wenn ihr wisst, was ich meine.«

Jetzt verstand Lola. Sein Vater hatte ihn nachhaltig geprägt. Darum war es Emilio so wichtig, dass seine Kinder Karriere machten und wie seine Familie auf Außenstehende wirkte.

»Ginevra hat mir den Kopf gehörig gewaschen. Meinetwegen kämen unsere Kinder kaum noch nach Hause, meinte sie. Es tat weh, mir das einzugestehen, aber den Schuh muss ich mir wohl anziehen.« Er wirkte zerknirscht. »Außerdem sagte sie, ich könnte nicht erwarten, dass meine Tochter und meine Söhne ihr Leben nach meinen Vorstellungen lebten. Am wichtigsten sei es doch, dass sie glücklich sind. Wie immer hat sie recht. Ich war ein Narr.«

»Sei nicht so hart zu dir selbst.« Lola hauchte ihm einen Kuss auf die Wange, was ihm zum wiederholten Mal die Röte ins Gesicht trieb. Selbsterkenntnis war der erste Schritt zur Besserung.

»Ich möchte euch herzlich einladen, uns am zweiten Advent zu besuchen. Ilara, Michele und Samuele werden auch da sein.« Er räusperte sich. »Inklusive Partner.«

»Wir kommen gerne.« Aufgeregt umarmte Lola ihn. Sie wusste, wie schwer es ihm gefallen war, sie aufzusuchen und Fehler einzugestehen.

Emilio lachte verlegen, dann schloss er sie ebenfalls in die Arme. Nachdem er sich von ihr gelöst hatte, drückte er seinen Sohn an sich und eilte zu seinem Auto, weil er nach eigener Aussage schon völlig verfroren war. Lola glaubte eher, dass er das Weite suchte, weil er für seine Verhältnisse ungewöhnlich viel von sich preisgegeben hatte und ihn das verlegen machte.

»Die Dinge entwickeln sich gut«, verliebt sah Lola Alessandro an, »in jeglicher Hinsicht.«

Sinnlich küsste er sie. »Erst seit du in mein Leben getreten bist.«

Nachdem Emilios Wagen nicht mehr zu hören war, legte sich eine idyllische Stille über den Massabesic Lake.

»Schau nur! Es schneit.« Lautlos fielen dicke Schneeflocken vom Himmel und wurden eins mit dem See oder schmolzen auf dem Ufer. Lola staunte. »Was für ein romantischer Anblick!«

Alessandro schmiegte sich von hinten an sie und legte die Wange an ihr Ohr. »Kann das Leben wirklich so schön sein?«

»Das Glück sollte man nicht infrage stellen«, zärtlich strich sie über den Ehering an seinem Ringfinger, »sondern man sollte es einfach genießen.«

Sandra Henke

Sinnlich, explizit und ohne Tabus

Meister der Lust
978-3-453-54548-9

Die Unterweisung
978-3-453-54592-2

Du bist die Sünde
978-3-453-54596-0

Pleasure Park
978-3-453-54593-9

978-3-453-54596-0

Leseproben unter **www.heyne.de**